LES SEPT CADRANS

AGATHA CHRISTIE

LES SEPT CADRANS

(THE SEVEN DIALS MYSTERY)

Traduit de l'anglais par
MIRIAM DOU-DESPORTES

PARIS
LIBRAIRIE DES CHAMPS-ÉLYSÉES

CHAPITRE PREMIER

L'ART DE SE LEVER MATIN

L'aimable jeune homme qui avait nom Jimmy Thesiger descendit l'escalier de Chimneys à toute vitesse; son allure était si rapide qu'il heurta Tredwell, le majestueux maître d'hôtel, au moment où celui-ci traversait le hall, portant un supplément de café. Grâce à la présence d'esprit de l'impeccable domestique, une catastrophe fut évitée.

— Désolé, dit Jimmy. Suis-je le dernier à descendre?

— Non, monsieur, Mr Wade n'a pas encore paru.

— Parfait, déclara Thesiger en pénétrant dans la salle à manger.

Il n'y trouva que son hôtesse, lady Coote, dont le regard chargé de reproches lui causa une sensation pénible. En somme, pourquoi le considérait-elle ainsi? Jamais on ne descendait déjeuner à l'heure à la campagne... Évidemment, il était maintenant onze heures un quart, ce qui était peut-être excessif, mais...

— Je crains d'être un peu en retard, lady Coote, fit le jeune homme.

— Oh! cela n'a pas d'importance, répliqua-t-elle d'un ton mélancolique.

En réalité, elle avait horreur que ses invités ne fussent pas prêts pour le premier déjeuner. Pendant les dix premières années de sa vie conjugale, sir Oswald Coote (qui n'était encore à cette époque que Mr Coote), faisait une scène effroyable chaque fois que ce repas lui était servi une demi-minute seulement après huit heures au matin. Lady Coote s'était donc accoutumée à considérer l'inexactitude comme un péché mortel. Or, l'habitude est une seconde nature; de plus, lady Coote était une femme consciencieuse qui se demandait sans cesse quelle utilité ces jeunes gens qui se levaient tard pourraient avoir dans l'existence.

Sir Oswald répétait toujours aux reporters et à d'autres personnes :

— J'attribue uniquement mes succès à mes habitudes matinales, frugales et méthodiques.

Lady Coote était grande et belle, avec un type tragique : d'immenses yeux noirs douloureux, une voix profonde et le peintre qui eût cherché un modèle pour représenter « Rachel pleurant ses enfants » l'eût accueillie avec joie.

Il semblait toujours qu'un affreux chagrin secret pesât sur sa vie et pourtant il n'y en avait eu aucun dans son existence, sauf l'ascension rapide de sir Oswald vers la fortune.

Jeune fille, elle était gaie, pleine d'entrain et fort éprise du jeune Oswald Coote, employé dans le magasin de bicyclettes voisin de la boutique de meubles de son père.

Pendant deux ans ils vécurent fort heureux, d'abord dans deux chambres, puis dans une petite maison, ensuite dans une maison plus grande, enfin dans des immeubles de plus en plus importants, mais toujours à proximité de « l'Usine » jusqu'au moment où la situation de sir Oswald l'eût rendu indépendant et où il se mit à louer les plus vastes et les plus belles demeures qu'il pût trouver en Angleterre.

Chimneys était un château historique et lorsqu'il l'eut pris à bail pour deux ans au marquis de Caterham, sir Oswald eut l'impression d'avoir atteint le summum de son ambition.

Il s'en fallait de beaucoup que Lady Coote fût aussi heureuse. Elle se sentait toujours isolée. La principale distraction de ses premières années de mariage avait été de « causer » avec la bonne, et même, lorsque celle-ci s'était multipliée par trois, la conversation de la jeune femme avec son personnel avait continué à être pour elle une détente. Maintenant qu'elle disposait d'une armée de serviteurs : un maître d'hôtel aussi imposant qu'un archevêque, plusieurs valets de pied de taille gigantesque, un grand nombre de filles de cuisine, un « chef » de nationalité étrangère et une femme de charge aux formes amples, dont les robes bruissaient quand elle marchait, lady Coote était comme abandonnée sur une île déserte.

Elle soupira profondément et sortit par la porte-fenêtre, au grand soulagement de Jimmy Thesiger.

Arrivée sur la terrasse, elle prit sur elle d'interpeller Mac Donald, le jardinier chef, qui contemplait son domaine d'un œil d'autocrate. Mac Donald était roi parmi les hommes qui travaillaient sous ses ordres et il régnait avec despotisme.

Lady Coote s'approcha de lui avec appréhension.

— Bonjour, Mac Donald.

— Bonjour, milady.

Il parlait d'un ton digne et solennel.

— Je me demandais... si nous pourrions avoir quelques grappes de raisin pour le dîner, ce soir.

— Elles ne sont pas encore bonnes à être cueillies, dit le chef des jardiniers avec calme et fermeté.

— Oh! fit lady Coote, puis elle rassembla son courage et reprit :

— Pourtant, je suis entrée hier dans une des serres et j'ai goûté quelques grains qui m'ont paru excellents.

Mac Donald la regarda et elle rougit car elle se rendait compte qu'elle avait pris une liberté impardonnable. Évidemment, feu la marquise de Caterham n'aurait jamais commis l'incorrection d'entrer dans sa propre serre pour y goûter du raisin!

— Si milady avait donné des ordres, déclara sèchement Mac Donald, j'aurais fait couper une grappe et je la lui aurais fait apporter.

— Je vous remercie, balbutia lady Coote, c'est ainsi que j'agirai la prochaine fois.

— Mais les raisins ne sont pas encore mûrs.

— Non, sans doute, répondit l'infortunée. Mieux vaut peut-être les laisser.

Mac Donald garda un silence plein de dignité.

Lady Coote reprit courage.

— Je voulais vous parler de la pelouse qui se trouve derrière la roseraie : je me demande si on ne pourrait pas l'utiliser pour y jouer aux boules. Sir Oswald aime beaucoup le jeu de boules.

Lady Coote avait appris l'histoire d'Angleterre. Elle savait que sir Francis Drake et les chevaliers qui étaient ses compagnons jouaient aux boules lorsqu'on signala l'approche de l'Armada. C'était là une occupation de gentilhomme à laquelle Mac Donald ne pouvait raisonnablement faire aucune objection; mais elle avait compté sans le trait dominant du caractère de tout bon jardinier chef, qui est de s'opposer *a priori* aux propositions qui lui sont faites.

— Sans doute on pourrait l'employer pour cela, déclara Mac Donald d'un ton peu encourageant.

— Oui, n'est-ce pas, en la nettoyant, en la... coupant, reprit lady Coote avec espoir.

— Évidemment, déclara Mac Donald lentement. Cela pourrait se faire, mais il faudrait alors enlever William au travail de la partie basse.

— Vraiment? demanda lady Coote d'un ton dubitatif.

Les mots « partie basse » ne lui apprenaient absolument rien, mais il était évident que Mac Donald voyait là une objection insurmontable.

— Et ce serait grand dommage, continua le jardinier.

— Oh! certainement! répondit lady Coote qui se demanda pourquoi elle acquiesçait avec tant de conviction.

Mac Donald la regarda sévèrement.

— Bien entendu, fit-il, si milady m'en donne l'ordre...

Il n'acheva pas et son ton menaçant terrifia si bien la femme de sir Oswald qu'elle capitula immédiatement.

— Oh! non, s'écria-t-elle, je vois ce que vous voulez dire, Mac Donald; évidemment il vaut mieux que William continue à s'occuper de la partie basse.

— C'est bien mon opinion, milady.

— Sans aucun doute, dit lady Coote. Oh! sans aucun doute.

— J'ai bien pensé que milady serait de mon avis, déclara Mac Donald.

— Oh! sans aucun doute, répéta lady Coote.

Le jardinier toucha son chapeau et s'en alla.

La pauvre femme soupira et le regarda s'éloigner.

Jimmy Thesiger, qui avait fini de déjeuner, sortit sur la terrasse en déclarant :

— Quelle belle matinée!

— Oui, peut-être, répondit lady Coote d'un air absent.

— Où sont les autres? Sur le lac?

— Je le suppose.

Puis elle se détourna et rentra dans la maison où Tredwell examinait la cafetière.

— Oh! mon Dieu! dit la malheureuse maîtresse de maison. Est-ce que Mr Wade n'est pas encore descendu?

— Non, milady.

— Mais il est très tard.

— Oui, milady.

— J'espère qu'il va bientôt venir, Tredwell.

— C'est probable, milady, il était onze heures trente, hier matin, quand Mr Wade est descendu.

Lady Coote jeta un regard vers la pendule qui marquait midi moins vingt et elle céda à un sentiment d'humanité :

— C'est très ennuyeux pour vous, Tredwell, qui êtes obligé d'enlever ce couvert et de préparer la table pour une heure.

— Je suis habitué aux manières des jeunes messieurs, milady.

Le reproche était voilé, mais indéniable, et lady Coote rougit pour la seconde fois ce matin-là. Mais une interruption qui fut la bienvenue se produisit alors. La porte s'ouvrit et livra passage à un jeune homme à l'air sérieux, qui portait des lunettes et qui dit :

— Ah! vous voilà, lady Coote. Sir Oswald vous demande.

— J'y vais tout de suite, s'écria-t-elle.

Et elle sortit en hâte de la salle à manger.

Rupert Bateman, qui était le secrétaire particulier de sir Oswald, sortit aussi, mais par la porte qui ouvrait sur la terrasse où Jimmy Thesiger flânait toujours.

— Bonjour, Pongo, dit ce dernier. Je suppose que je vais être obligé d'aller faire l'aimable auprès des jeunes filles. Viens-tu avec moi?

Le jeune secrétaire secoua la tête et rentra dans la maison par la porte de la bibliothèque tandis que Jimmy souriait. Bateman et lui avaient fait leurs études ensemble. Rupert était déjà un garçon sérieux portant lunettes, et qui, sans cause apparente, reçut le sobriquet de Pongo.

Jimmy bâilla et se dirigea lentement vers le lac. Il y avait là trois jeunes filles, dont deux blondes et une brune, et toutes trois avaient les cheveux coupés. Celle qui riait le plus répondait au prénom d'Hélène, la seconde à celui de Nancy et la troisième était communément appelée « Socks ». Elles étaient accompagnées de deux amis de Jimmy, Bill Eversleigt et Ronny Devereux, qui occupaient des postes au Foreign Office.

— Tiens, voilà Jimmy, dit Bill. Est-il possible que Gerry Wade ne soit pas encore levé?

— Un de ces jours, déclara Ronny, il ne s'éveillera qu'à l'heure du thé.

— C'est honteux, fit la jeune fille que l'on appelait « Socks », car cela ennuie beaucoup lady Coote.

— Viens avec moi, suggéra Bill, nous allons le tirer hors de son lit.

— Oh! soyons plus spirituels que cela, dit Socks, qui employait fréquemment cette expression.

— Je ne suis pas spirituel, déclara Jimmy.

— Voyons, proposa Ronny, réunissons nos idées et tâchons, demain matin, de l'obliger à se lever à sept heures. Tredwell en perdrait ses favoris postiches, lady Coote aurait une syncope, sir Oswald dirait « Ah! » et aussitôt le cours de l'acier monterait d'un point.

— Vous ne connaissez pas Gerry, répliqua Jimmy.

Peut-être une application bien faite d'eau glacée l'éveillerait-elle, mais il se tournerait de l'autre côté et se rendormirait aussitôt.

— Oh! il faut trouver quelque chose de plus spirituel que l'eau froide, s'écria Socks.

— Mais quoi? demanda Ronny.

— Voilà Pongo, fit Jimmy. Il a toujours eu un cerveau bien organisé. Consultons-le.

Bateman écouta patiemment plusieurs déclarations incohérentes, ensuite il répondit :

— Je vous propose un réveille-matin; je m'en sers toujours moi-même.

Puis il s'éloigna.

— Un réveille-matin! Il en faudrait une douzaine pour éveiller Gerry Wade!

— Eh bien, pourquoi pas? interrogea Bill. Allons tous à Market Basing et achetons-en chacun un.

Il y eut des rires, des discussions, puis Bill et Ronny partirent pour préparer les automobiles et Jimmy fut dépêché pour s'assurer si Wade était levé. Il ne tarda pas à revenir en disant :

— Oui, il est là et il répare le temps perdu en mangeant des toasts et de la marmelade. Comment allons-nous l'empêcher de nous accompagner?

On décida de mettre lady Coote dans la confidence. Jimmy, Nancy et Hélène se chargèrent de ce soin, mais leur hôtesse se montra fort effrayée.

— Une plaisanterie? Vous ferez attention, n'est-ce pas, mes enfants? Vous n'abîmerez rien? Notre location prend fin la semaine prochaine et je ne voudrais pas que lord Caterham pût croire...

Bill, qui revenait du garage, l'interrompit pour dire d'un ton rassurant :

— Ne vous inquiétez pas, lady Coote. Bundle Brent, la fille de lord Caterham, est mon amie d'enfance et elle a l'esprit très large. Notre plaisanterie ne causera aucun dégât, aucun désordre.

— Et sera tout à fait spirituelle, déclara Socks.

Lady Coote longeait tristement la terrasse lorsque Gerald Wade sortit de la salle à manger.

Jimmy Thesiger était un jeune homme blond aux traits de séraphin, et tout ce que l'on pouvait dire de Wade c'est qu'il avait un visage encore plus blond et plus séraphique dont l'expression vague rendait, par contraste, celui de Jimmy positivement intelligent.

— Bonjour, lady Coote, dit-il. Où sont les autres?

— Ils sont tous partis pour Market Basing.

— Pour quoi faire?

— Une plaisanterie, répondit lady Coote de sa voix grave.

— Ils commencent donc dès le matin?

— Il n'est pas de si bonne heure, fit son hôtesse d'un ton significatif.

— Je crains d'être descendu un peu en retard, reprit Wade avec une franchise assez séduisante. C'est tout à fait extraordinaire mais, partout où je vais, je suis toujours le dernier à descendre.

— C'est extraordinaire, en effet!

— Je ne sais pas à quoi cela tient, dit Wade d'un ton méditatif.

— Pourquoi ne vous levez-vous pas tout simplement? suggéra lady Coote.

— Oh! fit Gerald que la simplicité de cette solution parut stupéfier.

Son hôtesse reprit avec conviction :

— J'ai entendu sir Oswald déclarer souvent que rien ne sert plus à un jeune homme dans l'existence que d'être exact en toutes circonstances.

— Je sais bien et j'y suis obligé quand je me trouve à Londres. Je dois être au Foreign Office à onze heures du matin. Ne croyez pas que je sois toujours paresseux, lady Coote... Vous avez de bien jolies fleurs dans cette bordure; il me semble que nous en avons aussi à la maison; ma sœur aime énormément le jardinage.

Lady Coote s'intéressa tout de suite à la conversation et ils se mirent à discourir sur les défauts des jardiniers.

Pendant ce temps, le principal bazar de Market Basing avait été envahi et son propriétaire se montrait quelque peu étonné de voir tant de clients lui demander des réveille-matin.

— Je regrette que Bundle ne soit pas ici, murmura Bill. Vous l'avez rencontrée, n'est-ce pas, Jimmy? Oh! elle vous plairait. C'est une femme délicieuse, une excellente camarade et qui, de plus, est extrêmement intelligente. Tu la connais, Ronny?

Celui-ci secoua négativement la tête.

— Tu ne connais pas Bundle? C'est impossible!

— Voyons, Bill, interrompit Socks, soyez donc un peu spirituel. Cessez de faire l'éloge de cette jeune fille et occupez-vous de notre affaire.

Mr Murgatroyd, propriétaire du bazar, prit alors la parole :

— Si vous vouliez me permettre de vous donner un conseil, mademoiselle, je vous dirais de ne pas prendre ce réveil à sept shillings et onze pence. Il est excellent, je ne voudrais pas le déprécier, mais je vous conseille fortement celui de dix shillings six pence qui vaut certainement mieux car il est sûr...

— Mais cela n'a aucune importance, interrompit une des jeunes filles; il suffit qu'il ait une forte sonnerie.

— Il nous faut... continua Bill qui ne put achever sa phrase car Jimmy avait mis toutes les pendulettes en marche et, pendant cinq minutes, le bazar retentit de leurs sonneries.

Enfin, les jeunes gens en choisirent six, puis Ronny déclara :

— J'en prends un pour Pongo; l'idée nous vient de lui et il ne faut pas qu'il soit exclu.

— Très bien, approuva Bill; j'en prends aussi un pour lady Coote; plus il y en aura, plus ce sera amusant. D'ailleurs elle fait partie du complot.

Les réveille-matin furent donc enveloppés, payés et Mr Murgatroyd regarda s'éloigner les automobiles d'un air perplexe en songeant que les jeunes générations étaient incontestablement fort intelligentes, mais assez malaisées à comprendre. Et ce fut avec soulagement qu'il se tourna vers la femme du vicaire qui désirait acheter une théière.

CHAPITRE II

OU IL S'AGIT DE RÉVEILLE-MATIN

— Maintenant où allons-nous les mettre?

Le dîner était terminé et sir Oswald proposa une partie de bridge. « Proposa » n'est pas le terme exact, car sir Oswald, ainsi qu'il convenait à un « Roi de l'industrie » (n° 7 de la série 1), avait simplement exprimé une préférence et ceux qui l'entouraient s'étaient hâtés de déférer à son désir.

Rupert Bateman et lui étaient partenaires contre lady Coote et Gerald Wade, ce qui était parfait.

Sir Oswald jouait au bridge comme il faisait tout, c'est-à-dire extrêmement bien, et il aimait avoir partie liée avec quelqu'un qui fût digne de lui. Or, Bateman était aussi bon joueur qu'excellent secrétaire. Tous deux se contentaient de proférer des phrases laconiques : « Deux sans atouts », « Je contre », « Trois piques », tandis que lady Coote et Wade causaient aimablement. Le jeune homme ne manquait jamais de dire à la fin de chaque coup : « Partenaire, vous avez admirablement joué », ce qui paraissait fort encourageant à lady Coote; ils avaient d'ailleurs d'excellentes cartes. Le groupe de jeunes gens était supposé en train de danser aux sons de la T.S.F. dans le grand salon mais, en réalité, tous étaient rassemblés devant la porte de Gerald.

— Disposons-les en rang sous le lit, répondit Jimmy à la question de Bill.

— Et à quelle heure allons-nous les régler? Tous ensemble ou à intervalles réguliers?

Ce détail fut chaudement discuté; les uns déclarèrent que, pour un dormeur tel que Wade, les huit sonneries combinées étaient indispensables; les autres que mieux valait un long effet soutenu. Ce furent ceux-ci qui l'emportèrent et les réveils furent réglés de manière à sonner l'un après l'autre, en commençant à 6 h. 30.

— J'espère, fit Bill, que ce sera une bonne leçon pour lui.

Ils disposèrent les huit pendulettes sous le lit lorsque Jimmy s'écria :

— Chut! quelqu'un monte l'escalier... Oh! ce n'est que Pongo.

Bateman, qui était « mort », en profitait pour aller chercher un mouchoir dans sa chambre.

Il s'arrêta, comprit la situation et fit une réflexion d'ordre pratique :

— Il entendra les tic tac lorsqu'il ira se coucher.

Les conspirateurs s'entre-regardèrent.

— J'ai toujours dit que Pongo était intelligent, déclara Jimmy d'un ton admiratif.

L'homme intelligent s'éloigna.

— C'est vrai, fit Ronny Devereux, ces huit réveils vont faire beaucoup de bruit et même quelqu'un d'aussi niais que Gerry s'en apercevrait...

— Je me demande s'il l'est autant qu'on le croit, dit Jimmy Thesiger.

— S'il est autant quoi?

— Aussi bête que nous le supposons.

Ronny le regarda avec étonnement :

— Voyons, nous le connaissons tous!

— Est-ce bien sûr? interrogea Jimmy. J'ai quelquefois pensé que... qu'il n'était pas possible à qui que ce soit d'être aussi borné que Gerry veut en avoir l'air.

Tous le regardèrent et le visage de Ronny devint grave.

— Jimmy, déclara-t-il, vous avez un cerveau.

— Comme Pongo, ajouta Bill.

— Oh! je viens seulement de songer à ce que je vous ai dit, fit Jimmy comme pour se défendre.

— Voyons! Ne cherchons pas tous à être spirituels. s'écria Socks. Qu'allons-nous décider?

— Voici Pongo qui revient; demandons-lui ce qu'il faut faire, proposa Jimmy.

Bateman, consulté, répondit :

— Attendez qu'il soit couché et endormi, puis entrez sans bruit dans la chambre et déposez-les sur le plancher.

— Il a encore raison, fit Jimmy. Emportons-les chez nous, puis descendons pour ne pas éveiller les soupçons.

La partie de bridge n'était pas encore terminée,

mais sir Oswald jouait maintenant avec sa femme à laquelle il indiquait consciencieusement toutes les erreurs qu'elle commettait. Lady Coote acceptait ses remontrances avec bonne humeur, mais sans y attacher le moindre intérêt et elle répéta plusieurs fois :

— Je comprends, mon ami, vous êtes fort aimable de me donner ces conseils, tout en continuant à faire exactement les mêmes fautes. De temps à autre, Gerald disait à Pongo :

— Bien joué, partenaire, très bien joué.

Bill Eversleigh faisait des hypothèses avec Ronny Devereux :

— S'il se couche vers minuit, au bout de combien de temps penses-tu que nous pourrons entrer? Une heure?

Il bâilla et ajouta :

— C'est bizarre, habituellement je ne m'endors guère avant trois heures du matin mais, ce soir, parce que je sais que je vais être obligé de veiller, je donnerais n'importe quoi pour pouvoir aller me coucher!

Tous déclarèrent qu'ils éprouvaient la même impression.

— Ma chère Maria, disait sir Oswald avec une légère irritation, je vous répète sans cesse qu'il ne faut pas hésiter lorsque vous allez tenter une impasse, car vous renseignez vos adversaires.

Lady Coote aurait pu répondre victorieusement que son mari étant « mort » n'avait pas le droit de faire des réflexions sur son jeu; mais elle ne dit rien, se pencha en avant et regarda les cartes que tenait Gerald Wade, assis à sa droite. Ses incertitudes ayant été apaisées par la vue de la reine, elle joua le valet, fit la levée et déclara :

— Quatre tricks et la manche; j'ai eu de la chance!

Lady Coote rassemblait des billets et des pièces de monnaie.

— Je sais que je ne joue pas bien, déclara-t-elle d'un ton morne qui cachait une satisfaction évidente, mais je suis heureuse aux cartes.

— Vous ne serez jamais une véritable bridgeuse, Maria, déclara sir Oswald.

— Non, mon ami; vous me le dites sans cesse, pourtant je fais beaucoup d'efforts!

— Incontestablement, murmura Wade, et elle ne s'en cache même pas. Elle poserait sa tête sur votre épaule si elle n'avait pas d'autre moyen de voir dans votre jeu!

— Je sais bien que vous essayez de faire des progrès, déclara sir Oswald, mais vous n'avez pas le sens du bridge.

— Oui, mon ami... mais vous me devez encore dix shillings, Oswald.

— Vraiment? fit celui-ci.

— Oui. Dix-sept cents points font huit livres dix shillings et vous ne m'avez donné que huit livres.

— Oh! je vous demande pardon!

Lady Coote sourit tristement et prit le billet que lui tendait son mari. Elle l'aimait beaucoup, mais elle n'avait pas l'intention de lui faire cadeau de dix shillings.

Sir Oswald s'approcha d'une table et offrit du whisky et soda à ses hôtes. Il était minuit et demi et on échangea des souhaits de bonne nuit.

Ronny Devereux, dont la porte était voisine de celle de Gerald Wade, fut chargé d'appeler les conspirateurs au moment voulu et, à deux heures moins le quart, il alla frapper discrètement aux portes des chambres. Les jeunes gens vêtus de pyjamas et les jeunes filles enveloppées de robes de chambre s'assemblèrent en riant et en murmurant.

— Il a éteint sa lumière il y a environ vingt minutes,

déclara Ronny. J'ai entr'ouvert sa porte et je crois qu'il dort.

Chacun alla chercher son réveille-matin; puis une nouvelle question se posa. Il s'agissait de savoir quelle serait la personne qui entrerait et les placerait dans la chambre.

Les trois jeunes filles furent écartées parce qu'on déclara qu'elles riraient certainement. Bill Eversleigh fut éliminé à cause de son poids qui lui donnait un pas lourd. Jimmy et Ronny furent discutés mais, à la fin, la majorité se décida en faveur de Rupert Bateman.

— Il a toujours marché comme un chat, fit Jimmy; de plus, si Gerry se réveillait, Pongo trouverait une excellente explication à lui donner.

— Quelque chose de spirituel, déclara Socks.

— Justement.

Pongo accomplit sa tâche avec adresse; il ouvrit sans bruit la porte de la chambre et se glissa à l'intérieur en emportant deux réveille-matin, puis revint vers le seuil où on lui en remit deux autres et il répéta encore deux fois cette manœuvre.

Lorsqu'il reparut enfin, chacun retint sa respiration pour écouter. Celle de Gerald Wade se faisait entendre avec régularité, mais elle était presque noyée par le tic tac des huit pendulettes achetées dans le bazar Murgatroyd.

CHAPITRE III

LA PLAISANTERIE ÉCHOUE

— Midi! déclara Socks avec désespoir.

En tant que plaisanterie, celle-ci paraissait avoir fait long feu. Cependant, les réveille-matin avaient rempli leur office, car ils avaient sonné avec une vigueur qui fit sauter hors de son lit Ronny Devereux, convaincu que le jour du Jugement dernier était arrivé. Si l'effet produit était tel dans la chambre voisine, que devait-il avoir été de près?

Ronny alla appliquer son oreille contre la porte de Gerry... mais il n'entendit rien d'autre que le tic tac monotone des pendulettes. Au même instant, la sonnerie suivante éclara avec un bruit aigu qui eût exaspéré un sourd.

Sans aucun doute, Mr Murgatroyd n'avait pas vanté exagérément sa marchandise, mais il était évident que le sommeil de Gerald Wade défiait toute interruption.

— C'est invraisemblable, grommela Jimmy.

— Cela me paraît extraordinaire, déclara Bateman de son air sérieux. Il devrait consulter un médecin.

— Je crois, fit la jeune Socks, qu'il se moque de nous. Il s'est certainement éveillé, mais il va descendre en prétendant n'avoir rien entendu.

Tous la regardèrent.

— C'est possible, déclara Bill.

— Il est tout simplement très spirituel, dit Socks; il

paraîtra encore plus tard que d'habitude... simplement pour nous ennuyer.

Comme il était maintenant plus de midi, cette opinion fut partagée par tous. Seul Ronny Devereux la discuta.

— Vous oubliez, dit-il, que je me trouvais derrière sa porte lorsque le troisième réveille-matin a sonné. Quoi que Gerry ait pu se décider à faire par la suite, il devait tout de même être étonné à ce moment-là et il aurait manifesté sa surprise. Où l'avais-tu mis, Pongo?

— Sur sa table de chevet.

— C'était une excellente idée, reprit Ronny qui ajouta en s'adressant à Bill :

— Si une forte sonnerie retentissait à quelque centimètres de ton oreille, à six heures et demie du matin, que dirais-tu?

— Mon Dieu! répondit Eversleigh, je dirais... et il s'arrêta court.

— Évidemment, répliqua Ronny, moi aussi et tout le monde en ferait autant! L'homme primitif reparaîtrait... Or, il ne s'est pas manifesté!

— Et il est midi vingt, fit observer une des jeunes filles.

— C'est vraiment excessif, dit lentement Jimmy. Une plaisanterie est une plaisanterie, mais celle-ci est poussée un peu loin... à cause des Coote...

Bill le regarda :

— Que voulez-vous dire?

— Eh bien, déclara Thesiger... Il me semble que cette manière d'agir n'est pas conforme au caractère de Gerry.

Il ne savait comment exprimer ce qu'il pensait car il ne voulait pas trop parler, et cependant...

Ronny devenait attentif.

Ce fut à ce moment que Tredwell entra et regarda autour de lui avec hésitation.

— Je croyais que Mr Bateman était là, dit-il enfin.

— Il vient de sortir sur la terrasse, répondit Ronny. Ne puis-je le remplacer?

Les yeux du maître d'hôtel allèrent de lui à Jimmy et les deux jeunes gens le suivirent hors de la salle à manger dont Tredwell ferma la porte derrière lui avec soin.

— Qu'y a-t-il? interrogea Ronny.

— Mr Wade ne descendant pas, monsieur, j'ai pris la liberté d'envoyer James dans sa chambre et il est revenu très ému...

Tredwell s'arrêta puis reprit :

— Je crains, monsieur, que le pauvre jeune homme ne soit mort dans son sommeil!

Jimmy et Ronny le regardèrent et ce dernier s'écria :

— Voyons... c'est... c'est impossible!... Gerry!...

Ses lèvres tremblèrent et il reprit :

— Je vais... je vais... aller voir... James a pu se tromper!

Mais Tredwell étendit la main et Jimmy se rendit compte avec un étrange sentiment de froideur que cet homme était maître de la situation.

— Non, monsieur, reprit-il, James ne s'est pas trompé; j'ai déjà envoyé chercher le docteur Cartwright et, en attendant, je me suis permis de fermer la porte à clef avant de prévenir sir Oswald de ce qui s'est passé. Il faut que j'aille parler à Mr Bateman.

Tredwell s'éloigna et Ronny demeura comme pétrifié.

— Gerry! murmura-t-il.

Jimmy le prit par le bras et l'entraîna vers une partie déserte de la terrasse où il le fit asseoir.

— Remettez-vous, mon vieux, lui dit-il doucement;

mais il le regarda avec quelque curiosité car il ne se doutait pas que Ronny fût si lié avec Gerald Wade.

— Pauvre Gerry! dit-il d'un ton pensif. Il paraissait pourtant se porter fort bien!

Ronny fit un signe affirmatif.

— Toute notre plaisanterie des réveille-matin paraît macabre maintenant, continua Jimmy. C'est étrange comme la comédie et le drame se mêlent souvent!

Il parlait un peu au hasard pour donner à Ronny le temps de se ressaisir; celui-ci murmura :

— Je voudrais bien voir arriver le docteur car il me tarde de savoir...

— Quoi donc?

— De quoi il est mort!

Jimmy fit une moue :

— D'une maladie de cœur, je suppose...

Mais Devereux eut un rire moqueur.

— Voyons, Ronny...

— Eh bien?

Jimmy eut peine à poursuivre :

— Vous ne croyez pas... vous ne supposez pas... qu'il a été assassiné?

Ronny ne répondit pas et continua à regarder droit devant lui.

Thesiger hocha la tête et attendit.

Ce fut l'arrivée de Tredwell qui interrompit leur silence.

— Le docteur désire voir ces messieurs dans la bibliothèque.

Ronny se précipita vers la maison, suivi de Jimmy.

Le docteur Cartwright était un homme jeune, au visage intelligent et énergique. Bateman, qui avait l'air plus sérieux que jamais, fit les présentations.

— On me dit que vous étiez lié avec Mr Wade, commença le médecin, en s'adressant à Ronny.

— J'étais son meilleur ami.

— Ah! Cette mort, quoique fort triste, paraît assez simple. Ce jeune homme paraissait avoir une bonne constitution. Savez-vous s'il avait l'habitude de prendre des narcotiques?

Ronny le regarda avec stupeur :

— Mais il avait un sommeil de plomb!

— Vous ne l'avez jamais entendu se plaindre d'insomnies?

— Jamais.

— Pourtant la cause du décès est évidente et je crains que nous ne soyons obligés de demander une enquête.

— Quelle est donc cette cause?

— Une dose trop forte de chloral : il y en avait un flacon avec un verre à côté de son lit.

Ce fut Jimmy qui posa la question qu'il sentait monter aux lèvres de son ami, mais que celui-ci ne parvenait pas à formuler.

— Il ne peut pas être question de... de meurtre, je suppose?

Le docteur se tourna vivement vers lui.

— Pourquoi demandez-vous cela? Avez-vous des raisons de le penser?

Jimmy regarda Devereux. Si celui-ci savait quelque chose, c'était le moment de parler mais, à sa grande surprise, Ronny secoua la tête.

— Aucune raison, déclara-t-il nettement.

— Et ne croyez-vous pas qu'il puisse s'agir d'un suicide?

— Certainement non.

Ronny parlait d'un ton décisif, mais le docteur ne paraissait pas aussi convaincu que lui.

— Vous ne lui connaissez pas de préoccupations? Pas d'ennuis d'argent? Pas d'affaire de cœur?

Devereux secoua encore la tête.

— Il faut prévenir sa famille, reprit Cartwright.

— Gerry avait une sœur, ou plus exactement une demi-sœur qui habite Deane Priory, à une vingtaine de kilomètres d'ici. Lorsque Wade n'était pas à Londres, il demeurait avec elle.

— Ah! dit le docteur; il va falloir l'avertir.

— J'irai, déclara Ronny. C'est une mission pénible, mais quelqu'un sera bien obligé de la remplir. Il regarda Jimmy et ajouta :

— Vous la connaissez, n'est-ce pas?

— Un peu; j'ai dansé une ou deux fois avec elle.

— Alors, si vous le voulez bien, nous irons avec votre voiture; je n'ai pas le courage de me rendre seul auprès d'elle.

— J'allais vous le proposer et je vais préparer une voiture.

Thesiger sortit, assez soulagé d'avoir quelque chose à faire, car l'attitude de Ronny le surprenait. Que savait-il ou que soupçonnait-il? Et, s'il avait des doutes, pourquoi ne les communiquait-il pas au médecin?

Peu après, les deux jeunes gens s'éloignaient à toute vitesse sur la route et Ronny disait :

— Jimmy... je crois que vous êtes le meilleur ami qui me reste...

— Eh bien?

— Je voudrais vous dire quelque chose que vous devriez savoir...

— Au sujet de Gerry Wade?

— Oui.

Jim attendit.

— Mais je ne suis pas sûr d'en avoir le droit.

— Pourquoi?

— Je suis lié par une sorte de promesse.

— Oh! Alors, peut-être vaut-il mieux que vous ne disiez rien.

Il y eut un nouveau silence.

— Pourtant, j'aimerais... Jimmy, vous êtes plus intelligent que moi...

— Je n'y ai pas grand mérite, répliqua Thesiger brutalement.

— Non, je ne puis! dit Ronny soudain.

— Fort bien.

Après un instant de réflexion, Devereux reprit :

— Comment est-elle?

— Qui cela?

— La sœur de Gerry.

Jimmy ne répondit pas immédiatement et, lorsqu'il reprit la parole, il dit d'un ton qui s'était quelque peu modifié :

— Elle est très bien... tout à fait bien.

— Je sais que Gerry lui était fort attaché; il en parlait souvent.

— Elle aimait beaucoup son frère. Cela... cela va lui porter un coup terrible.

— Oui, nous avons là une mission bien pénible à remplir.

Ils demeurèrent silencieux jusqu'à ce qu'ils fussent arrivés à Deane Priory.

Une femme de chambre leur dit que miss Loraine était dans le jardin, mais que s'ils voulaient voir d'abord Mrs Coker...

Jimmy déclara vivement qu'il ne désirait pas voir Mrs Coker.

— Qui est-ce? interrogea Ronny.

— La vieille dame qui sert de chaperon à Loraine.

Ils longèrent une allée au bout de laquelle ils aperçurent une jeune fille avec deux épagneuls noirs. Elle était petite, très blonde, vêtue d'un vieux costume. Ce n'était pas du tout le type de femme que Ronny s'attendait à trouver.

Elle vint à la rencontre des deux amis, après avoir saisi un des chiens au collier.

— Comment vous portez-vous? dit-elle. Ne faites pas attention à Babette; elle a des petits et elle est très méfiante...

L'attitude de Loraine Wade était d'une extrême simplicité et, tandis qu'elle levait la tête en souriant, ses joues devinrent roses. Elle avait des yeux d'un bleu très foncé qui s'agrandirent soudain comme si elle devinait un malheur.

Jimmy se hâta de dire :

— Voici Ronny Devereux, miss Wade. Vous avez dû entendre parler souvent de lui.

— Oh! oui, répondit la jeune fille en adressant un beau sourire amical à Ronny. Vous faites tous deux un séjour à Chimneys, n'est-ce pas? Pourquoi n'avez-vous pas amené Gerry?

— Nous... nous n'avons pas pu, commença Devereux qui s'arrêta.

Jimmy revit un regard passer dans les yeux de Loraine et dit :

— Miss Wade, je crains... nous vous apportons de mauvaises nouvelles!

— Gerry?

— Oui... il est...

Elle frappa du pied avec une violence soudaine.

— Oh! parlez... parlez!

Puis elle ajouta en se tournant vers Ronny :

— Dites-moi la vérité.

Jimmy éprouva un sentiment de jalousie et, en cet instant, il comprit ce qu'il n'avait pas voulu, jusqu'alors, s'avouer à lui-même : il se rendit compte de la raison pour laquelle Hélène, Nancy, Socks, ne présentaient aucun intérêt à ses yeux et ce fut à peine s'il entendit Ronny répondre de sa voix grave :

— Oui, miss Wade, je vais tout vous dire ; Gerry est mort!

La jeune fille était brave. Elle sursauta, fit un pas en arrière mais, au bout d'une minute, elle commença à poser avidement des questions.

— Comment? Quand?

Ronny la renseigna avec douceur et elle s'écria :

— Gerry, prendre un narcotique? C'est impossible!

Jimmy lui jeta un regard qui était presque un avertissement car il eut l'impression que Loraine, dans sa candeur, allait trop parler.

A son tour, il lui expliqua, du mieux qu'il put, la nécessité de faire ouvrir une enquête.

Elle frissonna et refusa l'offre des deux jeunes gens de la ramener à Chimneys, en déclarant qu'elle s'y rendrait un peu plus tard. Elle avait une petite voiture automobile à deux places...

— Mais j'ai besoin d'être... un peu seule, d'abord, expliqua-t-elle d'un ton pitoyable.

— Je comprends fort bien, dit Ronny.

— Oui, ajouta Jimmy.

Puis tous deux la regardèrent sans trop savoir ce qu'ils pourraient faire.

— Je vous remercie d'être venus, dit Loraine.

Ils repartirent en silence; une sorte de contrainte pesait sur eux.

— Voilà une femme courageuse! déclara Ronny, et Jimmy acquiesça.

— Gerry était mon ami, reprit Devereux. J'aurai le devoir de veiller sur elle.

— Oh! évidemment.

Puis ils se turent définitivement.

En arrivant à Chimneys, Jimmy rencontra lady

Coote qui était en larmes et ne cessait de répéter :

— Le pauvre garçon! Le pauvre garçon!

Et elle lui raconta avec force détails la mort de plusieurs personnes qui étaient de ses amies.

Jimmy l'écouta avec une sympathie apparente et la quitta dès qu'il le put sans manquer à la courtoisie. Il monta l'escalier en courant et rencontra Ronny qui sortait de la chambre de Gerald Wade et qui parut un peu déconcerté en l'apercevant.

— Je viens de le voir, lui dit-il. Est-ce que vous y allez aussi?

— Je ne crois pas, répondit Thesiger qui était jeune, plein de santé et que la pensée de la mort impressionnait désagréablement.

— J'estime que tous ceux qui l'ont connu devraient y aller.

— Vraiment? répondit Jimmy qui estima, à part lui, que Ronny Devereux se montrait fort étrange en cette circonstance.

— Oui, c'est un signe de respect.

Jimmy soupira, mais céda.

— Très bien, dit-il; et serrant les dents, il entra dans la chambre.

On avait placé des fleurs blanches sur le couvre-pieds et la pièce avait été mise en ordre. Thesiger jeta un regard rapide sur le visage blême et immobile. Était-il possible que ce fût là Gerry Wade à la figure poupine?

Il frissonna et se détourna pour quitter la chambre, mais son regard tomba sur la cheminée et il sursauta : les réveille-matin y avaient été rangés avec soin... Jimmy sortit et trouva Ronny au-dehors.

— Il repose en paix, marmotta-t-il, mais il n'a pas eu de chance.

Puis il ajouta :

— Qui a aligné ces réveille-matin?
— Je l'ignore; un des domestiques sans doute.
— Mais il en manque un; il n'y en a plus que sept. L'avez-vous remarqué?
— Sept au lieu de huit, fit Jimmy, les sourcils froncés. Pourquoi?

CHAPITRE IV

UNE LETTRE

— Je déclare que c'est là un manque de considération, dit lord Caterham.

Il parlait d'une voix douce et plaintive et paraissait enchanté du mot qu'il avait trouvé.

— Oui, un manque complet de considération; d'ailleurs, j'ai souvent constaté que ces hommes qui se sont faits eux-mêmes ont ce défaut; c'est peut-être pour cela qu'ils amassent des fortunes aussi considérables.

Tout en parlant il regardait tristement son domaine ancestral dont il avait repris possession ce même jour. Sa fille, lady Eileen Brent, que ses amies désignaient sous le nom de « Bundle », se mit à rire.

— Tu n'amasseras certainement jamais une grosse fortune, dit-elle, encore que tu n'aies pas obtenu un si mauvais résultat en persuadant au vieux Coote de louer cette demeure! Comment est-il? Présentable?

— C'est un de ces gros hommes, répondit lord Caterham, qui ont une figure rouge, carrée, et des cheveux d'un gris de fer. Il est puissant; il a ce que l'on appelle « une forte personnalité ». Je préfère de beaucoup les gens inutiles et aimables.

— Mais un homme inutile et aimable n'aurait pas pu te payer le prix que tu demandais de ce vieux mausolée, déclara Bundle.

Lord Caterham cilla.

— N'emploie pas ce mot, Bundle, nous commencions à penser un peu moins à cette pénible affaire!

— Je ne comprends pas pourquoi tu y es si sensible. Il faut bien que les gens meurent quelque part.

— Il n'y a aucune raison pour que ce soit chez moi, déclara lord Caterham.

— Pourquoi? N'est-ce pas là ce qui s'est produit pour quantité de vieux ancêtres?

— C'est tout différent! Naturellement les Brent doivent mourir ici, mais il me déplaît surtout qu'il y ait une enquête. Cela devient une habitude! Voici la seconde! Tu te rappelles tous les désagréments que nous avons eus il y a quatre ans? D'ailleurs, c'était la faute de Georges Lomax!

— Et maintenant c'est Coote que tu en rends responsable? Je suis certaine qu'il a dû être aussi ennuyé que toi.

— C'est un manque de considération, reprit lord Caterham avec obstination. On ne devrait pas inviter des gens que l'on croit capables de faire une chose pareille. Tu diras ce que tu voudras, Bundle, je n'aime pas les enquêtes et je ne les aimerai jamais.

— Mais ce n'est pas le même cas que la dernière fois, dit la jeune fille d'un ton réconfortant. Je veux dire qu'il ne s'agit pas d'un assassinat.

— On aurait pu le croire à en juger par toute l'importance que ce stupide inspecteur a donnée à l'affaire! Il ne s'est jamais remis de celle d'il y a quatre ans et il s'imagine que chacune des morts qui se produit ici doit être causée par un meurtre doublé d'un complot politique. Tu n'as pas idée des complications qu'il a fait surgir! Tredwell m'a tout raconté : il a cherché partout des empreintes digitales et, bien entendu, n'a trouvé que celles du mort. Il n'y a rien d'obscur dans cette affaire, bien qu'on ne sache pas s'il s'agit d'un suicide ou d'un accident.

— J'ai rencontré Gerald Wade une fois, dit Bundle. C'était un ami de Bill; il t'aurait plu, papa, car je n'avais jamais vu quelqu'un d'aussi insignifiant.

— Aucune personne qui viendrait ainsi mourir dans ma maison ne me plairait, déclara lord Caterham d'un ton entêté.

— Je ne puis imaginer que quelqu'un ait eu l'idée de l'assassiner, continua Bundle. C'est absurde.

— Évidemment et tout le monde a cette opinion. Il faut un âne comme l'inspecteur Haglan pour supposer le contraire.

— Je pense qu'il a voulu se donner l'air d'un savant en relevant des empreintes. D'ailleurs on a conclu à une mort accidentelle, n'est-ce pas?

Lord Caterham fit un signe d'assentiment.

— Oui, on a bien été obligé de respecter les sentiments de sa jeune sœur.

— Wade avait donc une sœur? Je l'ignorais.

— Une demi-sœur, je crois.

Il s'interrompit car Bundle venait de se précipiter sur la terrasse en appelant d'une voix autoritaire :

— Mac Donald!

Le roi des jardiniers approcha et esquissa un sourire de bienvenue qui se dissimula cependant sous son air naturellement lugubre.

— Votre Seigneurie? dit-il.

— Comment vous portez-vous? demand Bundle.

— Ma santé n'est pas merveilleuse.

— Je voulais vous parler du terrain de boules ; il est envahi par l'herbe. Faites-le nettoyer, s'il vous plaît.

Mac Donald hocha dubitativement la tête.

— Il faudra retirer William de la partie basse, Milady.

— Tant pis pour la partie basse. Qu'il commence tout de suite. Ah! il y a encore autre chose.

— Oui, Milady.

— Envoyez-nous quelques grappes de raisins ; je sais que le moment ne doit pas être propice pour les couper car il ne l'est jamais mais j'en voudrais tout de même.

Puis Bundle rentra dans la bibliothèque en disant:

— Je voulais parler à Mac Donald, papa. Disais-tu quelque chose?

— Oui, mais cela n'a pas d'importance. Pourquoi voulais-tu voir Mac Donald?

— Pour essayer de l'empêcher de se comparer à Dieu le Père! Mais c'est une tâche impossible. Je suppose que les Coote ont eu une mauvaise influence sur lui... Quel genre de femme est lady Coote?

Lord Caterham réfléchit une minute.

— Je crois qu'elle a peur de tout et qu'elle a été très effrayée par l'histoire des réveille-matin.

— Quels réveille-matin?

— Tredwell vient de me la raconter : les jeunes gens qui étaient en séjour ici avaient voulu faire une plaisanterie au jeune Wade, en achetant plusieurs réveils et en les cachant dans sa chambre; mais le pauvre garçon est mort, ce qui a rendu l'idée assez macabre.

Bundle fit un signe d'assentiment.

— Tredwell m'a encore raconté quelque chose d'assez étrange au sujet de ces réveils. Quelqu'un paraît les avoir rangés sur la cheminée, après la mort du malheureux garçon.

— Qu'y a-t-il là d'extraordinaire? interrogea Bundle.

— Je ne comprends pas très bien moi-même, mais il en est résulté un incident, car personne n'a voulu avouer avoir mis en ordre ces pendulettes. Tous les domestiques ont été interrogés et ont juré qu'ils n'y avaient pas touché. Cela a donc créé une sorte de mystère. Le coroner a posé des questions à ce sujet au cours de l'enquête, mais la lumière ne s'est pas faite. D'ailleurs, il est très difficile de comprendre à distance des choses comme celles-là et je n'ai pas saisi la moitié de ce que Tredwell m'a dit... A propos, Bundle, ce garçon est mort dans ta chambre!

La jeune fille fit une grimace et demanda avec indignation :

— Pourquoi choisir ma chambre?

— C'est bien ce que j'ai dit, répliqua lord Caterham d'un ton triomphant. C'est un manque complet de considération.

— Cependant cela ne m'impressionne pas, déclara vaillamment Bundle. Pourquoi serais-je impressionnée?

— Eh bien, pour moi pareille chose serait désagréable. J'aurais des cauchemars où je verrais des mains spectrales ou des chaînes grinçantes.

— Pourtant, déclara Bundle, la grand'tante Louisa est morte dans ton lit. Je m'étonne que tu ne voies pas son fantôme tourner autour de toi!

— Je le vois quelquefois, dit lord Caterham en frissonnant. Surtout quand j'ai mangé du homard.

— Heureusement que je ne suis pas superstitieuse, répliqua Bundle.

Pourtant, ce soir-là, lorsqu'elle fut assise devant son feu, les pensées de lady Eileen revinrent vers le gai jeune homme qu'était Gerry Wade; il était impossible de supposer qu'un être si heureux de vivre ait pu, de propos délibéré, se donner la mort. Il devait avoir réellement pris un narcotique et accidentellement forcé la dose. C'était possible car Bundle ne croyait pas que Wade eût été d'une intelligence supérieure.

Son regard se tourna vers la cheminée et elle commença à songer aux réveille-matin.

La femme de chambre lui avait rapporté un détail, sans doute omis par Tredwell, qui avait piqué la curiosité de la jeune fille : sept pendulettes avaient été alignées sur la cheminée, après la mort de Gerry et une huitième fut retrouvée sur la pelouse, sous la fenêtre par laquelle on la jeta sans doute. Mais pourquoi ?

Ce fait parut étrange à Eileen. Il se pouvait qu'un domestique eût rangé les réveils, puis que, effrayé par les questions posées à ce sujet, il l'eût nié ; mais aucun d'entre eux n'aurait jeté un objet de ce genre dans le jardin.

Gerry Wade, pris de colère lors de la première sonnerie, avait-il eu un geste de dépit ? Mais non : Bundle se rappelait avoir entendu dire qu'il avait dû mourir avant l'aube et rester d'abord un certain temps dans le coma.

Vraiment, cette histoire de pendulettes était bizarre et Bundle pensa qu'elle aimerait en parler à Bill Eversleigh qui avait été l'un des invités.

La jeune fille, ayant l'habitude d'agir très rapidement, se leva, s'approcha de son bureau qui était en marqueterie et à cylindre. En voulant l'ouvrir, elle sentit une résistance et elle se rappela que cela lui était déjà arrivé une fois parce qu'une enveloppe obstruait le mécanisme. Elle prit donc un mince couteau à papier et l'introduisit dans la fente : une feuille apparut.

Bundle la saisit et constata que c'était un début de lettre. La date frappa aussitôt son attention : 21 septembre.

— 21 septembre, dit-elle lentement, mais c'était... Elle s'interrompit pour réfléchir. C'était bien le 22 que Wade fut trouvé mort. Donc cette lettre avait dû être écrite le soir même du drame. Bundle la lissa de la main et lut :

Ma chère Loraine,

Je reviendrai mercredi; je me porte à merveille et serai bien content de te revoir. Oublie ce que je t'ai dit au sujet des Sept Cadrans : je croyais qu'il s'agissait d'une plaisanterie, mais c'est infiniment plus grave. Je regrette de t'en avoir parlé, car ce n'est pas le genre d'affaires auquel une enfant comme toi doit être mêlée. Donc oublie cela... Je voulais te dire encore autre chose... mais j'ai tellement sommeil que je ne puis tenir les yeux ouverts... Oh! c'est à propos de Lurcher. Je crois...

La lettre s'arrêtait là.

Bundle demeura immobile; les sourcils froncés : Les Sept Cadrans! N'y avait-il pas un bas quartier de Londres qui portait ce nom? D'ailleurs, ces deux mots éveillaient en elle un autre souvenir, mais, pour le moment, elle ne pouvait se rappeler de quoi il s'agissait. Son attention se fixa sur deux phrases : *Je me porte à ravir* et *j'ai tellement sommeil que je ne puis tenir les yeux ouverts.* Elles ne paraissaient pas concorder, car c'était ce soir-là que Gerry Wade avait absorbé une dose de chloral si forte qu'il ne s'était pas réveillé. Or, si ce qu'il avait écrit était exact, pourquoi l'avait-il prise?

Bundle secoua la tête, regarda autour d'elle et frissonna légèrement.

Gerald Wade était mort dans cette chambre... Elle demeura immobile; seul le tic tac de sa petite pendule dorée rompait le silence.

Puis, tout à coup, son regard se porta vers la cheminée : les sept réveils lui apparurent, leur tic tac emplit violemment la pièce, et elle vit le mort couché sur son lit...

CHAPITRE V

L'HOMME DE LA ROUTE

— Papa, dit Bundle en ouvrant la porte du cabinet de lord Caterham et en y passant la tête, je vais en ville avec l'Hispano car je ne peux plus supporter la monotonie de l'existence ici...

— Mais nous ne sommes rentrés qu'hier, fit son père d'une voix gémissante.

— Je sais bien; il me semble pourtant qu'il y a cent ans. J'avais oublié combien la campagne peut être ennuyeuse.

— Je ne suis pas de ton avis; nulle part on ne trouve aussi bien la paix et le confortable. Je ne puis te dire à quel point je suis content d'avoir Tredwell auprès de moi, car cet homme prévient mes désirs d'une manière remarquable.

— Cela ne me suffit pas, déclara Bundle; j'aime les émotions.

Lord Caterham sursauta.

— N'en avons-nous pas eu suffisamment il y a quatre ans? demanda-t-il d'un ton lamentable.

— Je veux bien en éprouver d'autres, répliqua Eileen. Hélas! je ne pense pas en trouver en ville, mais cela vaudra toujours mieux que de continuer à bâiller ici.

— L'expérience m'a appris, répondit son père, que, lorsqu'on recherche les ennuis, on les rencontre généralement. Cependant, ajouta-t-il, j'irais bien jusqu'à Londres, moi aussi.

— Alors, viens avec moi, mais dépêche-toi car je suis pressée.

Lord Caterham, qui avait commencé à se lever, interrompit son mouvement.

— Tu es pressée? demanda-t-il.

— Très, répliqua Bundle.

— Alors cela me décide à ne pas bouger. Être conduit par toi dans l'Hispano quand tu es pressée, est une trop rude épreuve pour un homme de mon âge!

— Comme tu voudras, dit sa fille en s'éloignant.

A peine était-elle sortie que Tredwell parut.

— Le Vicaire désire beaucoup parler à Votre Seigneurie, au sujet d'une controverse qui s'est levée à propos des statuts de la brigade des garçons.

Lord Caterham poussa un gémissement.

— J'ai cru comprendre, reprit le maître d'hôtel, que Votre Seigneurie avait l'intention se rendre au village pour causer avec le Vicaire.

— Le lui avez-vous dit? demanda vivement son maître.

— Oui, Votre Seigneurie, et le Vicaire est parti en courant. J'espère ne pas m'être trompé, Votre Seigneurie?

— Certes non, Tredwell, vous faites tout très bien.

Le maître d'hôtel sourit et se retira.

Pendant ce temps, Bundle faisait résonner son klaxon devant la grille du parc; une fillette sortit de la loge et sa mère lui cria :

— Dépêche-toi, Katie, c'est lady Eileen qui est très pressée comme les autres fois.

Il était, en effet, habituel à Bundle de toujours vouloir se hâter, surtout lorsqu'elle conduisait l'automobile. Elle était adroite, avait du sang-froid et possédait de réels talents de chauffeur. S'il en avait été autrement son allure folle eût déjà causé bien des malheurs!

C'était une belle journée d'octobre : ciel bleu, soleil étincelant. L'air vif fouettait les joues de la jeune fille, elle se sentait revivre.

Elle avait envoyé, le matin, à Loraine Wade, avec quelques mots de condoléances, la lettre inachevée de Gerry. L'étrange et pénible obsession que cette lettre faisait peser sur elle s'atténuait un peu à la clarté du ciel et à la vitesse de l'Hispano sur la route déserte.

Cependant elle voulait une explication; elle verrait Bill Eversleigh pour obtenir des précisions sur la réunion de Chimneys, si tragiquement terminée.

Soudain, un homme surgit de la haie qui bordait cette route et se dressa juste devant la voiture, il était impossible d'arrêter celle-ci à temps. Bundle tourna de toutes ses forces le volant à droite et faillit jeter l'automobile dans le fossé; mais elle la redressa avec la conviction de n'avoir pas touché l'homme.

Puis elle se retourna et éprouva un choc terrible car l'inconnu était étendu, la face contre terre et demeurait immobile.

La jeune fille sauta hors de la voiture et courut vers lui.

Elle n'avait jusqu'alors écrasé qu'une vieille poule et la pensée qu'elle n'était pas responsable de cet accident ne lui apportait aucun soulagement.

L'homme paraissait ivre, mais elle l'avait tué et son cœur battait à grands coups sourds qui résonnaient à ses oreilles.

Elle s'agenouilla auprès du corps et le retourna avec

précaution; l'inconnu ne poussa même pas un gémissement.

La jeune fille vit qu'il était jeune, avait une figure agréable et qu'il était bien habillé. Elle ne discernait aucune blessure apparente, mais cependant, elle se rendait compte qu'il était mort ou qu'il allait mourir. Ses paupières battirent et ses yeux s'ouvrirent à demi, des yeux bruns qui avaient une expression douloureuse.

Le jeune homme essayait de parler et Bundle se pencha sur lui...

Elle sentait qu'il avait quelque chose d'urgent à dire et qu'elle ne pouvait l'aider.

Il murmura enfin d'une voix sifflante :

— Sept Cadrans..., dites...

— Oui, fit Bundle.

Évidemment c'était un nom que le malheureux cherchait à prononcer.

— Oui, qui dois-je prévenir?

— Dites... Jimmy Thesiger, balbutia-t-il enfin, puis soudain sa tête tomba en arrière et son corps s'affaissa complètement.

Eileen recula; elle tremblait de la tête aux pieds, car elle n'aurait jamais cru qu'une chose aussi terrible pût lui arriver : cet homme était mort et c'était elle qui l'avait tué.

Elle essaya de se ressaisir. Que devait-elle faire? Elle pensa tout de suite à un médecin; il était peut-être possible que l'inconnu fût simplement évanoui... La raison de Bundle lui affirmait le contraire, mais elle essaya d'agir comme si cela était.

D'une façon ou de l'autre, il fallait qu'elle mît le jeune homme dans sa voiture et qu'elle l'emmenât chez le médecin le plus proche.

Seule sur la route, donc personne qui puisse l'aider.

Bundle était mince, mais vigoureuse et elle avait des muscles d'acier. Elle rapprocha l'Hispano aussi près que possible du corps, puis, rassemblant toutes ses forces, elle l'y attira et l'y poussa.

C'était là une tâche macabre, mais elle la mena à bien.

Elle se remit ensuite au volant et partit. A deux kilomètres plus loin, elle pénétra dans une petite ville où on lui indiqua la maison du médecin.

Le docteur Cassell, homme sympathique, d'âge moyen, fut tout étonné de voir entrer dans son cabinet une jeune fille qui paraissait sur le point de perdre connaissance et qui lui dit brusquement :

— Je... crois que j'ai tué un homme; ma voiture la touché... je vous l'ai transporté... je... je... conduisais trop vite... je vais toujours trop vite.

Le docteur jeta un coup d'œil sur Bundle puis, s'approchant d'une étagère, il prit un verre, y versa un cordial et dit, en revenant vers lady Eileen :

— Buvez ceci et vous vous sentirez mieux.

Elle obéit et un peu de sang remonta à ses joues pâles. Le docteur fit un signe approbateur.

— Bien; maintenant attendez-moi ici, je vais m'assurer que je ne puis plus rien faire pour ce malheureux; ensuite je reviendrai et nous causerons.

Il sortit et Bundle qui regardait machinalement la pendule, constata qu'il demeurait absent vingt minutes.

La porte se rouvrit enfin et le médecin reparut. La jeune fille remarqua aussitôt que son attitude était différente. Il paraissait à la fois plus grave, moins calme et elle ne comprit pas pourquoi il semblait contenir une certaine agitation.

— Voyons, mademoiselle, dit-il, expliquez-moi ce qu'il s'est passé. Vous croyez avoir écrasé cet homme?

Bundle lui raconta de son mieux ce qui était arrivé et le docteur l'écouta attentivement.

— Donc la voiture ne lui est pas passée sur le corps? interrogea-t-il enfin.

— Non, je croyais même l'avoir évité...

— Vous dites qu'il titubait?

— Oui, j'ai pensé qu'il était ivre.

— Il sortait de la haie?

— Il y avait une barrière à cet endroit; il a dû passer par-là.

Le docteur fit un signe d'assentiment, se renversa sur sa chaise, retira son lorgnon et déclara :

— Je ne doute pas que vous soyez très imprudente et que vous n'écrasiez quelqu'un un de ces jours... mais, cette fois, vous n'êtes pas coupable!

— Comment?

— L'automobile n'a même pas effleuré cet homme : *il a été tué d'un coup de feu!*

CHAPITRE VI

ENCORE LES SEPT CADRANS

Bundle le regarda avec stupeur, mais tout ce qui depuis trois quarts d'heure, lui paraissait irréel, redevint normal.

Pendant une ou deux minutes elle demeura silencieuse. Lorsqu'elle reprit la parole, la femme affolée avait fait place à la véritable Eileen, calme, pratique et raisonnable.

— Comment cela a-t-il pu se produire?

— Je n'en sais rien, déclara sèchement le docteur; mais le fait est indéniable; il a une balle dans le corps, seulement l'hémorragie a été interne, c'est pourquoi vous n'avez rien remarqué.

Bundle acquiesça d'un signe.

— La question est de savoir, continua Cassell, qui l'a tué. Vous n'avez vu personne?

— Non.

— C'est étrange car s'il s'agissait d'un accident, celui qui l'aurait causé serait venu au secours de la victime... à moins qu'il n'en ait pas eu conscience.

— Il n'y avait personne sur la route, fit Bundle.

— A mon avis, reprit le médecin, le pauvre garçon devait courir et la balle l'a atteint juste au moment où il traversait la barrière, c'est pourquoi il a gagné la route en chancelant. Vous n'avez entendu aucune détonation?

— Cela ne prouve rien à cause du bruit de mon moteur.

— En effet. N'a-t-il rien dit avant de mourir?

— Il a murmuré quelques mots : il voulait faire prévenir un de ses amis... et il a parlé de Sept Cadrans.

— Hum! dit le docteur Cassell; ce n'est pourtant pas un quartier fréquenté par des gens de sa classe... Son assaillant en venait peut-être. D'ailleurs nous n'avons pas à nous préoccuper de cela maintenant, car nous allons remettre l'affaire entre les mains de la police à laquelle vous serez obligée de dire votre nom et votre adresse. Voulez-vous venir jusqu'au poste avec moi?

Ils s'y rendirent dans l'Hispano et trouvèrent un inspecteur qui parut fort impressionné lorsque la jeune fille se fit connaître.

— C'étaient des gamins! s'écria-t-il, de stupides

gamins qui tirent sans cesse sur des moineaux sans penser qu'il pourrait y avoir quelqu'un derrière une haie!

Le docteur n'estimait pas cette hypothèse vraisemblable; mais, comme il se rendait compte que l'affaire ne tarderait pas à être remise en des mains plus habiles, il jugea inutile de faire des objections.

— Savez-vous le nom du mort? demanda l'inspecteur en mouillant son crayon.

— Il avait un porte-cartes sur lui et paraît s'être appelé Ronald Devereux.

Bundle fronça les sourcils. Ce nom de Ronald Devereux évoquait un souvenir dans son esprit. Il lui sembla l'avoir déjà entendu, mais ce ne fut que lorsqu'elle eut repris le chemin de Chimneys avec sa voiture que la mémoire lui revint. Ronny Devereux était un ami de Bill au Foreign Office, de Bill et aussi de Gerald Wade.

Lorsqu'elle se rendit compte de cela, Bundle fit une embardée qui faillit la jeter dans le fossé.

— D'abord Gerald Wade, ensuite Ronny Devereux!

La mort de Gerald pouvait avoir été le résultat d'une maladresse, mais celle de Ronny avait certainement un caractère plus tragique.

Soudain la jeune fille se rappela encore autre chose :

Les Sept Cadrans!

Lorsque le mourant avait prononcé ces mots, ils lui avaient semblé vaguement familiers et maintenant elle se rappelait pourquoi. Gerald Wade avait fait allusion aux Sept Cadrans dans la dernière lettre qu'il avait écrite à sa sœur, quelques heures avant de mourir. Il y avait là une coïncidence dont la signification échappait à lady Eileen.

Tout en réfléchissant à ces choses, elle avait tellement ralenti son allure que personne ne l'aurait reconnue. Elle rentra sa voiture au garage et se mit à la recherche de son père.

Lord Caterham, qui était plongé dans la lecture d'un catalogue de livres rares fut stupéfait en voyant reparaître sa fille.

— Comment! s'écria-t-il. Il est impossible que, même toi, tu aies pu aller à Londres et en revenir dans un temps si court.

— Je n'y suis pas allée, répondit Bundle. J'ai écrasé un homme.

— Comment!

— Je ne l'ai pas écrasé vivant; on a tiré sur lui.

— Ce n'est pas possible.

— Je ne sais pas si c'est possible, mais cela est.

— Alors pourquoi as-tu tiré sur lui?

— Ce n'est pas moi...

— Tu ne devrais pas tirer sur les gens, continua lord Caterham. Je ne dis pas que certains ne le méritent pas; cependant cela peut créer des ennuis.

— Mais je te dis que je n'ai pas tiré!

— Alors qui a tiré?

— Nul ne le sait.

— Voyons, dit lord Caterham, un homme ne peut pas être écrasé ou tué sans que personne en ait été cause!

— Il n'a pas été écrasé, dit Bundle.

— Mais tu viens de me le dire.

— Je t'ai dit que j'ai cru l'avoir écrasé.

— Je suppose qu'un de tes pneus a éclaté; le bruit dans ce cas ressemble toujours à celui d'un coup de feu, du moins on l'affirme dans les histoires de détectives.

— Papa, tu es absolument invraisemblable et ton cerveau ne paraît pas supérieur à celui d'un lapin.

— Mais c'est ta faute, répliqua son père, tu me racontes une histoire extraordinaire, dans laquelle des gens sont à la fois écrasés et assassinés et tu t'étonnes que je ne comprenne pas!

Bundle poussa un soupir.

— Écoute-moi, dit-elle. Puis, lorsqu'elle eut terminé : As-tu compris maintenant?

— Oui, parfaitement; d'ailleurs, je t'excuse d'être un peu bouleversée, ma chère enfant, et je constate que je n'étais pas très loin de la vérité quand je t'ai dit, avant ton départ, que les gens qui cherchaient des ennuis les trouvaient toujours. Je suis heureux, continua lord Caterham avec un léger frisson, d'être resté tranquillement ici.

Il reprit son catalogue et Bundle demanda :

— Papa, où sont les Sept Cadrans?

— Dans le quartier Est, mais je n'en suis pas bien sûr : je n'y suis jamais allé. J'en suis enchanté car je ne crois pas que je m'y serais plu... mais c'est assez curieux, il me semble en avoir entendu parler récemment.

— Connais-tu un certain Jimmy Thesiger?

Lord Caterham était de nouveau absorbé dans son catalogue. Il avait fait un effort pour comprendre ce que sa fille lui disait au sujet des Sept Cadrans, mais il n'en faisait plus aucun.

— Thesiger, murmura-t-il vaguement. Il y a une famille de ce nom dans le Yorkshire; en fait-il partie?

— Mais c'est bien là ce que je te demande. Écoute-moi, papa, c'est important.

Lord Caterham fit un effort désespéré pour paraître attentif et déclara :

— Il y a des Thesiger dans le Yorkshire, mais je crois qu'il y en a aussi dans le Devonshire. Ta grand' tante Célina avait épousé un Thesiger.

— Quelle utilité cela peut-il avoir pour moi? s'écria Bundle.

Lord Caterham se mit à rire.

— Cela, en tout cas, n'en a pas eu beaucoup pour elle, si je me souviens bien.

— Tu es impossible, dit Bundle en se levant. Il va falloir que je m'adresse à Bill.

— Sans aucun doute, répliqua son père d'un air distrait, n'hésite pas.

Lady Eileen se leva en soupirant et se murmura à elle-même :

— Je voudrais bien me rappeler au juste ce qu'il y avait dans cette lettre; je ne l'ai pas lue très attentivement. Il me semble qu'il s'agissait d'une plaisanterie et que Wade disait que l'affaire des Sept Cadrans n'en était pas une.

Lord Caterham abandonna brusquement son catalogue :

— Les Sept Cadrans! dit-il, j'y suis. Je sais pourquoi ces mots me rappelaient quelque chose. Georges Lomax sort d'ici. Pour une fois, Tredwell s'est trompé et il l'a laissé entrer. Il allait en ville. Il paraît qu'il va y avoir une espèce de réception ayant un caractère politique, à l'Abbaye, la semaine prochaine et que Lomax a reçu une lettre d'avertissement.

— Qu'entends-tu par lettre d'avertissement?

— Je ne sais pas très bien. Il ne m'a guère donné de détails; je crois pourtant qu'on lui écrivait : *Faites attention, vous courez un péril...* et ainsi de suite. Quoi qu'il en soit, la lettre venait des Sept Cadrans et Lomax se rendait à Londres pour en parler à Scotland Yard. Tu le connais?

Bundle fit un signe d'assentiment. Elle connaissait, en effet, Georges Lomax, sous-secrétaire d'État aux Affaires étrangères, que fuyaient de nombreuses personnes à cause de son habitude invétérée d'émailler sa conversation de phrases puisées dans ses discours.

— Dis-moi, interrogea-t-elle, est-ce que Lomax paraissait ému de la mort de Gerald Wade?

— Je l'ignore, nous n'en avons pas parlé.

La jeune fille demeura silencieuse pendant quelques instants car elle cherchait à se remémorer les phrases de la lettre qu'elle avait envoyée à Loraine Wade. Elle chercha également à se représenter celle à qui cette lettre était adressée car, plus elle réfléchissait et plus elle lui trouvait un style différent de celui qu'emploie habituellement un frère qui écrit à sa sœur.

— Ne m'as-tu pas dit que la petite Wade n'était que la demi-sœur de Gerald? interrogea Bundle brusquement.

— En réalité elle ne lui est même pas parente.

— Mais elle s'appelle Wade!

— Non, le père de Gerald avait épousé en secondes noces la femme divorcée d'un véritable bandit; il s'est attaché à la petite et a insisté pour qu'elle porte son nom.

— Tout s'explique, murmura Bundle.

— Qu'est-ce qui s'explique?

— Quelque chose que je ne comprenais pas.

— Je crois que la jeune Loraine est une assez jolie fille, conclut lord Caterham.

Bundle était pensive lorsqu'elle monta dans sa chambre; elle avait plusieurs choses à faire. D'abord trouver ce Jim Thesiger. Bill lui faciliterait sans doute cette recherche car Ronny Devereux était son ami et, si Thesiger connaissait Ronny, Bill devait le connaître aussi. Ensuite Loraine Wade pourrait peut-être lui fournir quelques éclaircissements sur l'énigme des Sept Cadrans, car il était évident que Gerry Wade lui en avait parlé... et le fait qu'il désirait qu'elle l'oubliât prenait un sens sinistre.

CHAPITRE VII

BUNDLE FAIT UNE VISITE

Il ne fut pas très difficile à la jeune fille de joindre Bill Eversleigh. Elle se rendit en ville avec sa voiture, cette fois sans incident et lui téléphona. Bill parut enchanté et dit immédiatement à Bundle de déjeuner ou de dîner avec lui, mais elle refusa et ajouta :

— C'est une affaire sérieuse qui m'amène. Connaissez-vous un jeune homme qui s'appelle Jimmy Thesiger?

— Bien entendu et vous aussi.

— Mais non, répondit Bundle.

— Ce n'est pas possible... Tout le monde connaît Jimmy.

— Tout le monde, peut-être, mais pas moi.

— Voyons, vous avez sûrement vu Jimmy avec son visage rose et son air simple, mais il a autant de cerveau que moi.

— Vraiment? répondit gaiement Bundle, alors sa tête doit l'entraîner en avant!

— Est-ce un sarcasme?

— C'est une simple tentative d'ironie. Que fait Jimmy Thesiger?

— Rien de particulier.

— Ah! je vois; il a plus d'argent que d'esprit?

— Je n'ai pas dit cela; au contraire, je vous ai déclaré tout à l'heure qu'il était plus intelligent que vous ne pourriez le croire.

Bundle garda le silence, car ce jeune homme oisif ne paraissait pas devoir être un bien remarquable allié. Pourtant c'était son nom qu'avait prononcé le mourant.

La voix de Bill se fit entendre à nouveau.

— Ronny a toujours eu une excellente opinion de lui. Vous connaissez Ronny Devereux? Thesiger est son meilleur camarade.

Bundle demeura indécise. Il était évident que Bill ignorait la mort de Devereux et la jeune fille s'étonna que les journaux du matin n'eussent fait aucune allusion à ce drame, qui était de ceux dont la presse s'empare volontiers. Il ne pouvait y avoir à cela qu'une explication : pour des raisons particulières, la police étouffait l'affaire.

Bill continua à parler :

— Il y a longtemps que je n'ai pas vu Ronny; je ne l'ai pas rencontré depuis la mort du pauvre Gerry Wade... Il s'arrêta, puis reprit : une triste chose que cette mort... je suppose que vous en connaissez les détails? Allô! Êtes-vous encore là, Bundle?

— Certainement.

— Comme vous ne répondiez pas, j'ai supposé que vous aviez raccroché.

— Non, je réfléchissais...

Devait-elle apprendre à Bill la mort de Ronny? Elle se décida pour la négative... Ce n'était pas là une communication à faire par téléphone; mais il était nécessaire qu'elle pût causer bientôt avec Eversleigh.

— Bill!

— Allô!

— Voulez-vous que nous dînions ensemble demain soir?

— Oui et ensuite nous irons danser; j'ai beaucoup de choses à vous dire. Je n'ai pas eu de chance récemment...

— Vous me raconterez cela demain, fit Bundle en coupant brusquement la conversation. En attendant, donnez-moi l'adresse de Jimmy Thesiger.

— De Jimmy Thesiger.

— Oui.

— Il a un appartement dans Jermyn Street. Attendez, je vais vous donner son numéro... Il y eut un silence, puis : êtes-vous encore là?

— Certainement.

— Son numéro est 103.

— 103. Merci, Bill.

— Oui, mais... pourquoi en avez-vous besoin? Vous m'avez dit que vous ne le connaissiez pas.

— Je le connaîtrai dans une demi-heure.

— Vous allez le voir?

— Bravo, Sherlock!

— Mais... d'abord il ne sera pas levé!

— Comment, pas levé?

— Pourquoi se lèverait-il de bonne heure sans nécessité? Vous n'avez pas idée de l'effort que je suis obligé de faire pour être ici à onze heures du matin et des histoires que fait Lomax quand j'arrive en retard. Voyez-vous, Bundle, je mène une vie de galérien.

— Vous m'en parlerez demain, dit-elle vivement, puis elle raccrocha le récepteur et résuma mentalement la situation : il était midi moins vingt-cinq et, quoique Bill lui en eût dit, Bundle supposait que Mr Thesiger devait être prêt à recevoir des visites.

Elle prit donc un taxi et se fit conduire au 103 de Jermyn Street.

La porte lui fut ouverte par un domestique qui présentait le type accompli du serviteur de bonne maison.

— Madame veut-elle venir par ici? demanda-t-il en conduisant lady Eileen vers un salon fort confortable, meublé d'immenses fauteuils en cuir; une jeune fille blonde, vêtue de noir et un peu plus jeune que Bundle était enfoncée dans l'un d'eux.

— Quel nom dois-je annoncer, madame? interrogea le domestique.

— Mr Thesiger ne me connaît pas, répondit Bundle. Dites-lui que je désire l'entretenir d'une affaire importante.

Le solennel valet de chambre s'inclina et se retira en fermant sans bruit la porte derrière lui.

Il y eut un silence.

— C'est une belle matinée, dit timidement la jeune fille blonde.

— Une très belle matinée, reconnut Bundle.

Il y eut un nouveau silence.

— Je suis venue en auto de la campagne, ce matin, reprit Bundle, et j'ai craint un moment de trouver un de ces épais brouillards qui sont parfois si gênants, mais il n'y en a pas eu.

— En effet, répondit la seconde jeune fille qui ajouta : je suis venue aussi de la campagne.

Bundle la regarda plus attentivement; sa présence l'avait tout d'abord quelque peu agacée, car elle prévoyait qu'un retard serait ainsi apporté à sa conversation avec Thesiger auquel elle ne pouvait, devant une inconnue, parler de ce dont elle voulait l'entretenir.

Mais, maintenant qu'elle l'observait de plus près, une idée traversa son esprit : la jeune fille était en grand deuil et Bundle eut l'intuition de deviner juste.

— Pardon, demanda-t-elle, seriez-vous par hasard Loraine Wade?

Celle-ci ouvrit de grands yeux étonnés.

— Oui, mais comment pouvez-vous le savoir? Est-ce que nous nous serions déjà vues?

Bundle secoua la tête.

— Non, mais je vous ai écrit hier; je suis Eileen Brent.

— Comme vous avez été bonne de m'envoyer la lettre de Gerry! Je vous ai adressé un mot pour vous remercier car je ne m'attendais pas à vous trouver ici.

— Je vais vous expliquer pourquoi je suis venue. Connaissez-vous Ronny Devereux?

Loraine fit un signe affirmatif.

— Il est venu me voir le jour où mon frère... et depuis je l'ai revu deux ou trois fois. C'était un des meilleurs amis de Gerry.

— Je le sais. Eh bien!... il est mort!

Les lèvres de Loraine s'entr'ouvrirent.

— Mort! Mais il semblait en si bonne santé!

Bundle lui raconta aussi brièvement que possible les événements de la veille et une expression d'effroi et d'horreur passa sur le visage de miss Wade.

— Alors, c'est vrai, c'est donc vrai! murmura-t-elle.

— Qu'est-ce qui est vrai?

— Ce que j'ai cru, ce que je crois depuis la mort de Gerry : elle n'a pas été naturelle, il a été assassiné!

— Ah! vous avez pensé cela?

— Oui. Mon frère n'aurait jamais pris un soporifique; elle eut un petit rire triste et continua : il dormait beaucoup trop bien pour cela; j'ai toujours trouvé cette circonstance étrange. Et il avait la même opinion que moi, j'en suis sûre.

— Qui?

— Ronny. Et maintenant il est mort aussi!

Elle s'interrompit et reprit :

— C'est pour cela que je suis ici aujourd'hui. Aussitôt après avoir reçu votre lettre, j'ai voulu téléphoner à Ronny, mais on m'a dit qu'il était absent... Alors j'ai pensé à venir voir Jimmy qui était aussi très lié avec eux, espérant qu'il me donnerait un conseil...

— Vous voulez parler..., Bundle s'arrêta..., des Sept Cadrans?

Loraine fit un signe affirmatif.

— Voyez-vous..., commença-t-elle.

Mais, au même instant, Jimmy Thesiger entra.

CHAPITRE VIII

LES VISITEUSES DE JIMMY

Il nous faut retourner de vingt minutes en arrière, au moment où Jimmy Thesiger fut brusquement tiré de son sommeil par une voix familière. Son cerveau embrumé tenta de comprendre les mots qui lui étaient adressés et n'y parvint pas. Il bâilla et se retourna.

— Une jeune dame est là, elle veut voir Monsieur.

Jimmy se résigna, ouvrit les yeux, et dit :

— Qu'est-ce qu'il y a, Stevens?

— Une jeune dame demande Monsieur.

— Oh! pourquoi?

— Je ne sais pas, Monsieur, et le domestique ajouta, en prenant un plateau sur le pied du lit : je vais apporter du thé chaud à Monsieur, celui-ci est froid.

— Alors vous croyez qu'il faut que je me lève et que je voie cette dame?

Stevens ne répondit pas, mais il se redressa et Jimmy comprit.

— Bien, fit-il. A-t-elle dit son nom?

— Non, Monsieur.

— Serait-ce ma tante Jemima?... Dans ce cas, je veux bien être pendu si je me lève!

— Cette dame ne pourrait pas être la tante de Monsieur.

— Ah, ah! Alors comment est-elle? Jeune et belle?

— C'est une personne tout à fait comme il faut, Monsieur.

Stevens quitta la chambre et Jimmy demeura étendu, se demandant quelle était la belle jeune fille qui pouvait venir le voir.

Le domestique reparut portant un plateau et Jimmy lui dit :

— J'espère que vous lui avez donné des journaux?

— Oui, Monsieur, le *Morning Post* et le *Punch.*

En cet instant, un coup de sonnette attira Stevens au-dehors; il revint peu après en annonçant :

— Une autre jeune dame, Monsieur!

— Comment?

— Oui, Monsieur, elle n'a pas voulu dire son nom, mais m'a déclaré qu'elle venait pour une affaire importante.

Jimmy le regarda.

— Voilà qui est bien curieux, Stevens, bien curieux. A quelle heure suis-je rentré cette nuit?

— Vers cinq heures, Monsieur.

— Et... dans quel état?

— Oh! de très bonne humeur, Monsieur, sans plus. Monsieur chantait : *Rule Britannia!*

— Voilà une chose que je n'aurais pas eu l'idée de faire si j'avais été dans mon état normal... J'avais dû boire un verre de trop...

Est-ce que par hasard j'aurais, à cause de cela, mis une annonce dans un journal pour demander une institutrice?

Tout en parlant, Jimmy s'habillait rapidement, et

au bout de dix minutes, il était prêt à recevoir ses visiteuses inconnues.

Lorsqu'il ouvrit la porte du salon, il aperçut tout d'abord accoudée à la cheminée, une jeune fille brune et mince qui lui était absolument inconnue. Puis son regard se dirigea vers le fauteuil et son cœur tressaillit : Loraine!

Celle-ci se leva et dit d'une voix un peu tremblante :

— Vous devez être étonné de me voir, mais j'ai été obligée de venir; je vais vous expliquer pourquoi... Voici lady Eileen Brent.

— Plus communément appelée Bundle, déclara celle-ci. Vous avez dû entendre parler de moi par Bill Eversleigh.

— Bien entendu, répondit Jimmy qui cherchait à comprendre.

— Nous sommes venues vous voir au sujet de la mort de Gerry, reprit Loraine, et maintenant de celle de Ronny...

— Que voulez-vous dire?

— Ronny a été assassiné hier!

— Quoi?

Bundle fit, pour la seconde fois, son récit et Jimmy l'écouta comme en rêve.

— Ronny tué..., murmura-t-il en se laissant tomber sur une chaise. Qu'est-ce que cela signifie?

Il réfléchit pendant quelques instants, puis reprit d'une voix calme :

— Je crois qu'il faut que je vous apprenne quelque chose...

— Quoi donc? interrogea Bundle d'un ton encourageant.

— C'était le jour de la mort de Gerry Wade. Tandis que nous nous rendions chez vous, il fit un signe vers Loraine, pour vous apprendre la nouvelle, Ronny commença à me faire une confidence, mais il s'arrêta en disant qu'il était lié par une promesse et n'acheva pas...

— Lié par une promesse, dit Loraine d'un ton pensif.

— C'est du moins ce qu'il m'a déclaré et, bien entendu, je n'ai pas insisté; mais je l'ai trouvé étrange et j'ai eu l'impression qu'il soupçonnait... des agissements criminels; j'avais cru qu'il en parlerait au docteur, mais il ne lui en a pas dit un mot; c'est pourquoi j'ai pensé m'être trompé et, ensuite, l'affaire a paru si limpide que je me suis taxé d'imagination.

— Mais vous supposez maintenant que Ronny avait des soupçons? interrogea Bundle.

Jimmy fit un signe d'assentiment.

— Oui. Aucun de nous ne l'a revu depuis. Je crois qu'il cherchait à découvrir seul la vérité sur la mort de Gerry et, qui plus est, je suis convaincu qu'il l'a trouvée et que c'est pourquoi on l'a tué. Il a essayé de me la faire transmettre, mais il n'a pu prononcer que ces deux mots que voux m'avez rapportés...

— Sept cadrans, fit Bundle qui frissonna.

— Sept cadrans, répéta Jimmy gravement. Quoi qu'il en soit, nous avons là un indice.

Bundle se tourna vers Loraine :

— Qu'alliez-vous me dire?

— Ah! oui. D'abord au sujet de la lettre... Elle regarda Jimmy et expliqua : Gerry a laissé une lettre, Lady Eileen...

— Bundle!

— Bundle l'a trouvée...

Puis elle dit dans quelles conditions et Jimmy l'écouta avec intérêt. Loraine prit la lettre dans son sac, la lui tendit; il la lut et demanda, la regardant :

— Vous pouvez nous donner des éclaircissements. Qu'est-ce que Gerry désirait vous voir oublier?

La jeune fille parut perplexe.

— Je ne me souviens pas très bien des détails; j'avais ouvert par mégarde une lettre destinée à mon frère et écrite d'une vilaine écriture, sur un papier très ordinaire. Il y avait dans le haut une adresse du quartier des Sept Cadrans; je me rendis compte que cette lettre n'était pas pour moi et je la remis dans son enveloppe.

— Bien vrai?

Loraine se mit à rire.

— Je sais ce que vous pensez, dit-elle, et je reconnais que les femmes sont curieuses; mais la lettre dont je parle ne m'a pas paru être intéressante. C'était une sorte de liste de noms et de dates.

— De noms et de dates! fit Jimmy d'un air pensif.

— Gerry ne sembla pas très ému, continua Loraine; il rit, demanda si j'avais entendu parler de la Mafia et ajouta qu'il serait étrange qu'une société comme celle-là se fondât en Angleterre. Il ajouta que des groupements de ce genre ne pourraient guère y avoir de succès. Nos criminels, dit-il, n'ont pas beaucoup d'imagination.

Jimmy fit entendre un léger sifflement.

— Je commence à comprendre, déclara-t-il. Les Sept Cadrans doivent être le quartier général de quelque société secrète et, ainsi que vous le disait votre frère dans sa lettre, il a dû croire, tout d'abord, qu'il s'agissait d'une plaisanterie. Mais il s'est aperçu qu'il n'en était rien; de plus son désir de vous voir oublier ce qu'il vous avait dit ne peut s'expliquer que d'une seule façon : si les membres de cette société apprenaient que vous connaissez son existence, vous seriez en danger. Gerald s'en rendait compte et il avait peur... pour vous!

Jimmy s'arrêta, puis reprit :

— J'ai idée que nous allons tous être plus ou moins

en péril... si nous nous occupons de cette affaire...

— Comment *si*?... s'écria Bundle avec indignation.

— Je parle de vous deux. Pour moi c'est différent car j'étais l'ami du malheureux Ronny. Il continua en s'adressant à lady Eileen : vous avez rempli votre mission en me communiquant ses dernières paroles; mais, pour l'amour de Dieu, ne vous mêlez de rien, ni vous, ni Loraine.

Bundle regarda celle-ci d'un air interrogateur. Elle avait pris son parti; elle ne voulait pas toutefois le laisser voir car elle désirait ne pas inciter miss Wade à se lancer dans une entreprise dangereuse, mais le visage mince de cette dernière s'anima de colère :

— Vous croyez cela! s'écria-t-elle. Vous pensez que je consentirai à demeurer inactive quand on a tué Gerry, mon cher Gerry, le meilleur frère qu'une jeune fille ait jamais eu et le seul parent qui me restait au monde!

Jimmy toussota d'un air embarrassé. Il trouvait Loraine incomparable.

— Voyons, dit-il, vous ne devez pas croire que vous êtes seule au monde... Vous avez des amis qui sont prêts à faire tout ce qu'ils peuvent... me comprenez-vous?

Il est probable que la jeune fille comprit car elle rougit et, pour masquer sa confusion, commença à parler très vite :

— C'est donc décidé, déclara-t-elle. Personne ne m'empêchera de vous aider!

— Moi aussi, bien entendu, fit Bundle et toutes deux regardèrent Jimmy.

— Oui, dit celui-ci lentement, oui, je vais... mais je me demande par où nous allons commencer!

CHAPITRE IX

PROJETS

La phrase de Jimmy fit prendre aussitôt un tour plus pratique à la conversation.

— Tout bien considéré, reprit-il, nous n'avons pas grand'chose sur quoi nous appuyer. En réalité, rien que ces mots « Sept Cadrans ». Or, je ne sais même pas au juste où est situé le quartier de ce nom. D'ailleurs, nous ne pourrions le fouiller maison par maison, ce ne serait pas possible. Évidemment, nous connaissons l'endroit où Ronny a été tué, mais il est probable que la police procède à des recherches de ce côté-là et le fait mieux que nous.

— Ce qui me plaît en vous, déclara Bundle, non sans ironie, ce sont vos tendances optimistes.

— Ne soyez pas impatiente, déclara Jimmy. Les meilleurs détectives commencent par envisager ainsi une affaire, en éliminant toutes les démarches inutiles et improductives. J'en arrive maintenant à un troisième point, c'est-à-dire la mort de Gerald. Nous savons qu'il a été assassiné... car vous le croyez toutes les deux, n'est-ce pas?

— Oui, dit Loraine.

— Oui, répéta Bundle.

— Bien; moi aussi. Là, il me semble que nous avons quelques chances de réussir car, si Gerry n'a pas pris le chloral lui-même, quelqu'un est entré dans sa chambre et a mis ce poison dans le verre d'eau qu'il a bu.

Ensuite on a laissé la boîte ou la fiole vide sur la table... Vous êtes de cet avis?

— Oui... oui, dit lentement Bundle, mais...

— Attendez, la personne dont il s'agit devait se trouver dans la maison car quelqu'un venant de dehors n'aurait pu y réussir.

— Certainement non, acquiesça lady Eileen.

— Fort bien. Mais cela restreint énormément les recherches. Pour commencer, je suppose que la plupart des domestiques sont de vieux serviteurs de votre famille?

— Oui, ils sont tous restés à Chimneys quand nous avons loué la maison et les principaux y sont toujours; évidemment il y a eu quelques changements parmi ceux qui occupaient les emplois les moins importants!

— C'est là que je voulais en venir, dit Jimmy, et vous pouvez aisément savoir à quel moment les nouveaux domestiques ont été engagés.

— Un des valets de pied qui s'appelle John est nouveau.

— Prenez des renseignements à son sujet; tâchez de savoir également ce que sont les serviteurs qui sont entrés ainsi récemment.

— Je suppose, fit lentement Bundle, qu'il ne peut s'agir que d'un domestique et que le coupable n'était pas un des invités?

— Ce ne serait guère vraisemblable, en effet.

— Qui y avait-il exactement?

— Trois jeunes filles : Nancy, Hélène et Socks.

— Socks Daventry? Je la connais.

— Elle parle sans cesse de choses spirituelles.

— C'est bien elle!

— Puis Gerry Wade, Eversleigh, Ronny et moi et nos hôtes : sir Oswald, lady Coote... Ah! et aussi Pongo.

— Qui est Pongo?

— Bateman, le secrétaire de Coote, un garçon solennel et consciencieux avec lequel j'ai été au collège.

— Il ne me paraît pas y avoir là personne que l'on puisse soupçonner, fit observer Loraine.

— En effet, admit Bundle. Comme vous le supposez, il faut chercher parmi les domestiques. A propos, croyez-vous que le réveil jeté par la fenêtre ait un rapport quelconque avec cette affaire?

— Jeté par la fenêtre? interrogea Jimmy. Ah! en effet, lorsque je... je suis allé voir le pauvre Gerry, j'ai remarqué que les pendulettes étaient rangées sur la cheminée et qu'il n'y en avait que sept au lieu de huit.

Il parut bouleversé, pâlit et reprit :

— Je vous demande pardon, mais je ne sais pas pourquoi, ces réveille-matin m'ont impressionné lorsque je les ai aperçus dans cette chambre; je ne voudrais pour rien au monde y entrer de nouveau dans l'obscurité et les y voir.

— Cela ne vous serait pas possible dans l'obscurité, fit Bundle, toujours pratique, à moins qu'ils n'aient des cadrans lumineux.

— Oh! Elle sursauta et le sang lui monta aux joues : sept cadrans!

Ses deux interlocuteurs la regardèrent avec surprise, mais elle insista véhémentement :

— Cela ne peut être une coïncidence!

Il y eut un silence.

— Vous avez sans doute raison, fit enfin Thesiger. c'est... c'est bizarre!

Bundle commença à le questionner vivement.

— Qui a acheté les réveille-matin?

— Nous tous.

— Voyons! quelqu'un a dû y penser le premier.

— Cela ne s'est pas passé ainsi. Nous cherchions

comment nous pourrions faire lever Gerry, et Pongo nous a suggéré de mettre un réveille-matin dans sa chambre. L'un de nous a dit que cela ne suffisait pas et un autre, Bill Eversleigh, je crois, a ajouté : « Pourquoi ne pas en prendre une douzaine? » Nous l'avons tous approuvé et nous sommes partis pour les chercher. Nous en avons acheté un chacun, plus un pour Pongo et un pour lady Coote... il n'y avait rien là de prémédité.

Bundle demeura silencieuse, mais elle n'était pas convaincue et Jimmy tenta de résumer la situation.

— Je crois que nous sommes sûrs de certains faits : il existe une société secrète qui a des points de ressemblance avec la Mafia. Gerry Wade en a entendu parler, tout d'abord il a cru à une plaisanterie, à une absurdité même et n'a rien vu là de dangereux; mais ultérieurement il a été, je ne sais pourquoi, convaincu que c'était sérieux et j'imagine qu'il a dû en parler à Ronny Devereux. Quoi qu'il en soit, après sa mort, Ronny a eu des soupçons et il est probable qu'il en savait assez pour avoir suivi la même piste... Le malheur, c'est que nous sommes obligés de tâtonner car nous n'avons pas les mêmes indications qu'eux.

— C'est peut-être un avantage, fit observer Loraine. Les membres de l'association ne nous soupçonnent pas et, par conséquent, ils n'essaieront pas de se débarrasser de nous.

— Je voudrais en être sûr, dit Jimmy d'un ton préoccupé. Vous savez, Loraine, que Gerry lui-même désirait que vous ne vous mêliez pas de cette affaire; ne croyez-vous pas que vous pourriez...

— Non, affirma la jeune fille. Ne recommençons pas à discuter la question; ce n'est qu'une perte de temps...

A ces mots, Jimmy regarda la pendule et poussa un cri de surprise.

Puis il se leva, ouvrit la porte et appela :

— Stevens!

— Monsieur?

— Pourriez-vous nous improviser un déjeuner?

— J'ai prévu que Monsieur le désirerait et ma femme a pris des mesures en conséquence.

— Voilà un domestique accompli, déclara Jimmy en revenant et en poussant un soupir de soulagement.

Stevens parut, apportant un repas dont le menu était fort recherché : une omelette, des cailles et un soufflé particulièrement réussi.

— Pourquoi les célibataires sont-ils toujours mieux servis que les gens mariés? demanda Loraine.

— En voilà une idée! exclama Jimmy. Je pense souvent, au contraire...

Il s'arrêta et Loraine rougit encore.

— Que je suis bête! s'écria soudain Bundle; je savais bien que j'oubliais quelque chose!

— Quoi donc?

— Vous connaissez Georges Lomax?

— J'ai souvent entendu parler de lui par Bill et par Ronny.

— Eh bien! Lomax réunit des hommes politiques la semaine prochaine, et il a reçu une lettre de menaces des Sept Cadrans!

— Ce n'est pas possible, s'exclama Thesiger.

— Si, il en a parlé à mon père. Que croyez-vous que cela signifie?

Jimmy se renversa sur son siège, réfléchit rapidement et parla enfin avec précision :

— Il se produira quelque événement au cours de cette réunion.

— C'est bien ce que je crois, répondit Bundle.

— Tout s'enchaîne parfaitement, reprit Jimmy d'un

air rêveur; puis il ajouta en se tournant vers Loraine : quel âge aviez-vous quand la guerre a éclaté?

— Neuf ans... non, huit.

— Et Gerry avait environ vingt ans, je suppose? La plupart des garçons de vingt ans se sont battus, pourtant Gerry n'a pas été soldat.

— En effet, répondit la jeune fille; je ne sais pas pourquoi.

— Je crois pouvoir vous le dire, répliqua Jimmy, ou du moins le deviner : Gerry n'est pas resté en Angleterre de 1915 à 1918, je m'en suis assuré. Personne ne paraît savoir exactement où il était. Je crois qu'il se trouvait en Allemagne.

Loraine rougit et regarda Jimmy avec admiration.

— Comme vous êtes intelligent!

— Il parlait couramment l'allemand, n'est-ce pas?

— Oh! oui, parfaitement.

— Je suis sûr que j'ai raison; écoutez : Gerry Wade était au Foreign Office et semblait être de ces aimables idiots — excusez le terme mais vous comprenez ce que je veux dire — que personnifiaient Bill Eversleigh et Devereux; mais en réalité il était tout différent... Notre Service Secret a la réputation d'être le meilleur du monde et je crois que Gerry Wade y occupait un grade élevé.

« Cela explique tout! Je me rappelle avoir dit au hasard le dernier soir, à Chimneys, que Gerry ne pouvait pas être aussi bête qu'il en avait l'air.

— Et si vous avez raison? interrogea Bundle.

— Dans ce cas, l'affaire est plus grave que nous ne le supposons et l'organisation des Sept Cadrans n'est pas seulement criminelle, elle est internationale. Il y a, en tout cas, une chose certaine : il faut que l'un de nous soit présent à la réception qui doit avoir lieu chez Lomax.

Bundle fit une légère grimace.

— Je connais bien Georges, mais il ne m'aime pas et il n'aurait jamais l'idée de m'inviter lorsqu'il doit recevoir des gens sérieux. Cependant... et elle demeura un instant perdue dans ses pensées...

— Croyez-vous que moi je pourrais me faire inviter par Bill? demanda Jimmy. Il y sera sûrement en sa qualité de bras droit de Lomax et il pourrait m'emmener avec lui.

— Pourquoi pas? déclara Bundle, mais il faudra que vous dirigiez Bill et lui suggériez ce qu'il devra dire; il est incapable de penser seul.

— Que me conseillez-vous? demanda humblement Jimmy.

— Oh! ce sera très facile; Bill vous présentera comme un jeune homme qui s'intéresse à la politique et qui a le désir d'entrer au Parlement. Georges sera immédiatement séduit car vous savez ce que sont ces partis politiques : ils recherchent sans cesse des hommes jeunes et riches. Plus Bill vous prêtera une grosse fortune, plus cela sera simple.

— Peu m'importe ce qu'il dira, tant qu'il ne fera pas de moi un Crésus, déclara Jimmy.

— Alors, je crois que voilà une affaire réglée. Je dîne avec Bill demain et je lui demanderai la liste des invités; ce sera utile.

— Je regrette que vous n'y soyez pas comprise, fit Jimmy. Mais après tout, cela vaut peut-être mieux.

— Je ne suis pas du tout sûre que vous ne me voyiez pas chez Lomax, répondit Bundle. Il ne peut pas me souffrir... Mais il y a peut-être un autre moyen d'obtenir une invitation...

— Et moi? demanda Loraine d'une voix douce.

— Vous n'êtes pas en scène dans cet acte, répondit vivement Thesiger. D'ailleurs il est préférable que nous ayons des intelligences au-dehors pour...

— Pour... quoi? interrogea Loraine.

Mais Jimmy se décida à abandonner cette voie et fit appel à Bundle.

— N'est-ce pas, lui dit-il, qu'il vaut mieux que Loraine reste en dehors de cela?

— Certainement.

— La prochaine fois, reprit Jimmy avec bonté, nous aurons recours à vous.

— Et s'il n'y a pas de prochaine fois? s'écria la jeune fille.

— Oh! il y en aura sûrement une...

— Alors, il faut que je rentre à la maison... et que j'attende?

— Oui, répondit Jimmy avec soulagement. Je pensais bien que vous comprendriez!

— Voyez-vous, déclara Bundle, si nous nous faisions inviter tous les trois, cela pourrait paraître étrange... pour vous surtout.

— Alors c'est entendu, reprit Jimmy, vous ne tenterez rien?

— Je ne tenterai rien, répondit Loraine avec soumission et Bundle la regarda car elle trouvait cette obéissance peu naturelle; mais les yeux bleus de Miss Wade plongèrent innocemment dans ceux de lady Eileen. Pourtant celle-ci ne fut pas absolument convaincue que l'on puisse compter sur la passivité de Loraine.

CHAPITRE X

BUNDLE SE REND A SCOTLAND YARD

Il faut reconnaître tout de suite que les trois jeunes gens n'avaient pas dévoilé entièrement leur pensée.

Loraine Wade, par exemple, était-elle absolument sincère en exposant les raisons pour lesquelles elle vint parler à Jimmy Thesiger? D'autre part, celui-ci avait, au sujet de la réunion qui devait avoir lieu chez Georges Lomax, des idées et des projets qu'il ne voulait pas révéler... mettons à Bundle. Enfin celle-ci possédait un plan bien mûri qu'elle se proposait de mettre immédiatement à exécution et dont elle n'avait pas soufflé mot.

En quittant l'appartement de Jimmy Thesiger, elle se fit conduire à Scotland Yard où elle demanda à voir le surintendant Battle. Celui-ci était un personnage assez important qui s'occupait à peu près uniquement de cas d'une nature politique délicate. Il était venu à Chimneys quatre ans auparavant pour une affaire de ce genre et Bundle espérait qu'il s'en souviendrait.

Après un court délai, elle fut conduite le long de plusieurs couloirs dans le cabinet privé du surintendant. Celui-ci était un homme d'aspect déterminé, à la figure impassible; il paraissait fort peu intelligent et ressemblait plutôt à un commissionnaire qu'à un détective.

Lorsque Bundle entra il se tenait debout devant une

fenêtre et regardait des moineaux d'un air absolument inexpressif.

— Bonjour, lady Eileen, donnez-vous la peine de vous asseoir.

— Merci, répondit Bundle. Je craignais que vous ne vous rappeliez pas m'avoir déjà vue.

— Je me souviens de tout le monde, déclara Battle. C'est mon métier.

— Oh! murmura Bundle, un peu décontenancée.

— Que puis-je faire pour vous? demanda le surintendant.

Bundle alla droit au but :

— J'ai entendu affirmer que Scotland Yard possède une liste de toutes les sociétés secrètes et autres organisations de ce genre qui se forment à Londres.

— Nous tâchons de nous tenir au courant, répliqua Battle avec circonspection.

— Je suppose qu'il y en a beaucoup qui ne sont pas dangereuses?

— Il y a à ce sujet une règle excellente : plus elles s'agitent, moins elles sont à craindre et vous ne sauriez croire à quel point cela se vérifie.

— J'ai également entendu dire que vous les laissiez souvent agir?

Battle fit un signe affirmatif.

— C'est exact. Pourquoi un homme n'aurait-il pas le droit de s'intituler *Frère de la Liberté*, et d'en rencontrer d'autres deux fois par semaine dans une cave et de discourir sur les flots de sang qui doivent être répandus... cela ne fera de mal ni à lui, ni à nous... et, s'il fomente des troubles, nous savons où le trouver.

— Cependant, fit lentement Bundle, une de ces sociétés peut être beaucoup plus dangereuse qu'on ne le croit, n'est-ce pas?

— C'est invraisemblable, déclara Battle.

— Mais cela *pourrait* se produire, insista la jeune fille.

— Oh! évidemment! admit le surintendant.

Il y eut un moment de silence, puis Bundle dit avec calme :

— Pourriez-vous me donner une liste des sociétés secrètes qui ont leur siège dans le quartier des Sept Cadrans?

Battle se targuait de ne jamais laisser paraître la moindre émotion; pourtant la jeune fille aurait juré que, pendant un instant, ses paupières battirent et qu'il parut déconcerté... Ce ne fut d'ailleurs qu'un éclair et il redevint absolument impassible, en déclarant:

— Il n'y a pas, à proprement parler, de quartier qui porte ce nom, lady Eileen.

— Vraiment?

— Non. La plus grande partie en a été détruite et rebâtie; il était autrefois très mal fréquenté mais, maintenant, il est fort respectable et ce n'est pas un endroit assez romanesque pour qu'on songe à y installer des sociétés secrètes!

— Ah! fit Bundle interdite.

— Cependant je serais désireux de savoir ce qui vous a donné cette idée, lady Eileen?

— Faut-il que je vous le dise?

— Mon Dieu, cela nous ferait gagner du temps...

Bundle hésita un instant, puis elle dit lentement :

— Un homme a été tué hier. J'ai cru tout d'abord que je l'avais écrasé.

— Mr Ronald Devereux?

— Bien entendu, vous êtes au courant, mais pourquoi les journaux n'ont-ils pas fait allusion à cette mort?

— Désirez-vous vraiment savoir cela, lady Eileen?

— Oui, s'il vous plaît.

— Eh bien! nous avons voulu nous ménager vingt-quatre heures de répit... l'affaire sera demain dans les journaux.

— Ah! et Bundle étudia avec surprise le visage de son interlocuteur.

Que cachait ce masque impénétrable? Battle considérait-il l'assassinat de Ronald Devereux comme un crime ordinaire ou extraordinaire?

— En mourant, il a prononcé les mots « Sept Cadrans », dit lentement Bundle.

— Merci, fit Battle; je vais en prendre note, et il écrivit quelques mots sur le bloc posé devant lui.

Bundle s'engagea dans une autre voie.

— Il paraît que Mr Lomax est venu vous voir hier au sujet d'une lettre de menaces qu' il a reçue.

— En effet.

— Et qui partait du quartier des Sept Cadrans.

— Ces mots étaient écrits dans le haut, je crois...

Il sembla à Bundle qu'elle martelait une porte fermée.

— Si vous voulez me permettre de vous donner un conseil, lady Eileen.

— Je sais ce que vous allez me dire...

— Rentrez chez vous... et oubliez toute cette affaire.

— C'est-à-dire que je dois vous laisser vous en occuper...

— Mais, déclara le surintendant Battle, ce soin ne doit-il pas incomber à un professionnel?

— Alors que je ne suis qu'un amateur? Oui, pourtant vous oubliez un détail : je ne possède ni votre science, ni votre adresse... mais j'ai sur vous un avantage : je puis agir sans qu'on me voie!

Il lui sembla que Battle était un peu déconcerté comme si ces paroles l'avaient frappé.

— Bien entendu, reprit Bundle, si vous ne voulez pas me donner une liste des sociétés secrètes...

— Oh! je n'ai pas dit cela. Je vais vous en faire faire le relevé.

Puis il se dirigea vers la porte, l'ouvrit, y passa la tête, cria quelques mots et revint s'asseoir.

Bundle se sentit vaincue, car la facilité avec laquelle il avait accédé à sa requête lui semblait suspecte. Il la regardait maintenant avec calme.

— Vous rappelez-vous le décès de Mr Gerald Wade? demanda brusquement la jeune fille.

— Il est mort chez vous, n'est-ce pas, pour avoir pris une dose trop forte de narcotique?

— Sa sœur déclare qu'il n'absorbait jamais aucun narcotique...

— Oh! répondit le surintendant, il y a quantité de choses que les sœurs ignorent.

Bundle se sentit encore perplexe et demeura silencieuse jusqu'au moment où un homme entra, tenant une feuille dactylographiée qu'il tendit au surintendant.

— Voici, dit ce dernier, lorsque l'agent fut sorti : Les Frères du sang de saint Sébastien, les Loups limiers, les Camarades de la paix, le Club des Camarades, les Amis de l'oppression, les Enfants de Moscou, les Porteurs du Signe rouge, les Harengs, les Camarades des Vaincus... et une demi-douzaine d'autres.

En achevant ces mots, il remit la feuille à Bundle et ses yeux lancèrent un éclair.

— Vous me donnez cette liste, déclara la jeune fille, parce que vous savez qu'elle ne me servira à rien. Vous ne voulez pas que je m'occupe de cette affaire?

— Je le préférerais, car si vous cherchez à découvrir quelque chose... vous nous donnerez beaucoup de peine.

— Parce que vous voudrez veiller sur moi, je suppose?

— C'est bien cela, lady Eileen.

Bundle s'était levée... elle demeurait indécise car jusqu'à ce moment, le surintendant Battle avait eu les honneurs de la guerre. Mais elle se rappela un incident et fit une dernière tentative.

— J'ai dit tout à l'heure qu'un amateur pouvait faire des choses qui étaient interdites à un professionnel et vous ne m'avez pas contredite parce que vous êtes loyal et que vous sentiez que j'avais raison.

— Continuez, répondit tranquillement Battle.

— Lors de la première affaire qui s'est passée à Chimneys, vous m'avez autorisée à vous aider. Pourquoi n'en est-il pas de même maintenant?

Battle parut réfléchir. Enhardie par son silence, Bundle continua :

— Vous me connaissez assez bien, surintendant Battle; je veux tout savoir. Certes je n'ai pas l'intention de vous gêner ou de chercher à faire moi-même ce que vous ferez certainement beaucoup mieux que moi; mais, si je puis vous être de quelque utilité, je vous en prie, acceptez mon concours.

Il y eut encore un silence, puis Battle reprit :

— On ne peut parler avec plus de franchise, lady Eileen; mais je vous dirai tout simplement ceci : ce que vous me proposez est dangereux; croyez-moi, très dangereux.

— Je l'ai bien compris, répondit Bundle. Je ne suis pas une sotte.

— Certes non, acquiesça Battle, et je n'ai même jamais rencontré une jeune personne aussi intelligente que vous. Voici ce que je puis faire, lady Eileen : je vais vous donner un renseignement et j'agis ainsi, parce que je n'ai jamais mis en pratique le précepte : « La Sécurité d'abord. » A mon avis, la moitié des gens qui passent leur existence à redouter d'être écrasés par un autobus pourraient l'être sans dommage, car ils ne servent à rien.

Cette déclaration extraordinaire dans la bouche de Battle stupéfia Bundle.

— Qu'alliez-vous me dire? demanda-t-elle enfin.

— Vous connaissez Mr Eversleigh, n'est-ce pas?

— Bill? Bien entendu.

— Eh bien! je crois que Mr Eversleigh pourra vous apprendre tout ce que vous désirez savoir au sujet des Sept Cadrans.

— Bill est au courant?... Bill?

— Je n'ai pas dit cela. Pas du tout. Mais comme vous êtes fort intelligente, je crois que vous obtiendrez par lui ce que vous voulez savoir. Et maintenant, ajouta le surintendant d'un ton ferme, je ne vous dirai pas un mot de plus.

CHAPITRE XI

BUNDLE DINE AVEC BILL

Bundle alla rejoindre Bill le lendemain soir avec infiniment de hâte et le jeune homme la reçut avec plaisir.

« Il est vraiment gentil, pensa-t-elle. Il ressemble à un bon chien. »

Le bon chien poussait de petites exclamations.

— Vous paraissez en excellente santé, Bundle... Je ne puis vous dire combien je suis heureux de vous voir. J'ai commandé des huîtres. Vous les aimez, n'est-ce pas? Pourquoi êtes-vous restée si longtemps à l'étranger? Vous êtes-vous amusée?

— Pas du tout. Mais, vous, qu'avez-vous fait pendant mon absence, Bill?

C'était là une question imprudente, Bundle ne l'avait posée que par politesse avant de s'engager dans le sujet qui l'intéressait; le jeune homme en profita aussitôt.

— Justement je voulais vous le raconter, s'écria-t-il. Vous êtes intelligente, Bundle, et je désirerais vous demander votre avis. Vous connaissez cette opérette qui s'appelle : *Je maudis tes yeux?*

— Oui.

— Eh bien! je vais vous dévoiler une grande injustice. Figurez-vous qu'il y a une jeune fille américaine...

Bundle éprouva un sentiment de découragement car, lorsque Bill commençait un récit, il était généralement interminable.

— Cette jeune fille qui s'appelle Babe Saint-Maur...

— Où a-t-elle pris ce nom? demanda ironiquement Bundle.

— Oh! elle se l'est octroyé, répondit Bill avec franchise.

— Bill, interrompit Bundle, je suis allée voir Jimmy Thesiger hier matin.

— Ah! ce brave Jimmy, répondit Eversleigh. J'allais donc vous dire que Babe a beaucoup de talent mais, dans cette opérette, elle ne peut le manifester.

— Et vous? Avez-vous vu Jimmy récemment?

— Oui, ce matin... Où en étais-je? Ah! oui! C'est une question de jalousie. Les autres actrices ont cherché à lui nuire...

Bundle se résigna à l'inévitable, écouta toute l'histoire des désillusions de Babe Saint-Maur et, lorsque Bill reprit haleine, elle déclara :

— Vous avez raison, Bill, c'est navrant... Est-ce que Jimmy vous a demandé de le faire inviter à l'Abbaye la semaine prochaine?

Bill accorda pour la première fois quelque attention à ce que disait Bundle.

— Oui, il est venu me raconter une longue histoire que je dois répéter à Lomax, mais c'est bien risqué.

— Allons donc! Si Georges découvre la vérité, ce n'est pas vous qu'il blâmera. Il croira que vous étiez de bonne foi.

— Ce n'est pas cela que je veux dire, répliqua Bill, mais c'est dangereux pour Jimmy car, avant même qu'il s'en soit rendu compte, on l'aura enrôlé dans le parti et il sera obligé d'embrasser des enfants et de faire des discours. Vous ne vous doutez pas à quel point Lomax est convaincu et entreprenant.

— Eh bien! nous courrons ce risque, déclara Bundle. Jimmy est de taille à se défendre. Qui est invité? Y a-t-il quelqu'un de spécial?

— Mon Dieu, non. Il y a d'abord Mrs Macatta.

— La femme politique?

— Oui, vous savez bien... celle qui parle toujours du bien-être, du lait pur... des enfants à sauver. Imaginez-vous ce que deviendra le pauvre Jimmy s'il est obligé de lui parler!

— Laissons Jimmy pour le moment. Qui y a-t-il ensuite?

— Une Hongroise, ce qu'on appelle une jeune Hongroise. Une comtesse dont il m'est tout à fait impossible de prononcer le nom; elle est fort bien.

A ce moment, Bill parut embarrassé et Bundle remarqua qu'il écrasait son pain avec nervosité.

— Est-elle jeune et belle? demanda-t-elle aimablement.

— Oh! plutôt!

— Tiens! Je ne savais pas que Lomax s'intéressait aux femmes!

— Il ne s'y intéresse pas, mais la comtesse s'occupe de questions sociales à Budapest et elle veut faire la connaissance de Mrs Macatta.

— Quels sont les autres invités?

— Sir Stanley Digby.

— Le ministre de l'Air?

— Oui, et son secrétaire Terence O'Rourke. C'est un as ou du moins c'en était un quand il volait. Puis il y aura un Allemand absolument odieux qui s'appelle herr Eberhard. Je ne sais pas ce qu'il peut être, mais on fait toute une histoire à son sujet. J'ai été commandé de service deux fois pour l'inviter à déjeuner et je vous assure, Bundle, que c'est loin d'être amusant, car il n'est pas comme les gens de l'ambassade qui sont tous très convenables. Ce bonhomme-là fait du bruit en avalant sa soupe et mange ses petits pois avec un couteau. De plus il se ronge les ongles.

— En effet, cela ne doit pas être très agréable.

— Je crois que c'est un inventeur. Enfin, il y aura sir Oswald Coote.

— Et sa femme?

— Oui.

Bundle, pendant quelques minutes, demeura perdue dans ses réflexions. La liste des invités que venait de lui énumérer Bill était assez suggestive, mais elle n'avait pas le temps de l'analyser en ce moment. Il fallait qu'elle continuât son enquête.

— Bill, dit-elle enfin, qu'est-ce que cette histoire des Sept Cadrans?

Eversleigh eut tout de suite un air extrêmement gêné. Ses paupières battirent et il évita le regard de la jeune fille.

— Je ne sais pas de quoi vous voulez parler, dit-il.

— Allons donc! fit Bundle. On a dit que vous étiez parfaitement au courant.

— Au courant de quoi?

C'était là une question à laquelle il était assez difficile de répondre et Bundle changea de tactique.

— Je ne comprends pas pourquoi vous vous montrez si mystérieux, dit-elle avec une nuance de reproche dans la voix.

— Je ne suis pas mystérieux, mais on ne va plus guère maintenant en cet endroit. L'engouement paraît passé.

— Voilà, on n'est plus à la page lorsqu'on s'absente, dit Bundle tristement.

— Oh! vous n'avez pas perdu grand'chose, déclara Bill. On n'y allait guère que pour pouvoir dire qu'on savait ce que c'était. En réalité, on ne s'amusait pas beaucoup et on se lasse vite du poisson frit.

— Mais de quoi parlez-vous?

— Du Club des Sept Cadrans, bien sûr, répondit Bill. N'était-ce pas à ce sujet que vous m'interrogiez?

— Je ne savais pas qu'il s'agissait d'un club, déclara Bundle.

— Il se trouvait dans un assez vilain quartier près de Tottenham Court Road, mais ce quartier est maintenant démoli. Cependant le Club des Sept Cadrans est toujours pareil. On y mange du poisson frit et des pommes de terre.

— Je suppose que c'est un club de nuit comme les autres et qu'on y danse? interrogea Bundle.

— Oui, mais l'assistance y est très mêlée. Il y a là des artistes, des femmes assez bizarres et aussi quelques personnes de la haute société. Il court toutes sortes de bruits sur ce club, mais je crois que cela est voulu pour attirer la clientèle.

— Eh bien! dit la jeune fille, nous irons ce soir.

— Oh! renoncez à cette idée! fit Bill qui parut de nouveau embarrassé. Je vous dis que cet endroit n'est plus à la mode. Personne n'y va plus.

— Eh bien! nous, nous irons.

— Vous ne vous y plairez pas, Bundle, vous ne vous y plairez pas du tout.

— Vous allez me conduire au Club des Sept Cadrans, Bill, et je voudrais bien savoir pourquoi cela vous ennuie tant.

— Moi, cela m'ennuie?

— Je le vois bien. Quel est ce coupable mystère?

— Ce coupable mystère?

— Voyons, ne répétez pas ce que je dis. C'est pour gagner du temps que vous agissez ainsi.

— Certes non! s'écria Bill, seulement...

— Je vois qu'il y a quelque chose qui vous tourmente, vous n'avez jamais rien su cacher.

— Mais, je n'ai rien à cacher, seulement...

— Seulement quoi?

— C'est une étrange histoire. J'y ai emmené un soir Babe Saint-Maur.

— Oh! encore Babe Saint-Maur, fit Bundle en étouffant un bâillement.

— Oui. Je l'avais donc emmenée; elle a eu envie d'un homard. J'en tenais un sous mon bras...

Le récit continua et, lorsque Bill eut raconté comment le homard avait été mis en pièces au cours d'une lutte entre lui et un individu louche, Bundle ramena son attention sur le jeune homme.

— Je comprends, dit-elle, il y a eu un scandale.

— Oui. Pourtant c'était mon homard. Je l'avais acheté, j'avais parfaitement le droit...

— Certainement, certainement, dit vivement Bundle, mais je suis certaine que tout cela est maintenant oublié. D'ailleurs je n'aime pas les homards. Donc allons-y.

— Mais on s'expose à une descente de police, car il y a, au premier étage, une pièce où l'on joue au baccara.

— Dans ce cas, papa n'aura qu'à venir me réclamer. Allons, venez Bill.

Bill paraissait toujours peu enclin à obéir, mais Bundle se montra ferme et bientôt ils prirent un taxi.

L'endroit était bien tel que lady Eileen se l'imaginait : une maison haute dans une rue étroite, Hunstanton Street n° 14.

Bundle nota le numéro.

Un homme dont le visage parut étrangement familier à la jeune fille ouvrit la porte et Bundle crut apercevoir qu'il sursautait légèrement en la voyant; mais il reçut Bill avec de grandes marques de respect. C'était un individu de haute taille aux yeux bleus, avec un visage anémié trahissant la faiblesse et dont les paupières tremblaient.

Bundle se demanda où elle avait pu le voir auparavant. Cependant Eversleigh ayant recouvré son égalité d'humeur, paraissait ravi de conduire sa compagne. Ils dansèrent dans le sous-sol qui était plein de fumée et où l'odeur de friture de poisson était presque insupportable.

Sur le mur pendaient des esquisses au fusain dont quelques-unes révélaient un véritable talent. La société était extrêmement mêlée. Il y avait là d'opulentes Juives, quelques personnes distinguées et plusieurs femmes douteuses.

Bill mena la jeune fille au premier étage. L'homme qui leur avait ouvert y était de faction et il examinait avec attention tous ceux qui entraient dans la salle de jeu.

La mémoire revint brusquement à lady Eileen.

— Que je suis sotte! se dit-elle. C'est Alfred qui était second valet de pied à Chimneys. Comment vous portez-vous, Alfred?

— Très bien, Milady.

— Quand avez-vous quitté Chimneys? Longtemps avant notre retour?

— Il y a environ un mois, Milady. J'ai eu l'occasion de monter en grade et il eût été dommage de ne pas la saisir.

— Je suppose qu'on vous paie très bien ici?

— Oh! oui, Milady.

Bundle entra dans la salle et il lui sembla que la véritable raison d'être du club s'y résumait. Elle vit aussitôt que les sommes déposées sur les tables étaient fort élevées et que de véritables joueurs se trouvaient assemblés en ce lieu.

Elle et Bill demeurèrent dans cette salle pendant une demi-heure environ, puis Bill demanda :

— Descendons, Bundle, et retournons danser.

La jeune fille acquiesça, car il n'y avait pas là, pour elle, grand'chose à apprendre.

Ils retournèrent donc dans le sous-sol, dansèrent encore plusieurs fois, mangèrent du poisson et des pommes de terre frites, puis Bundle déclara qu'elle voulait rentrer chez elle.

— Mais il est encore très bonne heure, protesta Bill.

— Non, il est déjà tard et, d'ailleurs, j'aurai demain une longue journée fatigante.

— Qu'allez-vous donc faire?

— Cela dépendra, répliqua Bundle d'un ton mystérieux; mais je puis vous affirmer, Bill, que je ne resterai pas inactive.

— Cela ne vous arrive jamais, observa le jeune homme.

CHAPITRE XII

BUNDLE POSE DES QUESTIONS A CHIMNEYS

Lady Eileen n'avait certainement pas hérité du caractère de son père dont le trait dominant était une aimable inertie. Ainsi que Bill Eversleigh venait de le faire remarquer, la jeune fille ne demeurait jamais inactive.

Le lendemain du jour où elle avait dîné avec lui, Bundle s'éveilla pleine d'énergie. Elle avait trois projets bien distincts, qu'elle comptait mettre à exécution ce jour-là et elle réalisait que le temps et la distance risquaient de la gêner.

Heureusement pour elle, elle n'éprouvait pas à se lever la même difficulté que Gerry Wade, Ronny Devereux et Jimmy Thesiger. Sir Oswald Coote n'aurait eu aucun reproche à lui adresser sous ce rapport.

A huit heures et demie du matin, elle avait déjà déjeuné et était en route pour Chimneys dans son Hispano. Son père parut relativement satisfait de la voir.

— On ne sait jamais à quel moment tu reparais, dit-il, mais ton retour va m'éviter de téléphoner, ce que je déteste. Le colonel Melrose est venu hier me parler au sujet de l'enquête.

Le colonel Melrose, chef constable du comté, était un vieil ami de lord Caterham.

— Tu veux parler de l'enquête relative à la mort de Ronny Devereux? Quand doit-elle avoir lieu?

— Demain à midi, Melrose viendra te chercher. Comme tu as trouvé le corps, il faudra que tu déposes, mais il dit que tu n'as aucune raison de t'inquiéter.

— Et pourquoi m'inquiéterais-je?

— Tu sais, fit lord Caterham comme pour s'excuser, Melrose est quelque peu vieux jeu.

— Midi? reprit Bundle. Parfait! J'y serai si je suis encore vivante.

— Oh! As-tu des raisons de croire que tu ne le seras plus?

— On ne sait jamais, répliqua la jeune fille. La tension de la vie moderne, comme disent les journaux...

— Ceci me rappelle, fit son père, que Georges Lomax m'a invité à aller à l'Abbaye la semaine prochaine, mais j'ai refusé.

— Tu as raison, je ne veux pas te voir mêlé à une aventure.

— Supposes-tu donc qu'il se produira quelque chose? interrogea lord Caterham dont l'intérêt parut s'éveiller.

— En tout cas, il y a déjà eu des lettres de menaces.

— Lomax sera peut-être assassiné, dit lord Caterham d'un ton presque gai. Qu'en penses-tu, Bundle? Qui sait si je ne ferais pas bien d'accepter son invitation?

— Fais taire tes instincts sanguinaires et reste tranquillement à la maison, conseilla la jeune fille. Je vais aller parler à Mrs Howell.

Mrs Howell était la femme de charge, cette personne pleine de dignité, aux jupes bruissantes qui avait frappé lady Coote de terreur, mais elle n'effrayait nullement la jeune fille qu'elle appelait, du reste, miss Bundle, en souvenir de l'époque où encore enfant, elle avait fait des séjours à Chimneys avant que son père eût hérité du titre.

— Bonjour, Hovelly, dit Bundle; prenons une tasse de chocolat et racontez-moi toutes les nouvelles de la maison.

Elle n'eut pas de peine à obtenir les renseignements qu'elle désirait et elle prit mentalement des notes : « il y a deux nouvelles filles de cuisine, mais elles sont originaires du village, cela ne me paraît pas intéressant; une nouvelle femme de chambre, mais c'est la nièce de la femme de chambre principale... j'ai idée que Howell a dû tyranniser la pauvre lady Coote. »

— Je n'aurais jamais cru qu'un jour viendrait où je verrais Chimneys habité par des étrangers, miss Bundle.

— Oh! il faut marcher avec son temps, répondit la jeune fille; vous aurez de la chance, Howelly, si vous ne voyez jamais la maison transformée en appartements de rapport!

Mrs Howell parut trembler d'avance.

— Je ne connais pas sir Oswald Coote, fit observer Bundle.

— Sir Oswald est certainement un homme fort intelligent, répondit froidement Mrs Howell.

Et Bundle en conclut qu'il n'avait pas plu au personnel.

— Bien entendu, c'était Mr Bateman qui s'occupait de tout, continua la femme de charge; il était très pratique, et savait fort bien comment une maison doit être dirigée.

Bundle fit dévier la conversation et parla de la mort de Gerald Wade. Mrs Howell ne demandait pas mieux que d'aborder ce sujet.

Elle se répandit en exclamations de pitié sur le sort du malheureux jeune homme, mais lady Eileen n'apprit rien de nouveau. Aussi ne tarda-t-elle pas à quitter la femme de charge et à redescendre au rez-de-chaussée où elle sonna Tredwell.

— Quand Alfred est-il parti? demanda-t-elle.

— Il y a environ un mois, Milady.

— Pourquoi est-il parti?

— De son propre gré, Milady. Je crois qu'il est allé à Londres. Je n'étais pas mécontent de ses services, mais j'espère que Milady trouvera le nouveau valet de pied satisfaisant. Il semble connaître son travail et il est très désireux de bien faire.

— D'où vient-il?

— Il avait d'excellentes références, Milady. En dernier lieu, il était chez lord Mountvernon.

— Fort bien, répondit Bundle d'un ton pensif, car elle se rappelait que lord Mountvernon était actuellement dans l'Est africain où il chassait.

— Comment s'appelle-t-il, Tredwell?

— John Bower, Milady.

Le maître d'hôtel attendit une ou deux minutes, puis, voyant que la jeune fille se taisait, il quitta la pièce.

Bundle demeura perdue dans ses pensées. John lui avait ouvert la porte, ce jour-là, lorsqu'elle était rentrée et elle l'avait observé à la dérobée. Il donnait l'impression d'un domestique bien stylé, au visage inexpressif; il avait peut-être une allure plus militaire que la plupart des valets de pied et la forme de son crâne était assez originale. Mais Bundle se rendait compte que ces détails n'avaient pas grand rapport avec la situation et elle demeurait là, les sourcils froncés, regardant le bloc placé devant elle et où elle traçait machinalement le nom de Bower.

Soudain une idée la frappa et elle rappela Tredwell.

— Comment s'écrit le nom de Bower?

— B-a-u-e-r, Milady.

— Mais ce n'est pas un nom anglais.

— Je crois qu'il est d'origine suisse, Milady.

— Ah!... c'est tout. Je vous remercie, Tredwell.

« D'origine suisse! non allemande! Cette allure martiale, cette tête plate... Et cet homme était arrivé à Chimneys quinze jours avant la mort de Gerry Wade... »

Bundle se leva. Elle avait fait tout ce qu'elle désirait à Chimneys. Maintenant elle allait agir.

Elle se mit à la recherche de son père.

— Je repars, lui dit-elle, car il faut que j'aille voir tante Marcia.

— Il faut que tu ailles voir Marcia? répliqua lord Caterham d'une voix étonnée. Ma pauvre petite, comment t'es-tu laissé prendre?

— Pour une fois, répondit Bundle, j'y vais de mon plein gré.

Lord Caterham la regarda avec stupeur. L'idée que quelqu'un pût désirer se trouver en face de sa redoutable belle-sœur lui semblait incompréhensible.

Marcia, marquise de Caterham et veuve de son frère Henry, était une personnalité éminente. Lord Caterham reconnaissait qu'elle fut une épouse admirable et que, sans elle, Henry ne serait jamais devenu secrétaire d'État aux Affaires étrangères. Pourtant il avait toujours considéré la mort prématurée de son frère comme une heureuse délivrance pour celui-ci et il lui semblait, en ce moment, que Bundle mettait imprudemment sa tête dans la gueule du loup.

— A ta place, je me garderais bien d'aller trouver Marcia, car on ne sait jamais ce qui peut en résulter.

— Moi, je sais très bien quel résultat j'escompte de ma visite. Ne te tourmente pas à mon sujet, papa.

Lord Caterham soupira et s'installa confortablement dans un fauteuil où il se remit à lire son journal.

Cependant, une minute plus tard, Bundle reparut.

— Désolée de te déranger, lui dit-elle, mais il y a

quelque chose que je veux te demander : comment sir Oswald Coote a-t-il fait sa fortune?

— Dans l'acier, le fer et l'acier. Il a les plus grandes usines métallurgiques qui existent en Angleterre. Bien entendu, il ne les dirige pas lui-même. Il a fondé une société anonyme. Il m'a nommé membre du conseil d'administration. C'est très intéressant: je n'ai rien à faire si ce n'est aller m'asseoir une ou deux fois par an autour d'une table où sont posés de magnifiques buvards neufs. Puis Coote ou quelque autre homme très habile fait un discours tout hérissé de chiffres que l'on n'est heureusement pas obligé d'écouter; mais ensuite, il y a généralement un excellent déjeuner.

Bundle ne s'intéressait pas beaucoup aux déjeuners de lord Caterham et elle était partie avant qu'il eût fini de parler.

Tandis qu'elle se dirigeait vers Londres, elle cherchait à rassembler les renseignements qu'elle avait obtenus pour en former un tout. Autant qu'elle pouvait en juger, le roi de l'acier et la femme qui s'occupait de questions sociales ne devaient pas avoir grand' chose de commun. L'une de ces deux personnes avait donc été invitée pour faire nombre et c'était probablement la seconde.

Il semblait, par suite, que cette réunion soit organisée pour qu'on y pût rencontrer le peu séduisant herr Eberhard. Ce n'était certainement pas là un homme que Georges Lomax eût invité en temps ordinaire. Bill avait dit qu'il s'agissait d'un inventeur et il pouvait être intéressant pour le ministre de l'Air et pour sir Oswald de le connaître.

La jeune fille estima inutile de se perdre davantage en conjectures et elle fixa son esprit sur l'entrevue qu'elle allait avoir avec lady Caterham.

Celle-ci habitait une grande et lugubre maison dans

un des quartiers les plus aristocratiques de Londres. C'était une femme puissante, au moral comme au physique, avec un nez en bec d'aigle, surmonté d'un lorgnon cerclé d'or, et dont la lèvre supérieure s'ombrait d'un soupçon de moustache.

Elle parut quelque peu étonnée de voir sa nièce et lui tendit froidement sa joue que Bundle effleura d'un baiser en prenant un air respectueux.

— Voici un plaisir inattendu, Eileen, fit observer lady Caterham.

— Nous venons à peine de rentrer, tante Marcia.

— Je le sais. Comment se porte ton père? Comme à son habitude, je suppose.

Le ton dont la vieille dame prononça ces paroles était assez méprisant : elle n'avait qu'une piètre opinion de son beau-frère, Alastair Edward Brent, neuvième marquis de Caterham et le considérait comme « un pauvre homme »!

— Papa va très bien, il est à Chimneys.

— Vraiment! Tu le sais, Eileen, je n'ai jamais approuvé qu'il ait loué ce château qui est, en quelque sorte, un monument historique. Il ne faudrait pas le vulgariser!

— Il devait être merveilleux du temps de l'oncle Henry! fit Bundle en soupirant.

— Mon mari avait le sentiment de sa responsabilité sociale, déclara la veuve.

— Quand je pense, reprit sa nièce d'un ton enthousiaste, que les principaux hommes d'État européens y ont fait des séjours!

Lady Caterham soupira.

— Je puis dire en toute sincérité que l'Histoire y a, plus d'une fois, été écrite. Si ton père...

Elle s'interrompit et hocha tristement la tête.

— La politique ennuie papa; pourtant ce doit être

la plus séduisante des choses, me semble-t-il, surtout lorsqu'on en connaît les dessous.

Bundle fit cette déclaration sans même rougir et sa tante la regarda avec surprise.

— Je suis heureuse de t'entendre parler ainsi, j'avais toujours cru, Eileen, que tu ne t'intéressais qu'aux plaisirs modernes.

— Autrefois! répondit Bundle.

— Il est vrai que tu es encore très jeune, continua sa tante d'un ton pensif. Mais, avec ta situation, si tu te mariais convenablement, tu pourrais avoir un salon politique fort important.

Bundle éprouva un sentiment de crainte à la pensée que sa tante était fort capable de lui présenter, sur l'heure, un parti!

— Mais je suis tellement ignorante! répondit-elle d'un ton plein d'humilité.

— On peut aisément remédier à cela, déclara vivement lady Caterham, je puis te prêter des livres.

— Je vous remercie, tante Marcia. Connaissez-vous Mrs Macatta?

— Certainement. Elle est fort aimable et fort intelligente. En général je n'approuve pas celles de nous qui prennent une part personnelle à la politique, car l'influence peut s'exercer d'une manière plus féminine...

Elle s'interrompit, sans doute pour que sa nièce eût le loisir de se rappeler la manière féminine dont elle avait poussé son mari, qui ne le désirait pas, dans l'arène politique et le succès merveilleux qui avait couronné ses efforts, puis elle reprit :

— Pourtant tout change : l'œuvre qu'accomplit Mrs Macatta présente un intérêt national considérable et est utile à toutes les femmes. Je puis donc affirmer que la mission qu'elle s'est donnée est vraiment féminine. Il faut que tu connaisses Mrs Macatta!

Bundle poussa un soupir douloureux et déclara :

— Elle sera chez Georges Lomax la semaine prochaine. Il a invité papa qui, bien entendu, ne veut pas accepter, mais il n'a pas eu l'idée de m'inviter... je suppose qu'il me trouve trop intelligente.

Lady Caterham estima que sa nièce avait vraiment fait beaucoup de progrès. Avait-elle eu quelque déception sentimentale? Suivant l'opinion de la vieille dame une déception de cette sorte était souvent fort utile aux jeunes filles, car elle leur faisait envisager l'existence sous un jour plus sérieux.

— Je crois que Georges Lomax ne se rend pas compte que tu as... mettons vieilli, ma chère Eileen. Il faudra que je lui parle.

— Je ne lui plais pas, déclara Bundle, je suis sûre qu'il ne m'invitera pas.

— Mais si, j'insisterai et j'ai connu Georges alors qu'il n'était pas plus grand que cela...

Lady Caterham indiqua du geste une taille d'une invraisemblable petitesse et reprit :

— Il sera trop heureux de m'être agréable et je suis certaine qu'il se rend compte à quel point il est utile que les jeunes filles modernes, de notre milieu, s'intéressent avec intelligence aux destinées de leur pays.

Bundle fut sur le point de crier : « Écoutez! écoutez! » mais elle se retint.

— Je vais te faire donner des livres, dit lady Caterham en se levant.

Elle appela d'une voix aiguë :

— Miss Connor!

Une secrétaire entra en courant avec un air effrayé, reçut des instructions diverses et, peu après, Bundle repartait les bras chargés de volumes à l'aspect rébarbatif.

Son premier soin fut, ensuite, de téléphoner à Jimmy

Thesiger dont les premières paroles furent empreintes d'un accent de triomphe :

— J'y suis arrivé! déclara-t-il. J'ai eu beaucoup de mal à décider Bill qui me voyait sous les traits d'un agneau perdu au milieu d'une bande de loups; cependant je lui ai fait entendre raison. Je compulse en ce moment quantité de documents fort arides... Avez-vous entendu parler de la discussion qui concerne la frontière de Santa-Fé?

— Jamais! répondit Bundle.

— Je me donne beaucoup de mal pour l'étudier. C'est une question très compliquée qui dure depuis des années, je vais en faire ma spécialité.

— Moi aussi, je suis nantie de documents du même genre; c'est ma tante Marcia qui me les a donnés; elle s'occupe de politique et va me faire inviter chez Lomax.

— Oh! voilà qui est parfait.

Il y eut un silence, puis Jimmy reprit :

— Je crois qu'il vaut mieux que nous ne parlions pas de cela à Loraine.

— Peut-être.

— Elle serait ennuyée de ne pas venir avec nous et, pourtant, il est indispensable qu'elle ne coure aucun danger.

Bundle pensa que Mr Thesiger manquait de tact, car l'idée qu'elle-même pourrait se trouver en péril ne paraissait pas l'émouvoir...

— Êtes-vous toujours là? reprit-il.

— Oui, je réfléchissais.

— Assisterez-vous à l'enquête demain?

— Certainement. Et vous?

— Moi aussi. Les journaux parlent de l'affaire aujourd'hui, mais sans insister. Cela m'étonne, j'aurais cru qu'ils lui donneraient plus d'importance.

— Je l'aurais cru également.

— Allons, fit Jimmy, il faut que je reprenne mon travail, j'en suis au moment où la Bolivie nous a envoyé une note.

— Je vais également commencer mes études. Allez-vous consacrer toute la soirée aux vôtres?

— Probablement.

— Moi aussi. Bonsoir.

Ni l'un ni l'autre disait la vérité, car Jimmy Thesiger allait sortir pour retrouver Loraine Wade qu'il avait invitée à dîner au restaurant... Quant à Bundle, elle se hâta de revêtir un costume qui appartenait à sa femme de chambre et de se mettre en route pour le club des Sept Cadrans.

CHAPITRE XIII

LE CLUB DES SEPT CADRANS

Lady Eileen Brent atteignit vers dix-huit heures le numéro 14 de Hunstanton Street. Elle estimait avec logique que le club devait être désert et elle avait l'intention de parler à Alfred.

Elle hésitait devant la porte, ne sachant pas si l'immeuble était habité par d'autres personnes, lorsque l'ancien valet de pied lui-même en sortit.

— Bonsoir, Alfred, dit Bundle.

L'homme sursauta.

— Oh! bonsoir. Votre Seigneurie... Que votre Seigneurie m'excuse, je ne l'avais pas reconnue...

— Je voudrais causer un instant avec vous, Alfred. Où pourrions-nous aller?

— Vraiment, Votre Seigneurie, je l'ignore... Ce n'est pas un beau quartier par ici...

Bundle l'interrompit :

— Y a-t-il quelqu'un dans le club?

— Personne, Votre Seigneurie.

— Alors entrons-y.

Alfred ouvrit la porte, Bundle passa et le serviteur la suivit d'un air embarrassé.

La jeune fille s'assit et le regarda droit dans les yeux.

— Je suppose que vous n'ignorez pas, lui dit-elle vivement, que ce que vous faites n'est pas légal?

Alfred, qui éprouvait une gêne visible, répondit :

— Nous avons eu deux descentes de police, mais on n'a rien trouvé de compromettant grâce aux précautions qu'a prises Mr Mosgorovsky.

— Je ne parle pas seulement du jeu, répliqua Bundle, mais il se passe beaucoup de choses ici... Alfred, je vais vous poser une question à laquelle je vous prie de répondre avec franchise : *Combien vous a-t-on payé pour quitter Chimneys?*

Alfred jeta un regard anxieux autour de lui, avala trois ou quatre fois sa salive, puis, comme tout être faible qui se trouve en présence d'une volonté ferme, il se décida à répondre :

— Voici comment cela s'est passé, votre Seigneurie : Mr Mosgorovsky est venu avec d'autres personnes visiter Chimneys un des jours où la propriété était ouverte au public. Mr Tredwell étant souffrant, c'est moi qui les ai accompagnés. Avant de partir, Mr Mosgorovsky est resté en arrière, m'a donné un beau pourboire et a commencé à me parler...

— Oui, dit Bundle d'un ton encourageant.

— En résumé, continua Alfred, dont le débit s'accéléra, il m'a offert cent livres pour partir tout de suite et venir m'occuper du club; il voulait prendre quelqu'un qui fût habitué à servir les meilleures familles, à ce qu'il m'a dit. Il m'aurait semblé que je tentais le sort si j'avais refusé, d'autant plus que les gages sont triples de ceux que je recevais comme valet de pied.

— Cent livres! dit Bundle, c'est une grosse somme. A-t-on fait allusion devant vous à celui qui devait vous remplacer à Chimneys?

— J'avais hésité un peu, Votre Seigneurie, car je ne voulais pas partir tout de suite de crainte que cela ne fût gênant; mais Mr Mosgorovsky connaissait un jeune homme qui avait été dans de bonnes places et qui était prêt à venir immédiatement. J'ai donc parlé de lui à Mr Tredwell et tout s'est fort bien arrangé.

Bundle fit un signe d'assentiment ; ses soupçons étaient donc exacts. Elle posa une nouvelle question :

— Qui est Mr Mosgorovsky?

— Un Russe qui dirige le club et qui est très habile.

Bundle changea de tactique.

— Ainsi que je vous le disais, Alfred, cent livres représentent une grosse somme.

— Je n'en avais jamais eu de pareille, Votre Seigneurie, répondit-il avec simplicité.

— N'avez-vous jamais pensé qu'il pût y avoir ici quelque chose d'illicite?

— Comment, Votre Seigneurie?

— Je ne parle pas du jeu... Vous ne voulez pas être envoyé aux galères, Alfred?

— Grand Dieu!

— J'étais avant-hier à Scotland Yard, dit Bundle d'un ton grave, et j'ai entendu parler de faits assez étranges... Il faut que vous m'aidiez, Alfred; si vous y consentez et s'il arrive que les choses tournent mal, j'interviendrai en votre faveur.

— Je ferai tout ce qui sera en mon pouvoir. Votre

Seigneurie... d'ailleurs, je le ferai de toute façon...

— D'abord, je veux visiter toute la maison...

Accompagnée du domestique, très effrayé, la jeune fille inspecta soigneusement les lieux et ne remarqua rien d'anormal jusqu'au moment où elle arriva à la salle de jeu; là, son attention fut attirée par une porte fermée à clé.

— C'est une sortie de secours, expliqua Alfred. Derrière cette porte, il y a une autre pièce, puis un escalier qui conduit à une rue qui passe derrière la maison. C'est par-là que les personnes chic se sauvent s'il y a visite de la police.

— Mais n'en connaît-elle pas l'existence?

— La porte est bien cachée, Votre Seigneurie, elle ressemble à celle d'un placard.

Bundle éprouva une certaine émotion et déclara :

— Je veux entrer dans cette pièce.

Alfred secoua la tête.

— C'est impossible, Votre Seigneurie, car c'est Mr Mosgorovsky qui en possède la clé.

— Fort bien, dit Bundle, mais vous devez en avoir d'autres.

Elle se rendit compte que la serrure était fort ordinaire et qu'il ne serait pas difficile de l'ouvrir avec la clé des autres portes. Alfred, un peu inquiet, fut envoyé à leur recherche et la quatrième de celles que Bundle essaya, tourna aisément.

Lady Eileen pénétra donc dans la seconde pièce qui était petite et assez mal tenue.

Une longue table en occupait le centre et des chaises étaient rangées autour d'elle. Il n'y avait pas d'autre mobilier. De chaque côté de la cheminée se trouvaient deux placards et Alferd en montra un à la jeune fille.

— Voilà la sortie secrète, déclara-t-il.

Bundle essaya d'ouvrir la porte, mais vit une serrure

de sûreté qu'une seule clé devait pouvoir actionner.

— C'est très ingénieux, reprit le domestique. A l'intérieur il y a des planches sur lesquelles se trouvent quelques registres mais, lorsqu'on appuie sur un bouton le tout pivote.

Bundle s'était retournée et elle examina la pièce d'un air pensif. La première chose qu'elle remarqua fut que la porte qui conduisait à la salle de jeu était entourée de bourrelets et ne devait laisser passer aucun bruit, puis son regard se posa sur les chaises : il y en avait sept, trois de chaque côté de la table et une, un peu plus imposante, à un des bouts.

Les yeux de la jeune fille s'éclairèrent, car elle avait découvert ce qu'elle cherchait. Cette pièce servait de salle de réunion à la société secrète et était admirablement située. On pouvait y accéder soit en traversant la salle de jeu, soit en passant par l'entrée dérobée et toutes les précautions prises s'expliquaient par le voisinage du tripot.

Tandis qu'elle réfléchissait, Bundle passa un doigt sur le marbre de la cheminée et Alfred déclara :

— Oh! Votre Seigneurie ne trouvera pas de poussière ici, Mr Mosgorovsky m'a commandé de balayer la pièce ce matin et je l'ai fait tandis qu'il attendait que j'aie fini.

— Ah! fit la jeune fille. Ce matin?

— Il faut bien nettoyer de temps à autre, quoique cette salle ne serve jamais.

— Alfred, il faut que je puisse me cacher ici.

Le domestique la regarda avec effroi.

— Mais c'est impossible, Votre Seigneurie! J'aurais des ennuis et je perdrais ma place!

— Vous la perdrez de toute façon quand vous irez en prison, répliqua sèchement Bundle, mais, en ce qui concerne ma présence en ce lieu, ne vous inquiétez pas, car personne n'en saura rien.

— Il n'y a aucun endroit où vous cacher, gémit Alfred. Que Votre Seigneurie regarde si elle ne me croit pas.

La jeune fille fut obligée d'admettre que cette assertion était exacte. Toutefois, elle était animée d'un véritable esprit d'aventure et de lutte.

— Allons donc! déclara-t-elle. Il *faut* qu'il y en ait un.

Jamais pièce n'avait paru moins se prêter à dissimuler quelqu'un. De vieux stores étaient tirés devant les fenêtres mais il n'y avait pas de rideaux et le mobilier ne se composait que de la table et des chaises.

Elle se dirigea vers le second placard et l'ouvrit. A l'intérieur, des étagères portaient des verres et des porcelaines.

— C'est de la vaisselle supplémentaire, dit Alfred, et, Votre Seigneurie le voit, une souris pourrait à peine se cacher ici.

Bundle examinait les étagères et elle déclara :

— Y a-t-il une autre armoire où vous pourriez transporter tout ceci, Alfred?... Oui?... Parfait. Allez chercher un plateau et débarrassez ces planches. Vite! Vite!

— Mais, c'est impossible! Il se fait tard! Les cuisinières vont arriver d'une minute à l'autre.

— Et Mr Mosgorovsky?

— Il ne vient guère avant minuit. Seulement... Oh! Votre Seigneurie!

— Ne parlez pas tant, Alfred, et allez chercher ce plateau. Si vous tardez, il est bien possible alors que vous ayez des ennuis.

Alfred partit en se tordant les mains. Il reparut bientôt, portant un plateau et, comme il comprenait que ses protestations étaient inutiles, fit preuve d'une surprenante activité.

Ainsi que Bundle s'en était rendu compte, il était facile de déplacer les étagères; elle les enleva donc, les posa contre le mur du placard et entra dans celui-ci.

— Hum! fit-elle, c'est assez étroit et je serai un peu serrée. Fermez la porte doucement, Alfred... Oui, je puis y tenir... maintenant il me faut une vrille.

— Une vrille? Votre Seigneurie?

— Oui.

— Mais je n'en ai pas.

— C'est impossible; vous avez peut-être même un vilebrequin... Si vous n'en trouvez pas, vous serez obligé d'aller en acheter. Il vaut donc mieux que vous tâchiez d'en découvrir un ici.

Alfred partit et revint au bout d'un instant avec tout un assortiment d'outils.

Bundle saisit ceux dont elle avait besoin et se mit rapidement en devoir de forcer un petit trou à la hauteur de son œil droit. Elle le perça de l'extérieur de manière que l'orifice en fût moins visible et n'osa pas le faire trop grand.

— Voilà, cela ira, déclara-t-elle.

— Oh! mais Votre Seigneurie, Votre Seigneurie!...

— Eh bien?

— On vous découvrira si on ouvre la porte.

— On ne pourra pas ouvir la porte, déclara Bundle, car vous allez la fermer et en emporter la clé.

— Et si Mr Mosgorovsky la demande?

— Vous lui direz qu'elle est perdue, répondit vivement Bundle. D'ailleurs personne ne s'inquiétera de ce placard qui n'est là que pour empêcher l'attention de se diriger sur l'autre porte! Faites vite, Alfred, car quelqu'un pourrait arriver d'une minute à l'autre.

Enfermez-moi, emportez la clé et revenez me délivrer quand tout le monde sera parti.

— Mais votre Seigneurie perdra peut-être connaissance!

— Je ne m'évanouis jamais. Cependant, vous pourriez m'apporter un cocktail car j'en aurai certainement besoin. Refermez la porte de la chambre et remettez toutes les clés à leur place. Voyons, Alfred, n'ayez pas tellement peur et souvenez-vous que si vous avez des ennuis je vous soutiendrai.

« Voilà qui est fait! » pensa-t-elle lorsque le domestique se retira après lui avoir remis le cocktail.

Elle ne craignait pas qu'il la trahît car elle était certaine que son instinct de la conservation l'en empêcherait, et il avait, de plus, l'habitude de dissimuler ses impressions sous le masque du serviteur bien stylé.

Une seule question la préoccupait : n'aurait-elle pas mal interprété l'ordre donné de nettoyer la pièce le matin même? Si la réunion n'était pas pour ce soir, la perspective de rester de longues heures dans cet étroit placard l'effrayait un peu.

CHAPITRE XIV

LA RÉUNION DES SEPT CADRANS

Pendant les heures qui s'écoulèrent ensuite, Bundle trouva sa situation peu agréable. Elle avait prévu que la réunion, si réunion il y avait, aurait lieu au moment où le club serait en pleine activité, c'est-à-dire probablement entre minuit et deux heures du matin.

Elle pensait que l'aube n'allait pas tarder à poindre quand un bruit se fit entendre, celui d'une clé tournant dans une serrure. Une minute après, l'électricité fut allumée, les voix lointaines qu'elle avait discernées pendant quelques instants s'éteignirent et Bundle se rendit compte qu'on tirait un verrou.

Quelqu'un qui venait certainement de la salle de jeu passa un moment plus tard dans son champ visuel, forcément limité. C'était un homme grand, aux épaules larges, portant une longue barbe noire et Bundle se rappela l'avoir vu assis à une table de baccara, le soir précédent. Ce devait être le propriétaire russe du club, le sinistre Mr Mosgorovsky.

Le cœur de Bundle battit un peu plus vite et elle ressemblait si peu à son père qu'en ce moment elle se félicita de sa position incommode. Le Russe demeura quelques instants debout auprès de la table, caressant sa barbe; puis il tira une montre de sa poche et la consulta. Il hocha la tête d'un air satisfait, remit sa main dans sa poche, en sortit quelque objet que Bundle ne put voir et s'éloigna un peu, ce qui ne permit plus à la jeune fille de l'apercevoir.

Lorsqu'il reparut, lady Eileen étouffa à grand'peine un cri de surprise, car le visage de l'inconnu était couvert d'un masque étrange. Il n'était pas appliqué sur la figure et se composait simplement d'une pièce d'étoffe qui pendait comme une draperie et dans laquelle deux fentes étaient percées à hauteur des yeux. La partie supérieure était arrondie et représentait un cadran dont les aiguilles marquaient six heures.

« Les Sept Cadrans », pensa Bundle.

Au même instant on frappa sept coups étouffés. Mosgorovsky traversa la pièce dans la direction où

Bundle savait que se trouvait la porte du premier placard. Un cliquetis se fit entendre, suivi d'un échange de salutations en langue étrangère.

La jeune fille ne tarda pas à voir les nouveaux venus : ils portaient des masques à cadrans, mais dont les aiguilles marquaient respectivement quatre heures et cinq heures. Ces deux personnages étaient en habit de soirée, mais présentaient quelques différences : l'un était un jeune homme élégant et mince dont l'habit était admirablement coupé; il le portait avec une grâce qui n'était pas absolument anglaise. L'autre était souple et maigre. Ses vêtements lui allaient assez bien seulement et Bundle devina sa nationalité avant même d'avoir entendu sa voix qui était agréable avec des inflexions irlandaises mêlées à l'accent américain.

— Je vois que nous sommes les premiers à cette petite réunion, dit l'élégant jeune homme en un anglais correct mais un peu étudié; j'ai eu du mal à partir ce soir; les événements ne s'arrangent pas toujours facilement car je ne suis pas bon maître comme le n° 4.

Bundle essaya de trouver sa nationalité; jusqu'au moment où il parla elle l'avait cru Français, mais son accent démentait cette idée; il pouvait être Autrichien, Hongrois ou même Russe. L'Américain passa de l'autre côté de la table et Bundle l'entendit attirer une chaise.

— *Une heure* a eu beaucoup de succès, déclara-t-il, et je vous félicite d'avoir couru ce risque.

Cinq heures haussa les épaules :

— Si l'on ne courait jamais de risques... commença-t-il...

Mais à ce moment sept nouveaux coups furent frappés et Mosgorovsky se dirigea vers la porte secrète.

Bundle n'entendit plus rien de précis pendant quelques instants car tous les assistants étaient hors de sa vue, mais soudain l'homme barbu éleva la voix :

— Voulez-vous que nous ouvrions la séance?

Il s'approcha de la table et s'assit sur la chaise la plus proche du fauteuil qui en occupait le bout.

Ainsi placé, il faisait face au placard où se trouvait Bundle; l'élégant jeune homme s'installa à côté de lui; le troisième siège de ce côté n'était pas visible pour la jeune fille, mais l'Américain n° 4 passa devant elle pour aller l'occuper.

De l'autre côté de la table, deux chaises aussi seulement étaient visibles pour Bundle; une main saisit celle du milieu et la poussa. Puis quelqu'un passa rapidement devant le placard et s'assit en face de Mosgorovsky. Bien entendu, les personnes placées sur cette rangée tournaient le dos à Bundle, mais celle-ci regardait avec un vif intérêt les belles épaules d'une femme extrêmement décolletée. Ce fut elle qui parla la première; elle avait une voix profonde, à l'accent étranger, au timbre séduisant, et elle dit en regardant le fauteuil vide :

— Alors nous ne verrons encore pas le n° 7 ce soir? Le verrons-nous jamais?

— Voilà qui est bien parlé! déclara l'Américain. Je commence à croire que *sept heures* n'existe pas!

— Je ne vous le conseille pas, mon ami, dit aimablement le Russe.

Il y eut un silence... « Un silence gêné », pensa Bundle qui regardait toujours le dos magnifique placé devant elle. Sous l'omoplate droite il y avait un petit signe noir qui rehaussait la blancheur de la peau.

Bundle estima que le terme « une magnifique aventurière », qu'elle avait si souvent lu dans les romans, s'appliquait admirablement à cette femme car elle était certaine qu'elle devait avoir un superbe visage de slave brune aux yeux passionnés.

Elle fut rappelée à la réalité par la voix du Russe qui paraissait jouer le rôle de maître des cérémonies.

— Continuons nos délibérations. Tout d'abord, rendons hommage à notre camarade absent : le n° 2, et il fit un geste étrange pour désigner la chaise retournée placée auprès de la femme. Chacun l'imita. Je voudrais que le n° 2 fût au milieu de nous ce soir, reprit-il. Il y a beaucoup de questions à traiter et des difficiltés inattendues se sont produites.

— Avez-vous reçu son rapport? demanda l'Américain.

— Jusqu'à présent, je n'ai rien reçu...

Il se tut un moment puis reprit :

— Je ne comprends pas.

— Vous pensez qu'il a pu... s'égarer?

— C'est possible.

— En d'autres termes, dit doucement *cinq heures*, il y a du danger?

Il prononçait ces paroles avec une sorte de plaisir. Le Russe fit un signe affirmatif.

— Oui, il y a du danger. On commence à nous connaître... à soupçonner cet endroit; je sais que plusieurs personnes ont des doubles.

Il ajouta froidement :

— Il faut les faire taire.

Bundle sentit un petit frisson passer le long de son épine dorsale. Si on la découvrait, la ferait-on taire?

Mais son attention fut attirée par un mot :

— Ainsi rien n'a transpiré pour Chimneys?

Mosgorovsky secoua la tête.

— Non, rien.

Le n° 5 se pencha en avant et déclara :

— Je me pose la même question qu'Anna. Où est notre président, le n° 7, celui qui nous a créés? Pourquoi ne le voyons-nous jamais?

— Le n° 7, répondit le Russe, a des méthodes de travail qui lui sont propres.

— Vous dites toujours cela...

— J'ajouterai même autre chose, reprit Mosgorovsky, je plains celui... ou celle... qui cherchera à contrecarrer ses projets.

Il y eut un silence embarrassé.

— Continuons, dit Mosgorovsky avec calme. Avez-vous le plan de Wyvern Abbey, n° 3?

Bundle tendit l'oreille car jusqu'alors elle n'avait ni vu le n° 3, ni entendu sa voix.

Celle-ci était basse, agréable, peu intelligible; certainement la voix d'un Anglais bien élevé.

— Oui, monsieur.

Des papiers furent étalés sur la table et chacun se pencha pour les regarder. Au bout d'un instant, Mosgorovsky releva la tête et demanda :

— Et la liste des invités?

— La voici.

Le Russe en donna lecture :

— Sir Stanley Digby, Mr Terence O'Rourke, sir Oswald et lady Coote, Mr Bateman, comtesse Anna Radzky, Mrs Macatta. Mr James Thesiger...

Il s'arrêta et demanda vivement :

— Qui est Mr James Thesiger?

L'Américain se mit à rire.

— Oh! ne vous tourmentez pas à son sujet! C'est un jeune imbécile...

Le Russe continua à lire :

— Herr Eberhard et Mr Eversleigh. C'est tout.

« Vraiment? murmura Bundle. Et cette charmante jeune fille, lady Brent? »

— Il ne paraît pas y avoir là personne d'inquiétant, dit Mosgorovsky en regardant autour de la table... Je suppose que la valeur de l'invention d'Eberhard n'est pas douteuse?

Trois heures fit une réponse laconique.

— En aucune façon.

— Commercialement elle doit valoir des millions, dit le Russe. Au point de vue international... on sait combien les États sont insatiables...

Bundle pensait que derrière son masque il devait sourire d'une façon cynique.

— Oui, continua-t-il, c'est une vraie mine d'or!

— Qui vaut bien quelques vies, dit le n° 5 en riant.

— Mais vous savez ce que sont les inventeurs? déclara l'Américain. Parfois les maudits engins qu'ils ont créés ne veulent pas marcher.

— Un homme comme sir Oswald Coote ne commet pas d'erreurs, dit Mosgorovsky.

— En ma qualité d'aviateur, déclara le n° 5, je crois que la chose est parfaitement réalisable; on y a pensé depuis des années, mais il fallait le génie d'Eberhard pour la mettre au point.

— Je suppose, fit Mosgorovsky, qu'il n'est pas utile que nous discutions la question davantage. Vous avez tous vu le plan et notre premier projet ne peut être amélioré. A propos, j'ai appris que Gerald Wade a fait allusion à notre société dans une lettre. Qui a trouvé cette lettre?

— La fille de lord Caterham, lady Eileen Brent.

— Bauer aurait dû prendre ses précautions pour éviter cela. Il y a eu de la négligence de sa part. A qui Wade adressait-il sa lettre?

— A sa sœur, je crois, répondit le n° 3.

— C'est malheureux, répondit Mosgorovsky, mais nous ne pouvons rien faire. L'enquête sur la mort de Ronald Devereux aura lieu demain; je suppose qu'on a pris des mesures à ce sujet?

— Le bruit que des gamins s'exerçaient au tir a été répandu partout, dit l'Américain.

— C'est parfait, il n'y a rien à ajouter, si ce n'est à féliciter notre chère amie *une heure* et à lui souhaiter bonne chance dans le rôle qu'elle aura à jouer.

— Hurrah pour Anna! cria le n° 5.

Tous les assistants firent de la main le geste que Bundle avait déjà remarqué, en répétant :

— Pour Anna!

Une heure salua et se leva. Les autres l'imitèrent et pour la première fois, Bundle aperçut le n° 3 qui aidait la jeune femme à mettre son manteau. C'était un homme grand et fort.

Puis les conjurés sortirent par la porte dérobée que Mosgorovsky referma derrière eux.

Il attendit un instant et Bundle l'entendit rentrer dans la salle de jeu, puis s'en aller après avoir éteint la lumière électrique. Ce ne fut que deux heures plus tard qu'Alfred, pâle et anxieux, vint délivrer Bundle. La jeune fille était tout ankylosée.

— Oh! mon Dieu, Votre Seigneurie, cela a dû être affreux!

— Pas du tout, déclara Bundle; tout s'est admirablement passé... les choses auraient pu mal tourner mais, grâce au Ciel, il n'en a rien été.

— Grâce au Ciel, comme le dit Votre Seigneurie! J'ai tremblé toute la soirée! Ce sont de si drôles de gens!

— Très drôles! déclara Bundle en frottant ses bras et ses jambes pour y rétablir la circulation. Je croyais même qu'il n'en existait de pareils que dans les livres. En ce monde, Alfred, on apprend toujours quelque chose!...

CHAPITRE XV

L'ENQUÊTE

Bundle rentra chez elle vers six heures du matin; mais dès neuf heures et demie elle était levée, habillée et appelait Jimmy Thesiger au téléphone. La promptitude avec laquelle il lui répondit étonna d'abord la jeune fille, mais il lui expliqua qu'il allait assister à l'enquête.

— Moi aussi, déclara Bundle, et j'ai beaucoup de choses à vous raconter.

— Voulez-vous que je vous emmène dans ma voiture? Nous pourrions causer en chemin.

— Très bien, mais il faudra partir un peu plus tôt car je vous demanderai de me conduire jusqu'à Chimneys où le chef constable doit venir me chercher.

— Ah! pourquoi?

— Parce que c'est un homme aimable.

— Moi aussi, déclara Jimmy.

— Oh! vous!... Vous êtes un jeune imbécile! Voilà du moins ce que j'ai entendu dire hier soir!

— Par qui?

— Par un Américain; c'était...

— Je suis peut-être un imbécile... mais je ne veux pas que des Américains se permettent de le dire. Où étiez-vous hier soir?

Mais Bundle l'interrompit avec vivacité.

— C'est de cela que je veux vous parler. A tout à l'heure... Et elle raccrocha, ce qui laissa Jimmy dans l'incertitude. S'il n'éprouvait aucun attrait pour la jeune fille, il avait du moins la plus haute opinion de ses capacités.

« Elle a fait quelque tentative hardie, j'en suis sûr », pensa-t-il en déjeunant rapidement.

Vingt minutes plus tard sa petite voiture à deux places s'arrêtait devant la maison des Caterham dans Brook Street. Bundle descendit le perron en courant.

Jimmy remarqua qu'elle avait les yeux battus et que son aspect était celui d'une personne qui n'a pas assez dormi.

— Voyons, dit-il, tandis que la voiture quittait les faubourgs, quels noirs desseins avez-vous formés?

— Je vais vous l'apprendre, mais ne m'interrompez pas avant la fin.

Le récit de Bundle fut long et Jimmy dut veiller avec soin à la conduite de l'automobile pour éviter un accident.

Lorsque lady Eileen eut achevé, il soupira, la regarda avec attention et lui demanda :

— Vous ne vous moquez pas de moi?

— Pourquoi?

— Je crois rêver.

— Je n'en suis pas surprise, fit la jeune fille.

— Tout cela n'est pas possible, reprit Jimmy. La belle aventurière, la bande internationale, le mystérieux n° 7 que nul ne connaît... J'ai lu vingt fois des choses pareilles dans les romans policiers.

— Bien entendu, moi aussi; mais ce n'est pas une raison pour qu'on ne les rencontre jamais dans la vie réelle.

— Évidemment, reconnut Jimmy.

— Après tout... la fiction doit être basée sur la réalité, car s'il ne se produisait jamais d'événements, comment pourrait-on en inventer?

— Il y a du vrai dans cette assertion, acquiesça Jimmy. Cependant, je me demande si je suis éveillé.

— J'ai eu la même impression.

— Enfin, supposons que nous le soyons. Voyons : un Russe, un Américain, un Anglais... un Autrichien ou un Hongrois, la dame à la nationalité indéterminée et qui est peut-être Polonaise... voilà un échantillon de tous les pays !

— Et l'Allemand, dit Bundle, vous l'oubliez !

— Oh ! dit Jimmy lentement, vous pensez ?...

— Le n° 2, l'absent, est certainement Bauer, notre valet de pied ; cela me semble évident d'après ce qu'ils ont dit au sujet d'un rapport qui n'était pas arrivé... bien que je ne m'explique guère ce qu'il peut y avoir à surveiller à Chimneys...

— Certaines choses sans doute qui sont en relation avec la mort de Gerald Wade, déclara Jimmy. Il y a quelque mystère que nous n'avons pas encore compris. Vous dites que les conjurés ont prononcé hier le nom de Bauer ?

— Ils l'ont blâmé de ne pas avoir trouvé la lettre de Gerry.

— C'est évidemment fort clair et il faut que vous me pardonniez mon incrédulité première, Bundle ; mais tout ce que vous m'avez raconté était d'abord si difficile à admettre. Vous dites qu'ils savent que je vais à Wyvern Abbey la semaine prochaine ?

— Oui ; c'est à ce propos que l'Américain a dit qu'il n'y avait pas lieu de se tourmenter à votre sujet parce que vous n'étiez qu'un jeune imbécile !

— Ah ! s'écria Jimmy, et il appuya si violemment sur l'accélérateur que la voiture fit un bond.

Je suis très content que vous m'ayez dit cela car je prends maintenant une sorte d'intérêt personnel à l'affaire.

Il demeura silencieux un instant, puis il demanda :

— Ne m'avez-vous pas dit que l'inventeur allemand s'appelle Eberhard?

— Si, pourquoi?

— Attendez un instant. Il me revient un souvenir... Eberhard... Eberhard, oui, je suis sûr que c'était ce nom.

— De quoi s'agit-il?

— Voilà : Eberhard est un type qui a découvert un nouveau procédé de fabrication de l'acier; je ne puis vous donner d'explications techniques parce que je ne suis pas assez instruit; mais je sais qu'il a réussi à rendre l'acier si dur qu'un fil de ce métal est aussi résistant qu'une barre épaisse. Eberhard s'occupait d'aéroplanes et il pensait qu'on pouvait tellement en réduire le poids que l'aviation en serait toute transformée. Je crois qu'il a offert son invention au gouvernement allemand, mais que ce dernier l'a refusée parce qu'il y trouvait un défaut, et cela d'une manière assez brutale. Eberhard s'est alors mis à l'œuvre; il a tourné la difficulté, mais il avait été froissé par l'attitude de ses concitoyens et il a juré qu'ils ne profiteraient pas de sa découverte. J'avais pensé que toute cette histoire était sans fondement, maintenant elle me semble réelle.

— C'est cela, dit vivement Bundle. Vous devez avoir raison, Jimmy, Eberhard a dû proposer son invention à notre gouvernement. On a pris ou on va prendre l'opinion de sir Oswald Coote et il va y avoir une espèce de conférence officielle à l'Abbaye. Sir Oswald, Lomax, le ministre de l'Air, et Eberhard s'y rencontreront. L'Allemand aura avec lui le plan ou la description, enfin je ne sais quel mot employer...

— La formule, suggéra Jimmy.

— Mettons la formule. Il l'aura donc et les Sept

Cadrans veulent la lui dérober. Le Russe a dit qu'elle valait des millions.

— C'est bien possible, reconnut Jimmy.

— Un autre a déclaré qu'elle valait bien aussi quelques existences.

— Ils ne doivent pas hésiter, en effet, à en supprimer quand cela leur paraît utile, dit Jimmy dont le visage se rembrunissait. L'enquête d'aujourd'hui en est la preuve... Bundle, êtes-vous bien sûre que Ronny n'a pas dit autre chose que ce que vous m'avez rapporté?

— Il n'a pas prononcé d'autres mots, répondit Bundle. Sept Cadrans... prévenez Jimmy Thesiger. C'est tout ce que le malheureux garçon a eu le temps d'exprimer.

— Je voudrais bien être au courant de tout ce qu'il savait à ce sujet, fit observer Jimmy. Cependant nous avons appris quelque chose, car je suppose que Bauer, le valet de pied, doit avoir causé la mort de Gerry, Bundle...

— Quoi?

— Je suis un peu tourmenté. Quelle sera la prochaine victime? Il me semble que ce n'est pas une affaire à laquelle une jeune fille doit être mêlée.

Bundle sourit malgré elle, car il lui parut que Jimmy avait mis bien longtemps pour la placer à cet égard dans la même catégorie que Loraine Wade.

— Il y a beaucoup plus de chances pour que ce soit vous cette première victime, et non pas moi, fit-elle observer gaiement.

— Et si nous prenions les devants en supprimant certains de nos adversaires? Je suis tout à fait sanguinaire ce matin. Croyez-vous que vous reconnaîtriez quelques-uns de ceux que vous avez surveillés la nuit dernière si vous les revoyiez?

Bundle hésita.

— Il me semble que je reconnaîtrais le n° 5. Il avait une manière venimeuse de parler qui m'a frappée.

— Et l'Anglais?

Bundle secoua la tête.

— C'est lui que j'ai le moins pu examiner; je n'ai fait que l'apercevoir et il a une voix très ordinaire. Il est très grand, c'est la seule indication que je puisse fournir à son sujet.

— Mais il y a la femme, reprit Jimmy. Elle doit être plus facile à retrouver.

— Il est peu probable que nous la rencontrions. Elle doit sans doute être chargée de séduire les ministres et de leur extorquer des secrets d'État lorsqu'ils ont un peu trop bu! Du moins c'est ainsi que cela se passe dans les romans. En réalité, le seul ministre que je connaisse ne boit que de l'eau chaude avec un peu de citron. Prenez Georges Lomax, par exemple. Pouvez-vous vous imaginer qu'il se laisse séduire par une belle étrangère?

Jimmy fit un geste qui prouvait que pareille hypothèse lui paraissait invraisemblable.

— Et l'homme mystérieux, le n° 7? Vous n'avez aucune idée de son identité?

— Aucune. Toujours d'après les romans, ce doit être quelqu'un que nous connaissons tous.

— Si c'était Georges Lomax lui-même?

Bundle secoua la tête.

— Dans un livre ce serait parfait, dit-elle, mais quand on connaît Lomax!... Et elle fut saisie d'un rire inextinguible. Lomax, grand criminel! Ne serait-ce pas merveilleux?

Jimmy en convint.

Leur conversation ayant duré un certain temps, il avait ralenti involontairement son allure. Aussi, lorsqu'ils arrivèrent à Chimneys ils y trouvèrent le colonel Melrose qui attendait.

Jimmy lui fut présenté et tous trois se rendirent ensemble à l'enquête.

Ainsi que le chef de la police du comté l'avait annoncé, celle-ci fut très simple. Bundle fit sa déposition, le docteur fit la sienne. On déclara que des jeunes gens s'étaient exercés au tir à la carabine dans le voisinage et un verdict de mort accidentelle fut rendu. Lorsque la séance fut terminée, le colonel Melrose offrit de ramener Bundle à Chimneys et Jimmy Thesiger retourna à Londres. Le récit de Bundle l'avait vivement impressionné. En arrivant il appela Loraine au téléphone et lui dit :

— C'est moi, Jimmy. J'ai pensé que vous aimeriez connaître le résultat de l'enquête. On a conclu à une mort accidentelle.

— Vraiment?

— Oui; mais je crois que cela cache quelque chose. A mon avis, le coroner avait reçu des instructions. Quelqu'un cherche à étouffer l'affaire... Dites-moi, Loraine...

— Oui...

— Il se produit d'étranges événements. Vous serez bien prudente, n'est-ce pas?

La jeune fille s'écria aussitôt avec inquiétude :

— Mais alors Jimmy, vous êtes en danger?

Il se mit à rire.

— Oh! moi je suis comme le chat qui a neuf vies. Au revoir, ma petite. Il raccrocha le récepteur, demeura un instant perdu dans ses pensées, puis appela Stevens.

— Seriez-vous capable d'aller m'acheter un revolver? lui demanda-t-il.

— Un revolver, Monsieur?

Mais, en serviteur bien stylé, il ne laissa pas paraître sa surprise.

— Quel genre de revolver Monsieur désire-t-il?

— J'en voudrais un avec lequel il suffise de poser le doigt sur la gâchette pour qu'il continue à tirer.

— Un automatique, Monsieur?

— C'est cela, dit Jimmy, un automatique et j'aimerais encore qu'il fût bleu. Dans tous les romans américains, le héros prend toujours dans sa poche de derrière un revolver automatique qui est bleu.

Stevens se permit un sourire discret.

— La plupart des messieurs américains que je connais ont quelque chose de tout à fait différent dans leur poche de derrière, fit-il observer.

Jimmy Thesiger se mit à rire.

CHAPITRE XVI

LA RÉUNION A L'ABBAYE

Bundle se rendit à Wyvern Abbey en automobile à l'heure du thé, le vendredi. Georges Lomax vint audevant d'elle et l'accueillit avec infiniment d'empressement.

— Ma chère Eileen, fit-il, je ne puis vous dire combien je suis heureux de vous voir. Il faut que vous me pardonniez de ne pas vous avoir invitée en même temps que votre père; à dire vrai, je n'avais pas supposé qu'une réunion de ce genre pût vous être agréable. J'ai été à la fois surpris et enchanté lorsque lady Caterham m'a dit que vous vous intéressiez à la politique.

— J'avais tant envie de venir! répondit Bundle avec simplicité.

— Mrs Macatta n'arrivera que par le dernier train, reprit Lomax, car elle a prononcé un discours dans un meeting, à Manchester, hier soir. Connaissez-vous Thesiger? C'est un très jeune homme qui a une compréhension extraordinaire de la politique étrangère. On ne s'en douterait pas en le voyant.

— Je connais Mr Thesiger, dit Bundle qui échangea solennellement une poignée de main avec Jimmy.

Elle remarqua qu'il avait fait sa raie au milieu pour se donner l'air plus sérieux.

— Écoutez, murmura rapidement Jimmy tandis que Lomax s'éloignait, j'ai mis Bill au courant de notre petit complot.

— Bill! fit Bundle ennuyée.

— Pourquoi pas? répliqua Jimmy. Bill est un de nos camarades et il était très lié avec Ronny et Gerry.

— Oh! je sais bien. Bill est un excellent garçon... Mais il est né gaffeur!

— Évidemment, il n'est pas très intelligent, déclara Jimmy, pourtant il y a un détail qui n'est pas à négliger. Eversleigh est très vigoureux et j'ai idée qu'un homme robuste pourra nous être utile.

— Vous avez peut-être raison. Comment a-t-il pris votre communication?

— J'ai eu de la peine à lui faire comprendre de quoi il s'agissait, mais, avec de la patience, j'ai réussi. Bien entendu, il nous aidera jusqu'à la mort, si l'on peut dire...

Lomax revenait vers eux.

— Il faut que je fasse les présentations, Eileen : Sir Stanley Digby, lady Eileen Brent, Mr O'Rourke.

Le ministre de l'Air était un petit homme tout rond

au sourire aimable; Mr O'Rourke un grand garçon aux yeux bleu clair, au type irlandais accusé. Il accueillit Bundle avec joie.

— Et moi qui croyais, lui murmura-t-il, que cette réunion allait être uniquement politique et ennuyeuse!

— Chut, répondit Bundle. Je m'occupe beaucoup de politique.

— Je crois que vous connaissez sir Oswald et lady Coote, continuait Lomax.

— Nous ne nous sommes jamais rencontrés, répondit Bundle en souriant et en rendant, par devers elle, hommage aux talents descriptifs de son père.

Sir Oswald lui serra si énergiquement la main qu'elle cilla légèrement. Lady Coote, après s'être inclinée d'un air lugubre se tourna vers Jimmy et parut ravie de le voir. En dépit de sa déplorable habitude de descendre en retard pour déjeuner, lady Coote avait une certaine prédilection pour cet aimable jeune homme au visage rose. Son aspect enjoué la séduisait; elle éprouvait un désir maternel de le guérir de ses défauts et de faire de lui un travailleur.

— Mr Bateman, dit brièvement Lomax, et un jeune homme au visage pâle et sérieux s'inclina devant lady Eileen.

— Maintenant, continua le maître de la maison, il faut que je vous présente à la comtesse Radzky.

Celle-ci, qui un instant auparavant causait avec Bateman, était assise sur un divan, les jambes croisées d'une façon assez audacieuse et tenait un fume-cigarette invraisemblablement long, incrusté de turquoises.

Bundle pensa qu'elle ne s'était jamais trouvée en présence d'une femme plus belle. Elle avait de grands yeux bleus, des cheveux d'un noir de jais, le teint mat, un nez légèrement aplati de Slave, un corps souple et mince. Ses lèvres étaient exagérément rouges.

Elle s'écria :

— C'est Mrs Macatta!... oui?

Mais lorsque Lomax répondit négativement et lui présenta Bundle, la comtesse fit un signe de tête négligent et reprit sa conversation avec le grave Bateman.

Jimmy murmura à l'oreille de la jeune fille :

— Pongo est absolument fasciné par la belle Slave... Venez prendre le thé.

Ils se trouvèrent auprès de sir Oswald Coote qui dit à Bundle :

— Votre propriété de Chimneys est très belle!

— Je suis contente qu'elle vous ait plu.

— Mais elle aurait besoin d'être modernisée, continua le grand industriel. Je viens de louer celle du duc d'Alton pour trois ans en attendant que j'aie trouvé un domaine à acheter. Je suppose que votre père n'aurait pas le droit de vendre Chimneys, même s'il le désirait?

Bundle eut comme la vision d'une Angleterre où se trouveraient d'innombrables Coote dans d'innombrables propriétés comme Chimneys... qu'ils auraient, bien entendu, modernisées!

Elle éprouva un violent sentiment d'antipathie qu'elle reconnut d'ailleurs être absurde. Évidemment, si l'on comparait lord Caterham et sir Oswald Coote, il était incontestable que ce dernier aurait le dessus car il possédait une de ces fortes personnalités qui font paraître insignifiantes celles de tous les autres hommes. Pourtant, il était probable que, en dehors de ses connaissances spéciales et de sa grande énergie, sir Oswald devait être extrêmement ignorant. Et lord Caterham connaissait bien des manières délicates de jouir de la vie qui restaient lettre morte pour sir Oswald.

Tandis qu'elle se livrait à ces réflexions, Bundle apprit que herr Eberhard était arrivé, mais avait dû s'étendre, ayant la migraine. Lorsqu'elle monta l'escalier, elle éprouvait un sentiment agréable d'attente, un peu tempéré cependant par la crainte de voir arriver la redoutable Mrs Macatta.

Quand elle descendit, vêtue d'une sévère robe de dentelle noire, elle ressentit une émotion violente : un homme, vêtu d'une livrée de valet de pied, se tenait dans le vestibule. Sa silhouette trapue était reconnaissable et Bundle s'arrêta stupéfaite :

— Surintendant Battle! murmura-t-elle.

— Oui, lady Eileen.

— Êtes-vous venu ici pour... pour...

— J'y suis venu pour avoir l'œil sur les événements.

— Je comprends.

— La lettre de menaces qu'il a reçue a inquiété Mr Lomax, reprit Battle, et il n'a eu de cesse que je ne vienne moi-même.

— Mais ne croyez-vous pas, commença Bundle qui s'interrompit, car elle n'osait pas dire au surintendant que son déguisement était assez transparent et que nul ne pouvait manquer de le percer.

— Vous pensez, dit-il avec calme, que je serai reconnu?

— Je l'avoue... oui, admit Bundle.

L'ombre d'un sourire effleura le visage immobile du surintendant Battle.

— Et vous craignez que cela ne mette les criminels sur leurs gardes? Eh bien! lady Eileen, pourquoi pas?

— Pourquoi pas? répéta Bundle d'un ton qu'elle jugea assez naïf.

Battle hocha lentement la tête.

— Nous ne voulons pas de scandale, n'est-ce pas? dit-il, et nous cherchons, non pas à nous montrer trop habiles, mais seulement à faire comprendre aux personnes malintentionnées qui peuvent se trouver ici, qu'il y a quelqu'un qui les surveille.

Bundle le regarda avec admiration. Elle se rendait compte sans peine que l'apparition soudaine d'une personnalité aussi renommée que celle du surintendant Battle pourrait déconcerter les conspirateurs.

— C'est une erreur que de vouloir être trop adroit, déclara le détective. Notre but principal est que ce week-end ne soit pas troublé.

Bundle s'éloigna en se demandant si beaucoup d'invités avaient déjà reconnu ou reconnaîtraient l'homme de Scotland Yard.

Georges Lomax se tenait au milieu du salon, les sourcils froncés, un télégramme à la main.

— Voilà qui est vexant, dit-il. Je reçois un télégramme de Mrs Macatta qui ne pourra être des nôtres, ses enfants ont les oreillons.

Bundle éprouva un sentiment de soulagement, mais Georges reprit avec bonté :

— Cela m'ennuie surtout à cause de vous, Eileen, car je sais à quel point vous désiriez faire sa connaissance. La comtesse aussi va être bien désappointée.

— Oh! cela ne fait rien, répondit Bundle, je préfère qu'elle ne soit pas venue me donner les oreillons.

— C'est une maladie fort ennuyeuse, continua Lomax, mais je ne crois pas que l'infection puisse se propager ainsi. En tout cas, Mrs Macatta n'aurait certainement pas couru le risque de nous exposer à la contagion. C'est une femme qui a des principes fort élevés et un grand sens de sa responsabilité envers la communauté. En ce temps d'effort national, nous devons tous considérer...

Mais s'apercevant qu'il s'embarquait dans un discours, Lomax s'arrêta net et reprit :

— Ce sera pour une autre fois. D'ailleurs, pour vous, il n'y a pas de péril en la demeure, tandis que la comtesse, hélas! ne sera pas longtemps parmi nous.

— Elle est Hongroise, n'est-ce pas? interrogea Bundle que cette femme intéressait.

— Oui. Vous avez certainement entendu parler du parti des Jeunes Hongrois. La comtesse en est un des chefs. C'est une personne fort riche qui, demeurée veuve très jeune, a consacré sa fortune et ses talents à la cause publique. Elle s'est, en particulier, occupée du problème de la mortalité infantile qui est, actuellement, terrible en Hongrie. Je... ah! voici herr Éberhard!

L'inventeur allemand était plus jeune que Bundle ne l'aurait cru. Il ne devait pas avoir plus de trente-trois ou trente-quatre ans. Il avait l'air peu courtois, semblait mal à l'aise, mais cependant n'avait rien d'antipathique. Ses yeux bleus étaient plus timides que faux et les habitudes déplaisantes que Bill avait constatées en lui, celle par exemple de se ronger les ongles, parurent à Bundle être causées plutôt par la nervosité que par tout autre motif.

Mince et frêle il paraissait anémique. Il parla un peu à Bundle dans un anglais étudié et tous deux accueillirent avec plaisir l'arrivée du joyeux Mr O'Rourke.

Au bout d'un instant, Bill entra gauchement, un peu à la manière d'un bon gros chien de Terre-Neuve. Il s'approcha de lady Eileen. Il semblait perplexe et fatigué.

— Bonjour, Bundle. J'ai appris que vous étiez ici, mais je n'ai pas cessé de travailler toute la journée, autrement je serais déjà venu bavarder avec vous.

— Les affaires de l'État ont donc été lourdes aujourd'hui? demanda O'Rourke avec sympathie.

Bill poussa un gémissement.

— Je ne sais pas comment est votre patron, dit-il, il a l'air d'un brave type jovial, mais le mien est absolument impossible. Il faut travailler, travailler du matin au soir; puis tout ce que vous faites est mal et tout ce que vous n'avez pas fait aurait dû l'être.

— Vous avez l'air de prononcer une citation, dit Jimmy qui venait d'entrer.

Bill le regarda d'un air de reproche.

— Personne ne sait, dit-il d'un ton tragique, ce qu'il me faut supporter.

— Par exemple, vous avez été obligé de vous occuper de la comtesse, dit Jimmy d'un ton sarcastique. Évidemment, pour un misogyne comme vous, cela a dû être très pénible.

— Comment cela? demanda Bundle.

— Après le thé, déclara Jimmy en souriant, la comtesse lui a demandé de lui faire visiter cette intéressante maison.

— Je ne pouvais pas refuser, dit Bill qui rougit violemment.

Bundle éprouva une vague inquiétude, car elle connaissait la faiblesse de Mr William Eversleigh envers le beau sexe. Entre les mains d'une femme comme la comtesse, il deviendrait semblable à de la cire molle et la jeune fille se demanda une fois de plus, si Jimmy Thesiger était bien avisé de se confier à lui.

— La comtesse, fit observer Bill, est une femme charmante et très intelligente. Elle m'a posé toutes sortes de questions en visitant la maison.

— Quel genre de questions? demanda vivement Bundle.

Mais la réponse d'Eversleigh fut assez vague :

— Oh! je ne me rappelle plus... Au sujet de l'histoire de l'Abbaye, des vieux meubles, etc.

A ce moment, la comtesse, un peu essoufflée, entra dans le salon; elle était superbe dans une robe de velours noir ajustée.

Bill s'approcha d'elle aussitôt et le jeune homme grave, aux lunettes, l'imita.

— Bill et Pongo ont tous les deux le coup de foudre, fit observer Jimmy Thesiger en riant.

Mais Bundle n'était pas certaine qu'il y eût là matière à plaisanterie.

CHAPITRE XVII

APRÈS DINER

Georges Lomax n'était pas partisan des innovations et, à l'Abbaye, on ignorait le chauffage central. En conséquence, lorsque les dames revinrent au salon après le dîner, la température n'y était pas celle qui pouvait convenir à des personnes en robes de soirée modernes.

Le feu qui brûlait dans la grille d'acier bruni devint un centre d'attraction et toutes trois s'en approchèrent.

— Brr! fit la comtesse d'une voix à l'accent étranger distingué.

— Les jours raccourcissent, déclara lady Coote en entourant plus étroitement ses amples épaules d'une affreuse écharpe à fleurs.

— Je me demande pourquoi Georges ne fait pas chauffer convenablement sa maison, dit Bundle.

— Vous autres, Anglais, vous agissez tous de même, répondit la comtesse qui sortit un long fume-cigarette et commença à fumer.

— Cette cheminée est démodée, fit lady Coote; la chaleur monte dans le tuyau au lieu de se répandre dans la pièce.

— Ah! s'exclama la comtesse.

Il y eut un silence. L'étrangère se montrait si excédée que la conversation était difficile.

— C'est bizarre, continua lady Coote au bout d'un instant, que les enfants de Mrs Macatta aient les oreillons..., c'est-à-dire ce n'est pas absolument bizarre...

— Qu'est-ce, interrompit la comtesse, que les oreillons?

Bundle et lady Coote commencèrent ensemble à le lui expliquer et y parvinrent avec quelque difficulté.

— Je suppose que les enfants hongrois en ont aussi, déclara lady Coote.

— Ont quoi? interrogea la comtesse.

— Les enfants hongrois doivent avoir aussi les oreillons.

— Je ne sais pas, répondit la comtesse. Comment le saurais-je?

Lady Coote la regarda avec étonnement.

— Je croyais que vous vous occupiez...

— Oh! oui.

La comtesse retira son fume-cigarette de sa bouche et commença à parler avec volubilité.

— Je puis vous raconter des choses effroyables, dit-elle, des choses effroyables que j'ai vues; elles vous paraîtront invraisemblables.

Puis elle se mit à décrire avec force détails des scènes de famine et de misère. Elle parla de la situation de Budapest après la guerre et en retraça les vicissitudes jusqu'à l'époque actuelle.

C'était fort dramatique, mais il sembla à Bundle qu'elle récitait une leçon. Lady Coote était manifestement émue; elle demeurait la bouche entr'ouverte et ses grands yeux tristes étaient fixés sur la comtesse. De temps en temps elle prononçait une phrase comme celle-ci :

— Une de mes cousines a eu trois enfants brûlés vifs, n'est-ce pas affreux?

Mais la comtesse ne lui prêtait aucune attention. Elle continuait à discourir sans arrêt et finit par se taire aussi brusquement qu'elle avait pris la parole.

— Voilà, dit-elle. Je vous ai tout raconté, nous avons de l'argent, mais pas d'organisation. Or, c'est d'organisation que nous avons besoin.

Lady Coote soupira.

— J'ai entendu souvent mon mari dire qu'on ne peut rien faire sans méthode régulière. Il attribue ses succès à celle qu'il a toujours appliquée et déclare qu'il n'aurait pas réussi s'il n'avait pas eu d'ordre.

Elle soupira encore, car elle venait d'avoir la vision de ce qu'eût été sir Oswald s'il n'avait pas réussi et s'il avait gardé les qualités qu'elle avait connues au jeune commis du magasin de bicyclettes.

Pendant une seconde, lady Coote pensa que sa vie lui eût été infiniment plus agréable si sir Oswald n'avait pas eu de méthode régulière et, par une association d'idées assez compréhensible, elle se tourna vers Bundle et lui demanda :

— Dites-moi, lady Eileen, est-ce que vous aimez votre chef jardinier?

— Mac Donald? mon Dieu... Bundle hésita, on ne peut pas précisément l'aimer, mais c'est un excellent jardinier.

— Oh! je sais bien, déclara lady Coote.

— Et il est parfait quand on l'oblige à rester à sa place, continua Bundle.

— Cela ne m'étonne pas, murmura lady Coote, et elle regarda avec admiration la jeune fille qui paraissait pouvoir si facilement mettre Mac Donald à sa place.

— J'adore un jardin bien tenu, murmura la comtesse d'une voix rêveuse.

Bundle la regarda mais, à ce moment, une diversion se produisit.

Jimmy Thesiger entra dans le salon et dit à la jeune fille d'une voix rapide, étrange :

— Voulez-vous venir avec moi voir ces gravures? Je puis maintenant vous les faire admirer.

Bundle quitta aussitôt la pièce, suivie de Jimmy.

— Quelles gravures? demanda-t-elle, tandis qu'il refermait la porte derrière elle.

— Je n'en ai pas à vous montrer, mais il fallait que je vous emmène. Venez vite, Bill nous attend dans la bibliothèque où il est seul.

Eversleigh marchait de long en large dans la pièce et paraissait fort agité.

— Dites-moi, s'écria-t-il, je suis très inquiet.

— Pourquoi donc?

— Mais parce que vous êtes mêlée à une grave affaire. Il y a neuf à parier contre un qu'il va y avoir des complications et alors...

Il regarda la jeune fille d'un air ému que Bundle trouva réconfortant.

— Il faudrait lui éviter tout ce qui peut en résulter, n'est-ce pas, Jimmy?

— Je le lui ai déjà dit, répliqua celui-ci.

— Voyez-vous, Bundle, quelqu'un pourrait être blessé.

Lady Eileen se tourna vers Jimmy.

— Que lui avez-vous raconté?

— Oh! tout!

— Il y a des choses que je n'ai pas très bien comprises, avoua Bill. Votre aventure aux Sept Cadrans et tout le reste...

Il la regarda encore d'un air très malheureux :

— Je vous en prie, Bundle.

— De quoi me priez-vous?

— De rester en dehors de tout cela.

— Pourquoi? objecta la jeune fille, c'est fort intéressant.

— C'est peut-être intéressant, mais c'est extrêmement dangereux. Regardez ce pauvre Ronny.

— En effet, déclara Bundle. Sans votre ami Ronny, je crois que je serais demeurée étrangère à toute cette affaire; mais le hasard a fait qu'il n'en est pas ainsi et rien ne sert que vous gémissiez à ce sujet.

— Je sais que vous êtes très brave, Bundle, mais...

— Trêve de compliments. Tâchons plutôt de former un plan.

Au grand soulagement de la jeune fille, Bill accepta sa proposition.

— Vous avez raison, déclara-t-il, en ce qui concerne les documents relatifs à l'invention d'Eberhard. Il les a apportés ou plutôt c'est sir Oswald qui les a. Le nouvel engin a été expérimenté à son usine en secret, en grand secret, et Eberhard a assisté avec lui aux essais. En ce moment, ils sont tous réunis dans le cabinet de travail et sont en train de discuter l'affaire.

— Combien de temps sir Stanley Bridge va-t-il rester ici? demanda Jimmy.

— Il retourne en ville demain.

— Hum! fit Jimmy. Alors il y a une chose tout à fait claire. Si, comme je le suppose, sir Stanley emporte les documents avec lui et si une tentative doit être faite pour s'en emparer, elle aura lieu cette nuit.

— C'est probable.

— Les événements se trouvent donc ainsi heureusement limités, mais il ne faudra pas que nous nous endormions. D'abord, où la précieuse formule se trouvera-t-elle cette nuit? Sera-t-elle en possession d'Eberhard ou de sir Oswald Coote?

— Ni de l'un, ni de l'autre. Autant que j'ai pu le

comprendre, elle va être remise ce soir au ministre de l'Air afin qu'il l'emporte demain. Dans ce cas, c'est incontestablement à O'Rourke qu'elle sera confiée.

— Alors nous n'avons qu'une chose à faire. Si nous supposons que quelqu'un va chercher cette nuit à voler les documents, il faut que nous montions la garde, Bill, mon ami.

Bundle ouvrit la bouche comme pour protester, mais elle la referma sans parler.

— A propos, murmura Jimmy, est-ce que je n'ai pas reconnu ce soir, dans le vestibule, notre vieil ami Lestrade, de Scotland?

— Vous êtes admirable, Watson, déclara Bill.

— Alors je suppose, continua Jimmy, que nous marchons quelque peu sur ses brisées.

— Il est impossible de faire autrement, répliqua Bill, si nous voulons trouver la solution de ce problème.

— Alors nous sommes d'accord, dit Jimmy, nous veillerons ce soir, l'un après l'autre.

Bundle ouvrit encore une fois la bouche sans parler.

— Vous avez raison, répondit Bill. Qui va prendre le premier le tour de garde? Voulez-vous tirer à pile ou face?

— Volontiers.

— Très bien. Voilà, si c'est face, vous commencerez et moi je succéderai. Si c'est pile, ce sera le contraire.

Bill fit un signe d'assentiment. La pièce fut jetée en l'air et Jimmy se pencha pour la regarder.

— Pile, annonça-t-il.

— Zut! fit Bill, vous débuterez et c'est probablement vous qui verrez tout ce qui se passera.

— Oh! on ne sait jamais, répliqua Jimmy. Qui peut prévoir d'avance le moment où les criminels agissent... Voulez-vous que je vous réveille à trois heures et demie?

— Cela me paraît raisonnable.

Bundle prit enfin la parole :

— Et moi? demanda-t-elle.

— Vous, vous allez vous coucher et vous dormirez.

— Oh! dit la jeune fille, ce n'est pas très intéressant.

— On ne sait pas non plus, dit aimablement Jimmy. Vous serez peut-être assassinée pendant votre sommeil, alors que Bill et moi resterons indemnes.

— C'est évident... Dites-moi, Jimmy, cette comtesse m'inspire de la méfiance.

— Allons donc, s'écria vivement Bill, elle est au-dessus de tout soupçon!

— Qu'en savez-vous? répliqua Bundle.

— J'en suis sûr. Un des attachés de l'ambassade hongroise s'est porté garant pour elle.

— Oh! dit Bundle un peu déconcertée par la conviction d'Eversleigh.

— Les jeunes filles sont toutes les mêmes. Vous parlez ainsi parce que c'est une jolie femme.

Bundle connaissait cet injuste argument masculin.

— Quoi qu'il en soit, abstenez-vous de murmurer des confidences dans sa jolie oreille nacrée, fit-elle observer. Je vais me coucher. Je me suis beaucoup ennuyée dans le salon et je ne veux plus y retourner.

Elle quitta la pièce et Bill regarda Jimmy.

— Cette bonne Bundle! dit-il. Je craignais qu'elle ne nous amenât des ennuis avec son désir de prendre part à tout ce qui se passe. Sa docilité me paraît merveilleuse.

— A moi aussi, répondit Jimmy, j'en ai été stupéfait.

— Bundle a beaucoup de bon sens, reprit Bill, elle se rend compte des impossibilités... mais ne devrions-nous pas être armés? Les gens qui se lancent dans des aventures comme celles-là le sont généralement.

— J'ai un pistolet automatique qui a un canon bleu, répliqua Jimmy avec un peu d'orgueil. Il pèse plusieurs livres et son aspect est formidable. Je vous le prêterai quand votre tour de garde sera venu.

Bill le regarda avec respect et envie.

— Qu'est-ce qui vous a donné l'idée de l'acheter?

— Je n'en sais rien, répondit Jimmy d'un ton indifférent, une simple impulsion.

— J'espère que nous ne tirerons pas sur un innocent, fit Bill avec angoisse.

— Ce serait ennuyeux, déclara gravement Thesiger.

CHAPITRE XVIII

LES AVENTURES DE JIMMY

Notre chronique doit se diviser ici en trois parties bien distinctes. Cette nuit devait être fertile en événements et chacun des trois personnages qui eurent à y jouer un rôle important l'apprécia sous un angle différent.

Nous commencerons par l'aimable jeune homme qui a nom de Jimmy Thesiger et que nous retrouvons au moment où il souhaite définitivement le bonsoir à son complice, Bill Eversleigh.

— N'oubliez pas, lui dit celui-ci, de me réveiller à trois heures du matin, si toutefois vous êtes encore en vie, ajouta-t-il aimablement.

— Je suis peut-être un imbécile, déclara Jimmy qui se souvenait avec rancune de la remarque que lui avait répétée Bundle, mais je ne le suis pas autant que j'en ai l'air.

— C'est ce que vous avez dit de Gerry Wade, répliqua Bill lentement. Vous en souvenez-vous? Et cette même nuit, il...

— Taisez-vous, animal, fit Jimmy. N'avez-vous donc aucun tact?

— Mais si, affirma Bill. Je suis un futur diplomate et tous les diplomates ont du tact.

— Peut-être! dit Jimmy. Mais vous me faites l'effet d'être encore à l'état de chrysalide.

— Je ne puis croire à la docilité de Bundle, déclara Eversleigh en formulant à nouveau une pensée qu'il avait déjà exprimée. J'aurais certainement cru qu'elle se montrerait... rétive. Elle a fait des progrès, de grands progrès.

— C'est ce que votre chef lui a déjà dit, fit observer Jimmy. Il a ajouté qu'il était agréablement surpris.

— Moi je trouvais que Bundle allait un peu fort! répondit Bill. Mais Lomax est un tel idiot, qu'il croit tout ce qu'on lui dit... Et maintenant, bonsoir. Vous aurez peut-être quelque difficulté à m'éveiller quand le moment viendra, mais insistez.

— Cela ne servira pas à grand'chose, si vous imitez Gerry Wade, fit malicieusement Jimmy.

Bill le regarda d'un air de reproche :

— Pourquoi voulez-vous m'inquiéter? lui demanda-t-il.

— Ce n'est qu'un prêté pour un rendu, répliqua Thesiger. Allons, partez à présent!

Mais Bill s'attardait encore et se tenait d'un air malheureux, tantôt sur un pied, tantôt sur l'autre.

— Écoutez, dit-il.

— Quoi?

— Je voulais vous dire simplement ceci : êtes-vous

sûr que vous ne courez aucun danger? Crâner est bel et bon, mais, quand je pense à ce pauvre Gerry et à ce pauvre Ronny...

Jimmy le regarda d'un air exaspéré. Bill avait certainement les meilleures intentions du monde, mais il était vraiment bien peu réconfortant.

— Je vois, déclara-t-il, qu'il va falloir que je vous montre Léopold.

Il glissa la main dans la poche du veston bleu foncé par lequel il venait de remplacer son smoking et en sortit l'arme qu'il s'était procurée.

— Voilà un véritable pistolet automatique et il est bleu, déclara-t-il avec une modeste fierté.

— Vraiment? s'écria Bill qui était indubitablement impressionné.

— C'est mon domestique Stevens qui me l'a acheté. Vous n'avez qu'à presser un bouton et Léopold entre en action.

— Oh! fit Bill, mais, soyez prudent, Jimmy, et ne poussez pas ce bouton contre n'importe qui. Ce serait désastreux si vous tiriez sur le ministre.

— Bien entendu. Évidemment, je veux que Léopold me vienne en aide, puisque je l'ai acheté. Soyez sûr pourtant que je ferai taire, autant que possible, mes instincts sanguinaires.

— Bonsoir, dit encore Bill, mais, cette fois, il s'en alla vraiment et Jimmy resta seul pour monter sa faction.

La pièce qui avait été réservée à sir Stanley Digby était située à l'extrémité de l'aile ouest. Une salle de bains y attenait d'un côté et, de l'autre, elle communiquait avec une chambre plus petite, où logeait Terence O'Rourke. Les portes de ces trois pièces ouvraient sur un petit corridor. La tâche du veilleur était donc assez facile. Il plaça une chaise dans l'ombre d'une grande armoire en chêne, à l'endroit où le couloir coupait la galerie principale, s'y assit et occupa ainsi un poste d'observation parfait.

Il n'y avait pas d'autre passage pour atteindre l'aile ouest et toute personne qui s'y rendait ou qui en venait ne pouvait manquer d'être vue. Une lampe électrique était encore allumée dans le couloir.

Jimmy s'installa confortablement, croisa les jambes et attendit. Léopold était posé sur ses genoux. Il regarda sa montre. Il était une heure moins vingt.

Il y avait cinquante minutes environ que les hôtes de la maison s'étaient retirés dans leurs appartements. Le silence était complet et on n'entendait que le tic tac lointain d'une pendule.

Ce léger bruit ne plaisait pas beaucoup à Jimmy. Il lui rappelait trop de choses : Gerry Wade et les sept réveille-matin alignés sur la cheminée. Qui les avait placés là et pourquoi?

L'attente devenait énervante. Il ne s'étonnait pas qu'il se produisît des événements au cours des séances de spiritisme, car demeurer ainsi immobile dans l'obscurité était démoralisant et les idées les plus pénibles s'emparaient de l'esprit.

Jimmy pensa à Ronny Devereux et à Gerry Wade; tous deux étaient pleins de vie, d'énergie. C'étaient des jeunes gens normaux. Et maintenant où se trouvaient-ils? Sous terre. Pourquoi ne pouvait-il chasser ces affreuses idées de son esprit?

Il regarda de nouveau sa montre. Il n'était que une heure vingt. Comme le temps passait lentement! Il se remit à penser :

« Bundle était vraiment une jeune fille étonnante. Dire qu'elle avait eu le courage d'entrer dans le Club des Sept Cadrans! Pourquoi, lui, n'avait-il pas eu assez d'imagination pour y songer? Sans doute parce que cette idée était par trop extraordinaire.

« Qui pouvait bien être le n° 7? Était-il dans la maison à cette heure? Peut-être se dissimulait-il sous les apparences d'un domestique, car ce ne pouvait être l'un des invités. C'était impossible! »

Mais toute l'affaire ne paraissait-elle pas impossible? S'il n'avait pas été convaincu de l'absolue véracité de Bundle, il aurait supposé qu'elle avait inventé l'histoire de toutes pièces. Il bâilla. Il était étrange d'avoir sommeil et d'être pourtant si énervé! Il regarda une troisième fois sa montre : deux heures moins dix! Le temps passait...

Soudain il arrêta sa respiration et se pencha en avant, car il avait entendu du bruit.

Une minute s'écoula; le bruit se répéta : il paraissait venir du rez-de-chaussée. C'était un petit craquement; quelqu'un marchait avec précaution dans la maison.

Jimmy se leva doucement et s'avança jusqu'auprès de l'escalier.

Tout paraissait tranquille. Pourtant il était absolument sûr d'avoir entendu ce bruit étouffé; ce n'était pas de l'imagination.

Il descendit silencieusement l'escalier en serrant le pistolet dans sa main droite, mais il n'entendit rien dans le grand hall. Si le bruit qu'il avait perçu venait bien du rez-de-chaussée, il s'était produit dans la bibliothèque. Jimmy se glissa auprès de la porte, écouta, n'entendit rien.

Alors il ouvrit brusquement cette porte et tourna le commutateur.

La grande pièce était vide.

Le jeune homme fronça les sourcils.

— J'aurais pourtant juré... se murmura-t-il à lui-même.

La bibliothèque était une vaste salle dont les trois portes-fenêtres ouvraient sur la terrasse. Jimmy s'approcha de celle du milieu. Elle n'était pas complètement fermée. Il la poussa, sortit, regarda tout autour de lui et ne vit rien.

— Tout paraît tranquille, dit-il, et cependant.

Il demeura un instant perdu dans ses pensées, puis il rentra dans la bibliothèque, alla jusqu'à la porte, la ferma et en mit la clé dans sa poche. Ensuite il éteignit, écouta encore et revint vers la porte-fenêtre, tenant toujours son pistolet à la main.

Il lui sembla entendre marcher doucement sur la terrasse. Mais non...

Au loin, une horloge sonna deux heures.

CHAPITRE XIX

LES AVENTURES DE BUNDLE

Bundle Brent était une jeune fille pleine de volonté et aussi d'imagination. Elle avait prévu que Bill, sinon Jimmy, s'opposerait à ce qu'elle prît part aux dangers possibles que pouvait recéler la nuit et elle jugea inutile de perdre son temps à discuter. Aussi avait-elle pris ses précautions.

Avant le dîner, elle avait jeté un coup d'œil par la fenêtre de sa chambre et les constatations faites lui parurent de nature à favoriser ses projets.

Les vieux murs gris de l'Abbaye étaient couverts de lierre, mais celui qui se trouvait sous sa fenêtre semblait particulièrement résistant et pouvait offrir de grandes facilités à une personne entraînée au sport comme l'était Bundle.

Le plan auquel Bill et Jimmy s'étaient arrêtés ne lui paraissait pas mauvais mais, à son avis, pas assez audacieux et, si elle ne l'avait pas critiqué, c'est qu'elle projetait d'aller elle-même plus loin dans ses recherches. Pendant que les deux jeunes gens garderaient l'intérieur de la maison, Bundle entendait en surveiller l'extérieur. Elle était ravie d'avoir pu manifester une telle docilité apparente, tout en se demandant comment ses deux associés avaient pu s'y laisser prendre?

Évidemment, Bill n'avait jamais eu la réputation d'être extrêmement intelligent; d'autre part, il connaissait ou croyait connaître Bundle; mais il lui semblait que Jimmy Thesiger, bien que leurs relations fussent plus récentes, aurait dû se rendre compte qu'elle ne se laisserait pas facilement évincer.

Dès qu'elle eut regagné sa chambre, Bundle se mit rapidement à l'œuvre. Elle enleva sa robe de soirée et changea rapidement de vêtements. Elle n'avait pas amené sa femme de chambre, mais préparé elle-même sa valise, afin de ne pas provoquer l'étonnement en emportant une culotte de cheval, sans prendre aucune autre pièce de son costume d'amazone. Une fois revêtue de cette culotte, d'un pull-over de couleur foncée et chaussée de souliers à semelles crêpe, Bundle fut prête à tout.

Elle aussi regarda l'heure. Il n'était encore que minuit et demi, c'est-à-dire beaucoup trop tôt. Quel que fût l'événement qui devait survenir, il ne se produirait que plus tard, car on donnerait certainement aux hôtes de la maison le temps de s'endormir.

La jeune fille estima qu'il n'y aurait rien avant une heure et demie du matin. Elle éteignit la lumière et s'assit auprès de la fenêtre mais, dès que le moment fut venu, elle ouvrit celle-ci et en enjamba l'appui.

La nuit était belle, froide et calme. Il y avait des étoiles, mais pas de lune.

Bundle jugea la descente assez facile, car elle avait passé son enfance dans le parc de Chimneys à grimper aux arbres comme un chat. Aussi atterrit-elle dans une plate-bande, un peu essoufflée, mais sans autre dommage. Elle s'arrêta un instant afin de se rendre compte de la situation. Elle savait que l'appartement qu'occupaient le ministre de l'Air et son secrétaire était situé dans l'aile ouest, c'est-à-dire dans la partie de la maison opposée à celle devant laquelle elle se trouvait en ce moment.

L'Abbaye était bordée au sud et à l'ouest par une terrasse qui terminait le mur d'un verger. Bundle sortit sur la terrasse du côté sud. Elle la longea doucement, mais, au moment où elle atteignit le second angle, elle éprouva une émotion.

Un homme se dressa devant elle et lui barra le passage. Elle le reconnut instantanément.

— Oh! surintendant Battle, vous m'avez fait peur!

— C'est bien pour cela que je suis ici, répondit aimablement le détective.

La jeune fille le regarda de nouveau et fut frappée à nouveau du peu de soin qu'il avait pris de dissimuler sa personnalité.

Battle, grand, robuste, avait l'aspect extrêmement anglais; il donnait également l'impression d'un homme intelligent.

— Que faites-vous ici? lui murmura-t-elle.

— Je m'assure, lui répondit-il, qu'il n'y a personne qui n'ait rien à y faire.

— Oh! dit Bundle, un peu déconcertée.

— Vous, par exemple, lady Eileen, car je ne suppose pas que vous vous promenez habituellement à cette heure-ci.

— Dois-je comprendre par-là que vous désirez que je m'en aille?

Le surintendant fit un signe affirmatif.

— Vous comprenez à demi-mot, lady Eileen. Oui, c'est justement ce que je désire... Êtes-vous sortie par une porte ou par une fenêtre?

— Par une fenêtre. Il est extrêmement facile de descendre en se servant du lierre.

Le détective leva la tête d'un air pensif et répondit :

— En effet.

— Alors vous voulez que je m'en aille? insista Bundle. Cela m'est pénible. J'aurais pourtant bien voulu me rendre sur la terrasse ouest!

— Peut-être ne serez-vous pas la seule à avoir cette idée.

— Mais personne ne pourra manquer de vous apercevoir, déclara la jeune fille avec quelque ironie.

Le surintendant parut plus satisfait que vexé.

— Je l'espère bien, répondit-il, pas d'histoires, voilà ma devise. Si vous voulez me permettre de vous le dire, lady Eileen, je crois qu'il est temps que vous retourniez vous coucher.

Le ton ferme dont il prononça ces mots ne permettait aucune discussion. Un peu décontenancée, Bundle revint sur ses pas. Elle avait commencé à monter le long du lierre, lorsqu'une idée brusque la saisit et elle faillit se laisser tomber à terre.

Si Battle la soupçonnait! N'y avait-il pas eu dans ses manières d'agir quelque chose qui pouvait le lui faire supposer? La jeune fille ne put s'empêcher de rire tandis qu'elle rentrait dans sa chambre.

Bien qu'elle eût jusque-là obéi aux ordres du détective, Bundle n'avait pas la moindre intention de se coucher et de dormir.

D'ailleurs, elle ne pensait pas que Battle avait pu vraiment croire qu'elle s'y résignerait. Il n'était pas homme à admettre une impossibilité; or, rester tranquille alors que quelque chose d'audacieux et d'intéressant allait certainement se produire, représentait l'impossible pour Bundle, et cela Battle le savait.

Elle regarda l'heure : deux heures moins dix. Après avoir hésité un instant, elle ouvrit sa porte avec précaution. Pas un bruit ne troublait le silence. Elle longea le couloir prudemment et s'arrêta un instant, croyant avoir entendu un craquement. Mais elle supposa s'être trompée et continua.

Elle était maintenant dans la grande galerie et se dirigeait vers l'aile ouest.

Arrivée au coin du couloir, elle se pencha pour regarder et sursauta en constatant que Jimmy Thesiger n'était pas à son poste.

Que s'était-il passé? Où était le jeune homme et qu'est-ce que cela signifiait?

A ce moment elle entendit une horloge sonner deux heures.

Bundle demeurait encore là, irrésolue, lorsque son cœur cessa de battre :

La poignée de la porte de Terence O'Rourke tournait lentement!

Lady Eileen la regarda comme fascinée, mais la porte ne s'ouvrit pas et la poignée revint dans sa position première.

Alors la jeune fille prit une résolution soudaine. Puisque Jimmy avait abandonné son poste, elle devait aller chercher Bill.

Elle longea rapidement le couloir et entra sans cérémonie dans la chambre d'Eversleigh en disant :

— Éveillez-vous, Bill, oh! éveillez-vous.

Elle ne reçut aucune réponse.

— Bill! répéta-t-elle.

Puis elle tourna le commutateur et demeura stupéfaite.

La chambre était vide et le lit n'avait même pas été défait.

Où était Bill?

Mais soudain elle se rendit compte qu'elle n'était pas dans la chambre de Bill. Sur une chaise, elle voyait un peignoir, sur la coiffeuse des objets de toilette féminine, et la robe de velours de la comtesse accrochée à un porte-manteau.

Dans sa hâte, Bundle s'était trompée de porte.

Mais où était la comtesse?

Au moment où la jeune fille se posait cette question, le silence de la nuit fut brusquement troublé...

Le tumulte venait du rez-de-chaussée. Bundle sortit de la chambre et descendit en courant.

Des chaises se heurtaient dans la bibliothèque où l'on entendait également le bruit d'une lutte.

Lady Eileen tenta en vain d'ouvrir la porte qui était fermée et, soudain, deux détonations successives éclatèrent.

CHAPITRE XX

LES AVENTURES DE LORAINE

Loraine Wade s'assit sur son lit et alluma l'électricité. Il était une heure moins dix.

La jeune fille s'était couchée dès neuf heures et

demie et, possédant le don précieux de pouvoir s'éveiller au moment fixé, elle avait pu prendre un peu de repos.

Ses deux chiens étaient dans sa chambre; l'un leva la tête et regarda sa jeune maîtresse d'un air interrogateur.

— Paix, Lurcher! dit Loraine.

L'animal remit docilement sa tête entre ses pattes, mais la suivit du regard à travers ses poils emmêlés.

Bundle avait douté un instant de l'obéissance de Loraine. Cependant ses soupçons s'étaient évanouis devant la douceur apparente de la jeune fille qui avait semblé si raisonnable, si prête à se tenir à l'écart. Pourtant, si l'on étudiait son visage, on s'apercevait que sa petite mâchoire résolue et ses lèvres closes dénotaient une volonté très ferme.

Loraine se leva et revêtit un costume de grosse bure, mit une lampe électrique dans une poche et sa jaquette. Dans l'autre poche un petit revolver à crosse d'ivoire, ressemblant à un jouet, qu'elle avait acheté la veille.

Pour s'assurer qu'elle n'oubliait rien, elle parcourut sa chambre d'un long regard.

A ce moment, le grand chien se leva et s'approcha d'elle d'un air suppliant, en remuant la queue, mais Loraine secoua négativement la tête.

— Non, Lurcher, je ne veux pas t'emmener. Reste ici et sois sage.

Elle effleura d'un baiser la tête du chien, le força à se recoucher, puis sortit sans bruit de la chambre en refermant la porte derrière elle.

Elle quitta ensuite la maison et se rendit au garage où sa petite voiture était prête. Le terrain étant en pente elle ne mit le moteur en marche qu'à une certaine distance. Puis elle regarda sa montre et appuya sur l'accélérateur...

Loraine laissa sa voiture à un endroit qu'elle avait préalablement repéré et où une brèche dans la haie lui permettait d'entrer dans le parc de Wyvern Abbey. Elle se dirigea aussi rapidement que possible vers le bâtiment tandis que, au loin, une horloge sonnait deux heures.

Le cœur de la jeune fille battait plus vite pendant qu'elle approchait de la terrasse. Il n'y avait personne aux alentours. Tout paraissait paisible. Miss Wade demeura immobile, mais soudain, sans le moindre avertissement, quelque chose tomba à ses pieds. Elle se baissa et ramassa un paquet enveloppé de papier brun. Ensuite elle leva instinctivement la tête et elle aperçut un homme qui commençait à descendre le long du lierre. Elle n'attendit pas davantage et s'enfuit en emportant le paquet brun.

Derrière elle un bruit de lutte éclata. Une voix enrouée dit :

— Laissez-moi!

Et une autre, que Loraine connaissait bien, répondit:

— Jamais de la vie!

La jeune fille courait follement le long de la terrasse, dont elle tourna le coin pour tomber entre les bras d'un homme de haute taille et vigoureux.

— Voyons, voyons, fit le surintendant avec bonté.

Loraine faisait des efforts pour parler.

— Vite, vite, ils s'entre-tuent. Oh! allez vite...

En ce moment, une détonation, puis une autre se firent entendre.

Le surintendant se mit à courir et Loraine le suivit. Ils atteignirent le coin de la terrasse, puis la porte-fenêtre de la bibliothèque qui était ouverte.

Battle se pencha et alluma une lampe électrique. Loraine regarda par-dessus son épaule et ne put retenir un sanglot.

Jimmy Thesiger était étendu sur le seuil de la porte au milieu, semblait-il, d'une mare de sang. Son bras droit pendait d'une manière bizarre.

Loraine poussa un cri poignant.

— Il est mort! Oh! Jimmy, Jimmy! Il est mort!

— Allons, allons, fit doucement Battle. Ne soyez pas si bouleversée; je suis sûr qu'il n'est pas mort. Tâchez de trouver les commutateurs et donnez-nous de la lumière.

La jeune fille obéit, pénétra en chancelant dans la pièce et alluma l'électricité.

Battle poussa un soupir de soulagement et déclara :

— Tout va bien. Il est simplement blessé au bras droit, mais l'hémorragie lui a fait perdre connaissance. Venez m'aider.

On frappait à la porte de la bibliothèque et des voix se faisaient entendre. Loraine regarda de ce côté et demanda :

— Faut-il?...

— Rien ne presse, déclara Battle, nous ouvrirons tout à l'heure; aidez-moi d'abord.

Loraine se rapprocha de lui. Le détective avec un grand mouchoir propre bandait adroitement le bras blessé.

— Ne vous tourmentez pas, dit Battle; ce n'est même pas à cause du sang qu'il a perdu qu'il vient de s'évanouir. Il a dû se heurter la tête en tombant.

Au-dehors, les coups frappés sur la porte devenaient furieux et la voix de Georges Lomax se faisait entendre violemment.

— Qui est là? Ouvrez tout de suite!

Battle soupira.

— Allons, il va falloir que nous leur donnions satisfaction; c'est dommage.

Mais son regard parcourut d'abord la pièce.

Il y avait un pistolet automatique à côté de Jimmy. Le surintendant le ramassa avec précaution et l'examina. Puis il poussa un grognement et le déposa sur la table. Après quoi il alla ouvrir la porte.

Plusieurs personnes se précipitèrent en parlant toutes à la fois. Lomax, dans son émotion, balbutiait :

— Que... que... que signifie tout cela?

— Ah! vous voilà, surintendant! Que s'est-il passé?

Bill Eversleigh s'écria :

— Mon Dieu! Jimmy!

Lady Coote, drapée dans une robe de chambre écarlate, dit :

— Oh! le pauvre garçon!

Et elle alla s'agenouiller auprès du corps d'un air maternel.

Bundle s'écria :

— Loraine!

Herr Eberhard fit entendre :

— *Gott im Himmel!* et quelques autres exclamations du même genre.

Sir Stanley Digby s'écria :

— Mon Dieu, qu'y a-t-il?

Une femme de chambre gémit :

— Voyez le sang!

Le maître d'hôtel, qui reprenait courage, fit sortir quelques domestiques et Rupert Bateman, à l'esprit pratique, demanda à Lomax :

— Ne voulez-vous pas que la pièce soit évacuée, Monsieur?

Ensuite chacun reprit son haleine.

— C'est incroyable, déclara Lomax. Battle, qu'est-il arrivé?

Mais le surintendant lui jeta un regard et le maître de la maison reprit son allure réservée habituelle.

— Voyons, fit-il en se dirigeant vers la porte, que

tout le monde veuille bien retourner se coucher. Il y a eu un... un...

— Un petit accident, fit Battle avec calme.

— C'est cela, un accident. Je vous serais très reconnaissant à tous si vous vouliez bien vous retirer.

Il était évident que les assistants obéissaient avec regret.

— Lady Coote, je vous en prie.

— Le malheureux garçon! répéta celle-ci qui se releva lentement.

A ce moment, Jimmy remua, se redressa et dit d'une voix pâteuse :

— Qu'y a-t-il?

Il regarda autour de lui pendant un instant d'un air égaré, puis la mémoire lui revint.

— L'avez-vous arrêté? demanda-t-il vivement.

— Qui?

— L'homme qui descendait le long du lierre. Je me tenais ici auprès de la porte-fenêtre. Je l'ai attrapé et nous avons lutté.

— C'était un dangereux cambrioleur, dit lady Coote. Pauvre garçon!

Thesiger reprit, après avoir encore regardé autour de lui :

— Hum! Je crains que nous n'ayons fait des dégâts. Il était fort comme un Turc et nous nous sommes battus.

L'état de la pièce prouvait l'exactitude de cette affirmation, car tout ce qui s'y trouvait de fragile avait été brisé.

— Que s'est-il passé ensuite? demanda Battle à Jimmy qui paraissait chercher quelque chose.

— Où est Léopold, le roi des pistolets bleus?

Battle montra du doigt l'arme posée sur la table.

— Est-ce celui-là, monsieur?

— Oui, combien ai-je tiré de coups?

— Un seul.

Jimmy parut vexé.

— Oh! je suis assez désappointé, murmura-t-il. Je n'ai pas dû bien appuyer sur le bouton, autrement mon pistolet aurait continué à se décharger.

— Qui a tiré le premier?

— La vérité m'oblige à dire que c'est moi, répliqua Thesiger : l'homme avait échappé à mon étreinte; je l'ai vu se diriger vers la fenêtre et je me suis servi de Léopold. Alors mon adversaire s'est retourné et a tiré sur moi. Après cela, je suppose que j'ai perdu connaissance.

Et il se frotta la tête d'un air chagrin.

Sir Stanley Digby avait écouté attentivement.

— Vous dites que l'homme est descendu par la fenêtre? s'écria-t-il. Mon Dieu, Lomax, croyez-vous qu'on ait volé les documents?

Il sortit en courant et pendant son absence personne ne parla.

Quelques minutes plus tard, le ministre revint.

Son gros visage jovial était pâle comme la mort.

— Battle! s'écria-t-il. O'Rourke dort d'un sommeil artificiel, car je ne puis l'éveiller et les papiers ont disparu.

CHAPITRE XXI

LES DOCUMENTS SONT RETROUVÉS

— *Der liebe Gott!* murmura herr Eberhard, dont la figure était devenue livide.

Lomax se retourna d'un air digne vers le détective.

— Est-ce vrai, Battle? Pourtant, je vous avais confié cette affaire.

Le surintendant fit preuve de son impassibilité ordinaire et pas un muscle de son visage ne bougea.

— Les meilleurs d'entre nous sont quelquefois vaincus, dit-il tranquillement.

— Alors vous voulez dire, vous voulez vraiment dire que les documents ont disparu?

Mais, à la surprise générale, le surintendant secoua négativement la tête.

— Non, non; la situation n'est pas aussi désespérée que vous le croyez. Tout va bien. Seulement l'honneur ne m'en revient pas et il faut remercier cette jeune fille.

Tout en parlant, il montrait Loraine qui le regarda avec étonnement.

Bundle s'approcha d'elle et lui prit le paquet enveloppé de papier brun qu'elle tenait toujours à la main.

— Je crois, monsieur Lomax, dit-elle, que vous trouverez ici ce que vous cherchez.

Sir Stanley Digby devança le maître de la maison, saisit le paquet, l'ouvrit et en examina rapidement le contenu. Un soupir de soulagement lui échappa et il s'essuya le front, tandis que herr Eberhard prenait les papiers sur son cœur en laissant échapper un flot de paroles en allemand.

Sir Stanley se tourna vers Loraine et lui serra chaleureusement la main et dit :

— Mon enfant, nous vous sommes bien reconnaissants.

— Certainement, ajouta Lomax, mais je...

Il s'arrêta, perplexe, et regarda la jeune fille qui lui était complètement étrangère. Celle-ci leva les yeux d'un air suppliant vers Jimmy qui vint à son secours.

— C'est miss Wade, dit-il, la sœur de Gerald.

— Vraiment! dit Lomax qui serra à son tour la

main de Loraine. Permettez-moi de vous exprimer ma profonde gratitude pour ce que vous avez fait. J'avoue cependant que je ne comprends pas très bien.

Il s'arrêta et quelques-unes des personnes présentes se rendirent compte que l'explication allait souffrir quelque difficulté. Mais le surintendant s'interposa avec tact.

— Peut-être vaudrait-il mieux ne pas entamer cette question en ce moment, monsieur.

Bateman créa, à son tour, une diversion en disant :

— Ne faudrait-il pas envoyer chercher le médecin pour O'Rourke, monsieur?

— Bien sûr, s'écria Lomax, bien sûr, nous aurions déjà dû y penser.

Il regarda Bill et ordonna :

— Téléphonez au docteur Cartwright. Demandez-lui de venir et faite-lui comprendre, si possible, que la discrétion est de rigueur.

Eversleigh sortit.

— Je vous accompagne, Digby, reprit le maître de la maison. Peut-être pourrait-on prendre des mesures avant l'arrivée du docteur.

Tout en parlant, il regardait Rupert Bateman dont les qualités s'imposaient toujours et qui demanda :

— Voulez-vous que je monte aussi, Monsieur?

Georges accepta avec reconnaisance, car il avait le sentiment que le jeune homme pouvait lui être réellement utile et tous trois quittèrent ensemble la bibliothèque.

Lady Coote murmura de sa voix profonde :

— Pauvre jeune homme! Peut-être pourrais-je faire quelque chose pour lui, et elle sortit à son tour.

— Voilà une personne tout à fait maternelle, fit observer Battle d'un ton pensif. Je me demande...

Trois regards se levèrent vers lui.

— Je me demande, continua-t-il lentement, où peut bien être sir Oswald Coote!

— Oh! s'écria Loraine, croyez-vous qu'il ait été assassiné?

Battle hocha la tête.

— Je ne crois rien d'aussi dramatique et je pense plutôt...

Il s'interrompit, pencha la tête, écouta et fit un signe pour commander le silence.

Un instant plus tard, tous entendirent le bruit que ses oreilles exercées avaient été les premières à discerner. Des pas résonnaient au-dehors sur la terrasse et une silhouette épaisse apparut sur le seuil de la porte-fenêtre.

Le nouveau venu s'arrêta, ses yeux allèrent lentement de l'un à l'autre et sir Oswald, car c'était lui, parut dominer la situation.

Il demanda vivement en s'adressant à Battle :

— Que s'est-il passé ici?

— Il y a eu une tentative de cambriolage, monsieur.

— Seulement une tentative?

— Oui, grâce à cette jeune fille, miss Wade, les voleurs ont échoué.

— Ah! répéta sir Oswald. Voyez ce que j'ai trouvé!

Et il tendit au détective un petit pistolet Mauser.

— Où avez-vous trouvé cette arme, sir Oswald?

— Sur la pelouse; je suppose qu'un des cambrioleurs a dû la laisser tomber en s'enfuyant. Je l'ai prise avec précaution, car j'ai pensé que vous voudriez peut-être y chercher des empreintes digitales.

— Vous songez à tout, sir Oswald, fit Battle qui s'empara délicatement du pistolet et le déposa sur la table à côté de celui de Jimmy.

— Et maintenant, continua Coote, je voudrais savoir exactement ce qui s'est passé.

Le détective résuma brièvement les événements et sir Oswald fronça les sourcils.

— Je comprends, déclara-t-il. Après avoir blessé Mr Thesiger, l'homme s'est enfui, en se débarrassant de son arme; mais ce que je ne m'explique pas, c'est que personne ne l'ait poursuivi.

— Parce que ce n'est qu'en écoutant le récit que nous a fait Mr Thesiger que nous avons appris l'existence de son agresseur, répliqua sèchement Battle.

— Vous ne l'avez pas vu lorsqu'il a tourné le coin de la terrasse?

— Non, je l'ai manqué de quelques secondes. Il n'y a pas de lune et l'homme est devenu invisible dès qu'il a eu quitté la terrasse. Il a dû d'ailleurs se mettre à courir après avoir tiré son coup de revolver.

— Hum! fit le roi de l'acier. Il me semble pourtant qu'on aurait dû le pourchasser.

— Trois de mes hommes sont postés dans le parc, répliqua Battle avec calme.

— Oh! fit sir Oswald qui parut un peu décontenancé.

— Ils avaient pour mission de s'emparer de toute personne qui tenterait de quitter l'Abbaye.

— Et pourtant... ils ne l'ont pas fait.

— Et pourtant, ils ne l'ont pas fait, répliqua le détective gravement.

Sir Oswald le regarda comme si le ton du surintendant le surprenait et il demanda vivement :

— Me dites-vous bien tout ce que vous savez?

— Tout ce que *je sais*, oui, sir Oswald. Ce que je présume est un peu différent. J'ai peut-être des idées assez étranges, mais jusqu'à ce que leur exactitude ait été vérifiée, il est inutile que je les exprime.

— Pourtant, fit lentement sir Oswald, je voudrais bien savoir ce à quoi vous pensez, surintendant Battle.

— Tout d'abord, monsieur, je trouve qu'il y a beaucoup trop de lierre par ici. Veuillez m'excuser, il y en a même sur votre veston. Oui, il y a beaucoup trop de lierre; cela complique les choses.

Sir Oswald le regarda, mais les paroles qu'il allait peut-être prononcer furent interrompues par l'entrée de Rupert Bateman.

— Ah! vous êtes là, sir Oswald! Je suis bien content. Lady Coote vient de s'apercevoir de votre absence et elle croit que les cambrioleurs vous ont assassiné. Il me semble, sir Oswald, que vous feriez bien de la rassurer tout de suite.

— Maria est une sotte, déclara sir Oswald. Pourquoi m'aurait-on assassiné? Je vous suis, Bateman.

Et il quitta la pièce avec son secrétaire.

— Voilà un jeune homme très sérieux, déclara Battle en les suivant des yeux. Comment dites-vous qu'il s'appelle?

— Bateman Rupert, fit Jimmy, communément surnommé Pongo. J'ai fait mes études avec lui.

— Vraiment? Voilà qui est intéressant, monsieur Thesiger. Quelle opinion aviez-vous de lui, à cette époque?

— Oh! que c'était le même imbécile que maintenant!

— Je n'aurais pas cru, dit Battle, qu'il fût aussi peu intelligent que vous semblez le supposer.

— Vous savez bien ce que je veux dire. Ce n'est pas vraiment un imbécile; il a un cerveau et il se donne beaucoup de mal; mais il est trop réfléchi. Il n'a pas le sens de l'humour.

— Vraiment, fit le détective, c'est dommage, car les personnes qui n'ont pas le sens de l'humour et qui se prennent trop au sérieux ont souvent des ennuis.

— Je ne pense pas que Pongo ait jamais d'ennuis, déclara Jimmy. Jusqu'à présent il a extrêmement bien fait son chemin. Il a conquis la confiance du vieux

Coote et sa situation me paraît parfaitement assise.

— Surintendant Battle, dit Bundle.

— Oui, lady Eileen?

— Ne trouvez-vous pas étrange que sir Oswald n'ait pas dit pourquoi il se promenait dans le jardin au milieu de la nuit?

— Oh! répondit le détective, sir Oswald est un grand homme. Et un homme intelligent ne donne jamais une explication qu'on ne lui demande pas. Fournir d'avance des éclaircissements et présenter des excuses est toujours un signe de faiblesse. Sir Oswald sait cela aussi bien que moi, voilà pourquoi il ne commet pas la maladresse de se lancer dans des commentaires superflus. Au contraire, c'est moi qu'il a attaqué. Oui, sir Oswald est un grand homme!

Il y avait une admiration si sincère dans la voix du surintendant que Bundle se tut.

— Et maintenant, reprit Battle en regardant autour de lui avec un éclair malicieux dans les yeux, maintenant que nous voici amicalement réunis, je voudrais savoir comment miss Wade s'est trouvée si bien à point sur les lieux.

— Elle devrait avoir honte! s'écria Jimmy, de nous avoir trompés comme elle l'a fait!

— Et pourquoi aurais-je été mise à l'écart? s'exclama véhémentement Loraine, je n'ai jamais accepté cette idée, non jamais, pas même le premier jour, quand Bundle et vous m'avez déclaré que je devrais rester à la maison pour échapper à tout péril. Je n'ai rien dit, mais ma résolution était prise.

— Je m'en doutais un peu, dit lady Eileen, car vous vous étiez montrée trop docile. J'aurais dû deviner que vous aviez un plan caché.

— Et moi qui vous croyais si raisonnable, fit Thesiger.

— Oh! il n'a pas été difficile de vous tromper, mon cher Jimmy, déclara Loraine.

— Merci pour cette bonne parole répondit le jeune homme; continuez.

— Quand vous m'avez téléphoné pour me dire qu'il y aurait du danger, ma décision a été plus forte que jamais et je suis allée acheter un revolver que voici.

Tout en parlant, elle montrait l'arme que Battle lui prit des mains et examina.

— Voilà un jouet assez redoutable, miss Wade, déclara-t-il. En connaissez-vous bien le maniement?

— Aucunement, répondit Loraine, mais j'ai pensé que si je l'emportais, cela me donnerait un sentiment de sécurité.

— En effet, fit gravement Battle.

— Je voulais venir ici pour me rendre compte de ce qui se passait; j'ai laissé ma voiture sur la route, j'ai traversé la haie et je suis montée sur la terrasse. Je regardais autour de moi lorsque quelque chose est tombé à mes pieds. Je l'ai ramassé, j'ai levé la tête pour voir d'où cela venait, j'ai aperçu un homme qui descendait en se servant du lierre et je me suis enfuie.

— Parfaitement, répondit Battle. Pourriez-vous me décrire cet homme?

La jeune fille secoua la tête.

— Il faisait trop sombre pour que j'aie pu le distinguer; je crois qu'il était grand, mais c'est tout ce que je puis dire.

— Et vous, monsieur Thesiger? demanda le détective en se tournant vers Jimmy, vous qui avez lutté avec lui, pouvez-vous me donner quelques détails à son sujet?

— Il était robuste, c'est tout ce que je sais; il a prononcé quelques paroles étranglées pendant que je le tenais au collet. Je crois qu'il a dit : « Lâchez-moi, patron! »

— Alors, c'était un homme du peuple?

— Je crois que oui, il parlait plutôt mal.

— Je ne comprends pas bien, dit Loraine, pourquoi il a jeté le paquet; est-ce parce qu'il gênait ses mouvements?

— Non, répondit Battle, j'ai une idée absolument différente à ce sujet. Ces papiers vous ont été jetés de propos délibéré, miss Wade.

— A moi?

— Disons, si vous le préférez, à la personne avec laquelle le voleur vous a confondue.

— Voilà qui devient bien compliqué, dit Jimmy.

— Monsieur Thesiger, lorsque vous êtes entré dans cette pièce, avez-vous allumé l'électricité?

— Oui.

— Et vous vous y êtes trouvé seul?

— Absolument seul.

— Cependant vous aviez cru entendre remuer?

— Oui.

— Ensuite, après avoir ouvert la porte-fenêtre, vous avez éteint l'électricité et fermé la porte à clé?

Jimmy fit un signe affirmatif.

Battle regarda lentement autour de lui et ses yeux s'arrêtèrent sur un grand paravent en cuir de Cordoue qui se dressait devant une des bibliothèques. Il se dirigea de ce côté, regarda derrière le paravent et poussa une exclamation qui attira les trois jeunes gens auprès de lui.

Affaissée sur le plancher, la comtesse Radzky était évanouie.

CHAPITRE XXII

LE RÉCIT DE LA COMTESSE RADZKY

La manière dont la comtesse reprit connaissance fut très différente de celle de Jimmy Thesiger. Elle revint à elle très lentement et d'une façon infiniment plus artistique... artistique fut le terme dont se servit Bundle qui s'était empressée auprès de cette femme inanimée; la comtesse avait immédiatement passé sur son front une main blanche et tremblante et prononcé quelques paroles vagues.

Ce fut à ce moment que Bill, après avoir téléphoné, revint dans la bibliothèque et, selon l'avis de Bundle, se conduisit comme un imbécile... Il se pencha sur la comtesse d'un air inquiet et lui adressa une série de phrases particulièrement dénuées de sens.

— Croyez-moi, comtesse! Tout va bien! Tout va très bien! N'essayez pas de parler... cela vous fera mal... Restez tranquille... Vous serez remise dans un instant... et vous vous rappellerez tout. Ne dites rien jusqu'à ce que vous soyez rétablie... prenez votre temps, fermez les yeux... la mémoire vous reviendra dans un moment... Buvez encore un peu d'eau... ou du cognac. Oui, c'est cela! Ne croyez-vous pas, Bundle, qu'un peu de cognac?...

— Au nom du ciel, Bill, laissez-la tranquille, fit la jeune fille avec humeur. Elle va se remettre.

Puis, d'une main experte, elle aspergea encore d'eau froide le savant maquillage de la comtesse. Celle-ci sursauta et se redressa.

Elle paraissait infiniment mieux éveillée.

— Ah! murmura-t-elle; je suis donc ici?

— Prenez votre temps, fit Bill, et ne parlez pas jusqu'à ce que vous vous sentiez mieux.

La comtesse ramena autour d'elle les plis d'une robe d'intérieur transparente en disant :

— Je commence à me souvenir...

Puis elle regarda le petit groupe assemblé près d'elle et eut, sans doute, l'impression qu'on ne lui manifestait guère de sympathie; aussi sourit-elle à l'homme dont le visage laissait seul paraître une émotion sincère.

— Ah! mon grand Anglais! dit-elle très doucement. Ne vous désolez pas; tout va bien.

— En êtes-vous sûre? demanda Bill avec anxiété.

— Absolument sûre. Nous autres, Hongrois, nous avons des nerfs d'acier.

Une expression de profond soulagement se répandit sur les traits d'Eversleigh, puis il eut aussitôt un sourire fat qui fit éprouver à Bundle le désir de le battre.

— Buvez un peu d'eau, dit-elle froidement à la belle évanouie.

Celle-ci refusa et Jimmy proposa un cocktail que la comtesse accepta avec empressement. Puis elle regarda autour d'elle et demanda, cette fois gaiement :

— Que s'est-il passé?

— Nous espérions que vous pourriez nous l'apprendre, déclara le surintendant Battle.

La comtesse leva les yeux sur lui et parut, pour la première fois, s'apercevoir de la présence de ce grand homme tranquille.

— Je suis allée dans votre chambre, déclara Bundle, vous n'y étiez pas et le lit n'avait pas été défait.

Elle s'interrompit et regarda la jeune femme d'un air accusateur. Celle-ci ferma les yeux et inclina lentement la tête.

— Oui... oui, fit-elle; je me rappelle maintenant. Oh! j'en frémis encore!

Elle frissonna et reprit :

— Désirez-vous que je vous raconte tout?

Le détective répondit :

— Oui, s'il vous plaît.

Mais au même instant, Bill s'écria :

— Non, à moins que vous ne vous sentiez assez forte!

La comtesse les regarda tour à tour, mais ce fut Battle avec son air calme et énergique, qui l'emporta.

— Je ne pouvais dormir..., commença la jeune femme, cette maison... m'oppressait! J'étais énervée... et je sentais qu'il était inutile de me coucher... Je marchais dans ma chambre... j'ai essayé de lire, mais les livres qui étaient là ne m'intéressaient pas. J'ai eu l'idée de venir ici en chercher un plus captivant...

— C'était très naturel, fit Bill.

— Cela arrive souvent, dit Battle.

— Je suis donc descendue... la maison qui était très tranquille...

— Pardon, interrompit le détective, pouvez-vous me dire à peu près quelle heure il était?

— Je ne m'occupe jamais de l'heure, répondit dédaigneusement la comtesse, puis elle reprit son récit. La maison était donc très tranquille et on aurait pu entendre courir une souris; je me suis mise alors à descendre très doucement.

— Pourquoi?

— Pour n'éveiller personne, naturellement, dit la comtesse d'un ton de reproche. Je suis entrée, je me suis approchée de ce coin et j'ai cherché un livre...

— Après avoir allumé l'électricité, bien entendu?

— Non, j'avais apporté ma petite lampe électrique et j'ai, à sa clarté, exploré les rayons...

— Ah! fit le surintendant.

— Soudain, reprit la jeune femme d'un ton dramatique, j'ai entendu quelque chose... un bruit étouffé... un pas furtif... j'ai éteint ma lampe et j'ai écouté... Les pas approchaient... d'affreux pas... Je me suis cachée derrière le paravent... Un instant après, la porte s'est ouverte et la lumière a été allumée. L'homme... ou plutôt le voleur était ici...

— Mais..., commença Thesiger.

Un grand pied s'appuya sur le sien et Jimmy se tut, car il se rendait compte que Battle le désirait.

— J'ai cru mourir de peur, continua la comtesse. J'ai essayé de ne pas respirer. L'homme a attendu une minute pour écouter, puis, toujours avec son affreux pas furtif...

Jimmy ouvrit encore la bouche pour protester, mais ne dit rien...

— Il a traversé la pièce et regardé au-dehors, puis, il est revenu sur ses pas, a éteint l'électricité et a fermé la porte à clé. J'étais terrifiée! Il a marché avec précaution dans la pièce. Ah! c'était épouvantable! S'il allait se jeter sur moi dans l'obscurité! Un instant plus tard, je l'ai entendu encore s'approcher de la porte-fenêtre, puis il y a eu un long silence... j'ai espéré qu'il était sorti par-là... Comme les minutes passaient et que je n'entendais plus rien, j'en ai été convaincue... J'allais presser sur le bouton de ma lampe électrique pour m'en assurer lorsque... *prestissimo* tout a commencé!

— Vraiment?

— Ah! c'était terrible... et jamais, jamais je ne l'oublierai! Deux hommes essayaient de se tuer... ils se débattaient, les meubles tombaient de tous côtés... J'ai cru aussi entendre un cri de femme... mais dehors, au loin... Le criminel avait une voix enrouée et il grognait plutôt qu'il ne parlait en répétant : « Lâchez-moi, lâchez-moi! » L'autre avait un accent anglais, distingué.

Jimmy parut flatté.

— Il jurait, continua la comtesse, puis il y eut un éclair et un coup de feu; la balle a frappé la bibliothèque à côté de moi et je... je suppose que j'ai dû m'évanouir!

Elle regarda Bill qui lui prit la main et la tapota en murmurant :

— Pauvre femme! Quelle étrange aventure!

— Est-il bête! pensa Bundle.

Battle s'était approché sans bruit des rayons, s'était baissé et il cherchait... Au bout d'un instant, il se redressa et déclara :

— Ce n'était pas une balle, comtesse, c'était l'étui de la cartouche. Où vous trouviez-vous lorsque vous avez tiré, Monsieur Thesiger?

Jimmy vint auprès de la porte-fenêtre :

— Ici, je crois.

Le surintendant se plaça au même endroit.

— Ce doit être exact, déclara-t-il. L'étui vide a dû s'éjecter à droite; je ne suis pas surpris que la comtesse ait cru, dans l'obscurité, que c'était une balle, car il a frappé le rayon tout près d'elle; la balle elle-même a frôlé le chambranle de la porte-fenêtre et nous la trouverons dehors, demain, à moins que votre adversaire ne l'ait reçue...

— Hélas! dit-il, Léopold ne s'est pas couvert de gloire.

La comtesse le regardait avec admiration.

— Oh! mais votre bras est bandé! Est-ce vous qui?...

Jimmy lui adressa un salut moqueur :

— Je suis heureux que vous trouviez que j'ai une voix distinguée; mais je vous assure que je n'aurais pas juré si j'avais su qu'une dame m'entendait!

— Je n'ai pas tout compris, s'empressa d'affirmer la jeune femme, car, bien que j'aie eu une institutrice anglaise quand j'étais enfant...

— Ce n'est pas cela qu'elle a dû vous apprendre, acquiesça Jimmy. Elle vous parlait sans doute de la plume de votre oncle et du parapluie de la nièce du jardinier... je connais ces phrases!

— Mais que s'est-il donc passé? interrogea la comtesse; je voudrais l'apprendre.

Il y eut un silence et tout le monde regarda le détective.

— C'est fort simple, déclara celui-ci. On a tenté de s'emparer de documents politiques appartenant à sir Stanley Digby. Les voleurs auraient réussi, mais grâce à cette jeune fille, — il montra Loraine, — ils n'y sont pas parvenus...

La comtesse jeta un regard étrange à miss Wade et dit avec froideur :

— Vraiment!

— Par une heureuse coïncidence, elle se trouvait là, reprit Battle en souriant.

La comtesse soupira, ferma les yeux et murmura :

— Je me sens exténuée!

— Ce n'est pas surprenant, s'écria Bill. Permettez-moi de vous conduire à votre chambre. Lady Eileen nous accompagnera.

— Lady Eileen est très bonne, dit la Hongroise, mais je préfère être seule... peut-être pourrez-vous m'aider à monter l'escalier?

Tout en parlant, elle se levait, prenait le bras de Bill et, s'y appuyant lourdement, elle sortit de la pièce. Bundle les accompagna jusque dans le hall, mais la comtesse lui ayant répété avec quelque sécheresse qu'elle n'avait besoin de rien, lady Eileen Brent n'alla pas plus loin...

Soudain, tandis qu'elle suivait des yeux l'élégante silhouette, elle sursauta : ainsi que nous l'avons déjà constaté, la robe légère de la jeune femme était presque transparente, et Bundle aperçut nettement sous l'omoplate droite, *une petite tache noire.*

Elle se retourna vivement et se précipita vers le surintendant qui sortait de la bibliothèque, précédé de Jimmy et de Loraine.

— J'ai fermé la fenêtre, dit-il, et je vais mettre un homme de garde à l'extérieur; je fermerai aussi cette porte, j'en prendrai la clé et, dans la matinée, nous ferons ce que les Français appellent la reconstitution du crime... Qu'y a-t-il, lady Eileen?

— Il faut que je vous parle... immédiatement!

— Mais certainement... je...

A ce moment, Lomax parut en compagnie du docteur Cartwright et dit :

— Ah! vous voilà, Battle! Vous serez content d'apprendre que Mr O'Rourke n'est pas en danger.

— Je ne l'ai jamais cru, répondit le détective.

— On lui a donné un fort narcotique, continua le docteur et il sera en parfaite santé dans la matinée. Maintenant, jeune homme, ajouta-t-il en s'adressant à Jimmy, laissez-moi voir votre blessure.

— Venez, dit Thesiger à Loraine, vous me servirez d'infirmière.

Tous deux s'éloignèrent avec le docteur et Bundle continua à jeter des regards suppliants à Battle que Lomax avait accaparé; il attendit patiemment que la verbosité de celui-ci s'atténuât un peu et profita de la première pause pour dire :

— Croyez-vous, Monsieur, que je pourrais avoir un entretien particulier avec sir Stanley, dans le petit salon?

— Certainement, je vais le chercher tout de suite,

répondit Lomax en montant rapidement l'escalier.

Battle attira Bundle dans le grand salon dont il referma la porte et demanda :

— Que voulez-vous me dire, lady Eileen?

— Je vais essayer d'être aussi brève que possible, bien que ce soit assez long et compliqué.

Puis elle raconta sa visite au Club des Sept Cadrans et ce qui s'ensuivit. Lorsqu'elle eut terminé le détective poussa un long soupir et, pour une fois, l'impassibilité de son visage fut troublée.

— C'est extraordinaire, dit-il, extraordinaire; je n'aurais pas cru cela possible... même de votre part, lady Eileen... j'aurais dû pourtant mieux vous connaître!

— Cependant, vous m'aviez mise un peu sur la voie, surintendant : vous m'aviez conseillé de m'adresser à Bill Eversleigh.

— Évidemment, il est dangereux de donner un renseignement à une personne comme vous, lady Eileen; mais je ne supposais pas que vous iriez aussi loin.

— Cela n'a eu, en tout cas, aucun mauvais résultat et vous n'avez pas été cause de ma mort.

— Pas encore, fit Battle gravement.

Puis il demeura pendant un instant plongé dans ses réflexions et reprit .

— Je ne m'explique pas comment Mr Thesiger a consenti à vous laisser courir un pareil danger.

— Il ne l'a su qu'après; je ne suis pas tout à fait stupide, surintendant. D'ailleurs, Mr Thesiger est déjà suffisamment occupé à veiller sur miss Wade.

— Ah! vraiment! fit Battle dont l'œil cligna et il ajouta : Il faudra que je charge Mr Eversleigh de veiller sur vous, lady Eileen.

— Bill! répondit dédaigneusement la jeune fille. Écoutez d'abord la fin de mon histoire : la femme que j'ai vue là-bas, Anna, le n° 1, n'est autre que la comtesse Radzky!

Elle expliqua comment elle avait reconnu la tache brune. Mais, à sa grande surprise, le détective ne parut pas étonné et déclara :

— Ce n'est pas une preuve absolue, lady Eileen, car deux personnes peuvent avoir des signes semblables. La comtesse Radzky est très honorablement connue en Hongrie.

— Alors cette femme n'est pas la véritable comtesse; je vous affirme que c'est bien celle que j'ai aperçue au Club. D'ailleurs, voyez dans quelle situation étrange nous l'avons trouvée ce soir; je ne crois pas qu'elle se soit vraiment évanouie.

— Oh! il ne faut pas dire cela, lady Eileen. L'étui de cartouche qui est venu frapper les rayons si près d'elle aurait suffi à terrifier n'importe quelle femme.

— Mais qu'était-elle venue faire ici? On ne descend pas chercher un livre avec une lampe électrique!

Battle se frotta le menton; il paraissait ne pas vouloir parler et commença à marcher de long en large comme s'il cherchait à prendre une décision. Enfin, il se tourna vers la jeune fille :

— Écoutez, lady Eileen, je vais me confier à vous : la conduite de la comtesse *est étrange*, je le sais, très étrange, mais nous sommes obligés d'agir avec prudence, car nous ne voulons pas soulever de complications avec les ambassades; il faut que nous attendions d'avoir une certitude.

— Je comprends. Si vous étiez sûr...

— Il y a encore autre chose, interrompit Battle; pendant la guerre on a beaucoup parlé d'espions allemands qui étaient laissés en liberté, nous n'avons accordé aucune attention à ces reproches et n'avons pas inquiété le menu fretin parce que, grâce à lui, tôt ou tard, nous *prenions le chef.*

— Ce qui veut dire?

— Ne vous occupez pas de ce que cela veut dire, mais souvenez-vous de ceci : *je sais tout ce qui concerne la comtesse et je désire qu'on ne la tourmente pas.* Maintenant, ajouta Battle, il faut que j'invente la communication urgente que je dois faire à sir Stanley Digby!

CHAPITRE XXIII

LE SURINTENDANT BATTLE PREND LA DIRECTION DES ÉVÉNEMENTS

Il était dix heures du matin le lendemain et le soleil entrait à flots par les fenêtres de la bibliothèque où le surintendant avait pénétré dès l'aube. Sur sa demande, Georges Lomax, sir Oswald Coote et Jimmy Thesiger venaient de le rejoindre après avoir réparé leurs forces en absorbant un déjeuner substantiel.

Jimmy avait le bras en écharpe, mais ne paraissait pas se ressentir autrement de ses aventures nocturnes. Le surintendant les regarda tous trois avec bienveillance; auprès de lui, sur une table, se trouvaient divers objets étiquetés avec soin et, parmi eux, Jimmy reconnut Léopold.

— Ce ne sera pas facile, répondit Battle d'un air jovial.

Son échec ne paraissait nullement le troubler, mais

le maître de la maison ne sembla pas satisfait, car il détestait les plaisanteries sous toutes leurs formes.

— Pourtant, j'ai tout reconstitué assez clairement, continua le détective qui prit deux objets sur la table. Voici deux projectiles : le plus gros est la balle que Mr Thesiger a tirée avec son pistolet automatique Colt; elle a effleuré la porte-fenêtre et je l'ai trouvée enfoncée dans le tronc d'un cèdre; cette balle, plus petite, vient du Mauser... Après avoir traversé le bras de Mr Thesiger, elle est entrée dans ce fauteuil; quant au revolver lui-même...

— Eh bien! demanda vivement sir Oswald; y a-t-il des empreintes digitales?

Battle secoua la tête et répondit lentement :

— Celui qui le tenait avait des gants.

— C'est dommage, fit sir Oswald.

— Mais cela n'a rien d'extraordinaire, car un homme avisé devait en porter. Ai-je raison, en supposant que vous avez trouvé cette arme à une quinzaine de mètres environ du bas des marches qui conduisent à la terrasse?

Sir Oswald s'approcha de la fenêtre.

— Cela me paraît rigoureusement exact, déclara-t-il.

— Je ne veux élever aucune critique, Monsieur, mais vous auriez mieux fait de laisser ce revolver à l'endroit où vous l'aviez trouvé.

— Je suis désolé, fit sèchement sir Oswald.

— Oh! cela n'a pas d'importance, car j'ai pu reconstituer la scène; j'ai suivi la trace de vos pas depuis le fond du jardin, j'ai trouvé l'endroit où vous vous êtes certainement arrêté et j'ai vu l'herbe foulée d'une manière extrêmement suggestive. Que pensez-vous du fait que le revolver se soit trouvé là?

— Je suppose que l'homme a dû le laisser tomber dans sa fuite.

Battle secoua la tête :

— Il n'a pas pu le laisser tomber, il y a deux détails qui s'opposent à ce qu'il en ait été ainsi : d'abord, je n'ai pas trouvé d'autres traces que les vôtres sur la pelouse...

— Êtes-vous sûr de cela, Battle? demanda Lomax.

— Absolument sûr, Monsieur; une autre personne a laissé l'empreinte de ses pas sur l'herbe, c'est miss Wade, mais beaucoup plus à gauche.

Il s'arrêta, puis reprit :

— Il y a aussi la marque produite par la chute de l'arme qui a dû frapper le sol avec force; tout concourt à prouver qu'elle a dû être jetée.

— C'est possible, déclara sir Oswald. Le voleur a pu s'enfuir à gauche par le sentier où il n'a pas laissé de traces et il a pu lancer son pistolet au milieu de la pelouse, ne croyez-vous pas, Lomax?

Celui-ci fit un signe affirmatif.

— Il est exact que nous ne pourrions relever aucune trace sur le sentier, répliqua Battle, mais, d'après la forme de l'empreinte et la manière dont le gazon était foulé, je ne crois pas que le revolver ait été lancé de là; je crois plutôt qu'il a été jeté du haut de la terrasse.

— C'est probable, déclara sir Oswald, mais quelle importance cela présente-t-il, surintendant?

— En effet, Battle, interrompit Lomax, est-ce... hum!... important?

— Peut-être que non, monsieur Lomax; mais nous aimons à préciser les détails! L'un de vous, messieurs, voudrait-il avoir la bonté de prendre ce pistolet et de le lancer? Vous, par exemple, sir Oswald? Voilà qui est aimable de votre part. Veuillez vous approcher de la porte-fenêtre et jeter le revolver au milieu de la pelouse.

L'industriel obéit et projeta l'arme en avant d'un

vigoureux revers de bras. Jimmy Thesiger le rejoignit d'un air vivement intéressé et le détective partit comme un bon chien de chasse. Il ne tarda pas à paraître, le visage rayonnant, en déclarant :

— C'est bien cela, monsieur, la marque est du même genre que l'autre, quoique vous ayez envoyé le revolver au moins à dix mètres plus loin. Il est vrai que vous êtes très vigoureux, n'est-ce pas, sir Oswald?... Pardon il me semble que quelqu'un a frappé à la porte.

Le surintendant devait avoir une ouïe particulièrement fine, car personne n'avait rien entendu; mais il avait raison : lady Coote était devant la porte, un verre à la main.

— Vous avez oublié de prendre vos gouttes après déjeuner, Oswald, dit-elle en entrant.

— Je suis très occupé en ce moment, Maria, répliqua-t-il, et je ne veux pas prendre cette potion.

— Sans moi, vous ne la prendriez jamais, déclara doucement sa femme. Vous ressemblez à un petit garçon insoumis. Buvez-la maintenant.

Et le roi de l'acier obéit docilement.

Lady Coote sourit alors tristement aux autres personnes et dit :

— Je vous ai interrompus, veuillez m'excuser... Oh! ces revolvers! Quelles affreuses choses! Dire, Oswald, que vous auriez pu être tué par le voleur, hier soir!

— Vous avez dû être bien effrayée en ne retrouvant pas votre mari, lady Coote, fit Battle.

— Je ne me suis pas aperçue tout de suite de son absence, avoua-t-elle, à cause de la blessure de ce pauvre jeune homme... (elle désigna Jimmy) et de tous les événements terribles... mais si intéressants qui se sont produits! Ce n'est que lorsque Mr Bateman m'a demandé où était sir Oswald que je me suis rappelée qu'il était sorti, une demi-heure auparavant, pour faire une promenade.

— Vous aviez donc une insomnie, sir Oswald? interrogea Battle.

— Je dors d'habitude très bien, répondit l'industriel, mais j'avoue que j'étais extrêmement agité hier soir; j'ai pensé que l'air de la nuit me ferait du bien.

— Vous êtes sorti par cette porte-fenêtre, je suppose?

Fut-ce une illusion ou sir Oswald hésita-t-il un instant avant de répondre oui?

— Et avec vos chaussures vernies! dit lady Coote, au lieu de mettre de gros souliers. Que feriez-vous si je n'étais pas là pour veiller sur vous?

Et elle hocha tristement la tête.

— Maria, voulez-vous avoir la bonté de nous laisser... nous avons encore beaucoup de questions à traiter...

— Je le sais, mon ami, je m'en vais.

Lady Coote s'éloigna en emportant le verre vide comme si elle venait d'administrer un poison mortel.

— Quoi qu'il en soit, Battle, déclara Georges Lomax, tout paraît assez clair... oui, parfaitement clair. L'homme a tiré et a blessé Mr Thesiger puis, après avoir jeté son arme, il a longé la terrasse en courant et s'est enfui par le sentier pavé.

— Où il aurait pu être pris par mes agents, fit observer Battle.

— Vos agents me paraissent avoir été singulièrement négligents. Ils n'ont pas vu entrer miss Wade, par conséquent ils ont pu ne pas voir sortir le voleur.

Le surintendant ouvrit la bouche pour protester, puis se ravisa. Jimmy Thesiger le regarda curieusement; il aurait vivement désiré savoir à quoi pensait le détective.

— Cet individu a dû être champion de course, déclara simplement le délégué de Scotland Yard.

— Que voulez-vous dire?

— Rien d'autre que ce que j'exprime, monsieur Lomax; j'ai tourné le coin de la terrasse moi-même cinquante secondes à peine après que le coup eut été tiré : pour qu'un homme ait parcouru cette distance et ait eu le temps de disparaître au coin du sentier avant que j'aie seulement fait le tour de la maison... il faut, comme je le disais, que ce soit un champion de course.

— Je ne parviens pas à vous comprendre, Battle. Vous avez quelque idée que je n'ai pas encore... hum!... saisie. Vous dites que l'homme n'a pas traversé la pelouse et maintenant vous insinuez... Qu'insinuez-vous au juste? qu'il n'a pas longé le sentier? Alors à votre avis... où est-il allé?

Pour toute réponse, Battle indiqua l'étage supérieur.

— Je ne comprends pas, fit Lomax.

Le surintendant répéta son mouvement et le maître de la maison regarda le plafond d'un air stupéfait.

— Il est monté là-haut, expliqua le détective, en se servant du lierre.

— Voyons, surintendant, c'est impossible!

— Nullement, monsieur. Il s'en était déjà servi, il pouvait agir de même une seconde fois.

— Je ne veux pas parler d'une impossibilité de ce genre; mais, si cet homme voulait s'enfuir, il ne serait pas rentré dans la maison.

— C'était pourtant le meilleur endroit où il pût se cacher.

— Mais la porte de Mr O'Rourke était encore fermée à l'intérieur lorsque nous sommes entrés dans sa chambre.

— Et comment y êtes-vous entrés? En traversant la chambre de sir Stanley... c'est par-là que notre homme est parti. Lady Eileen m'a dit qu'elle avait vu remuer la poignée de la porte de Mr O'Rourke; c'est alors que l'inconnu s'y trouvait pour la première fois; je suppose que la clé devait être sous l'oreiller de votre secrétaire. Mais, la seconde fois, le voleur a traversé la chambre de sir Stanley qui était vide puisque celui-ci venait de descendre; notre homme a donc eu la voie libre.

— Et où est-il allé?

Le surintendant Battle haussa ses fortes épaules et répondit évasivement :

— Il n'a pas manqué d'issues; il a pu pénétrer dans une pièce vide de l'autre côté de la maison, sortir par une porte dérobée... ou bien encore, notre inconnu habite peut-être l'Abbaye... et il y est resté!

Georges Lomax le regarda d'un air scandalisé.

— Vraiment, Battle, je serais... désolé si je pensais que l'un de mes domestiques... hum! j'ai grande confiance en eux... je serais navré s'il me fallait les soupçonner...

— Personne n'émet pareille idée, monsieur; je vous indique simplement ce qui a pu se passer. Il est possible que vos domestiques soient innocents, c'est même probable.

— Vous me troublez, déclara Georges, vous me troublez beaucoup.

Afin de le distraire, Jimmy montra du doigt un objet calciné qui se trouvait sur la table.

— Qu'est ceci? interrogea-t-il.

— Notre dernière pièce à conviction, répondit Battle. C'est, ou plutôt c'était un gant.

Tout en parlant, il saisit avec fierté le débris noirci.

— Où l'avez-vous trouvé? demanda sir Oswald.

Battle fit un geste.

— Dans la cheminée. Il était presque entièrement

brûlé; c'est bizarre, on dirait qu'il a été mordu par un chien.

— Il appartient peut-être à miss Wade, suggéra Jimmy, car elle a plusieurs chiens.

Le surintendant secoua la tête.

— Ce n'est pas un gant de femme. Enfilez-le donc, monsieur.

Il aida Thesiger a ajuster le reste de gant et ajouta :

— Voyez, il est même trop grand pour vous.

— Attachez-vous de l'importance à cette découverte? interrompit sir Oswald d'un ton froid.

— On ne sait jamais ce qui est important ou ce qui ne l'est pas dans des questions de ce genre.

On frappa à la porte et Bundle entra.

— Je suis désolée, dit-elle en s'excusant. Papa vient de me téléphoner qu'il faut que je retourne à la maison parce que tout le monde se ligue pour le tourmenter...

Elle s'arrêta.

— Continuez, ma chère Eileen, fit Lomax.

— Je ne voulais pas vous interrompre... seulement j'ai pensé qu'il y avait peut-être une corrélation entre ce qui vous occupe et ce qui inquiète papa : un de nos valets de pied a disparu; il est sorti hier soir et n'est pas rentré.

— Comment s'appelle-t-il? demanda sir Oswald.

— John Bauer.

— De quel pays est-il?

— Il se délare Suisse, mais je le crois Allemand, bien qu'il parle couramment l'anglais.

— Ah! fit sir Oswald d'un air satisfait. Était-il à Chimneys depuis longtemps?

— Un peu moins d'un mois.

Coote se tourna vers les deux autres personnes en déclarant :

— Voilà l'homme qui s'est enfui et que nous cherchions à connaître. Vous savez aussi bien que moi, Lomax, que plusieurs gouvernements étrangers voudraient acheter le secret d'Eberhard. Je me rappelle fort bien ce domestique maintenant : un grand garçon bien découplé. Il est arrivé quinze jours avant notre départ, ce qui était fort adroit ; ici, tout serviteur nouveau aurait été soumis à un examen attentif, tandis qu'à Chimneys, qui est à une dizaine de kilomètres...

Il n'acheva pas sa phrase.

— Vous supposez donc que le plan a été conçu longtemps d'avance?

— Pourquoi pas? La formule d'Eberhard vaut des millions, Lomax. Il est évident que Bauer espérait pouvoir fouiller dans mes papiers à Chimneys et apprendre ainsi ce que nous avions décidé. Il est possible qu'il ait eu ici un complice qui lui a servi de cirécone et qui s'est chargé d'endormir O'Rourke. Mais Bauer doit être l'homme grand et fort que miss Wade a vu descendre le long du lierre.

Il se tourna vers le sunrintendant en ajoutant :

— Et vous l'avez laissé échapper!

CHAPITRE XXIV

BUNDLE EST PERPLEXE

Il fut évident que le surintendant Battle était un peu déconcerté; il se frotta le menton d'un air méditatif.

— Sir Oswald a raison, Battle, dit Lomax; c'était bien le fugitif. Avez-vous un espoir quelconque de le rattraper?

— Peut-être... Il est certain que son cas paraît suspect. Évidemment l'homme peut encore rentrer à Chimneys...

— Pensez-vous que ce soit probable?

— Non, avoua Battle; ce Bauer semble certainement être coupable. Cependant, je ne comprends pas comment il a pu entrer dans cette propriété et en sortir sans attirer l'attention.

— Je vous ai déjà exprimé mon opinion au sujet de vos agents, répliqua Lomax; ils se sont montrés absolument incapables... Je ne veux pas vous blâmer, surintendant, mais...

Et son silence fut éloquent.

— Heureusement, répliqua Battle d'un ton léger, j'ai les épaules larges.

Puis il hocha la tête, soupira et déclara :

— Il faut que j'aille téléphoner tout de suite. Veuillez m'excuser, messieurs. Monsieur Lomax, je suis désolé, mais j'ai l'impression d'avoir échoué dans cette affaire... seulement elle a été difficile, plus difficile que vous ne le croyez!

En achevant ces mots, il sortit rapidement et Bundle dit à Jimmy :

— Venez dans le jardin, je voudrais vous parler.

Lorsqu'ils arrivèrent sur la terrasse, Jimmy regarda la pelouse en fronçant les sourcils.

— Qu'y a-t-il? interrogea la jeune fille.

Thesiger lui raconta l'incident du revolver et ajouta :

— Je ne sais pas pourquoi Battle a demandé à Coote de lancer cette arme. Je jurerais qu'il avait une arrière-pensée. Pourtant elle est tombée environ dix mètres plus loin qu'il ne s'y attendait... Voyez-vous, Bundle, Battle est intelligent...

— C'est un homme extraordinaire, interrompit

Bundle; mais je veux vous mettre au courant de ce qui s'est passé.

Et elle lui répéta sa conversation avec le surintendant et Jimmy écouta attentivement.

— Donc la comtesse est le n° 1, fit-il. Tout cela se tient très bien : Bauer, le n° 2, arrive de Chimneys et monte dans la chambre du secrétaire O'Rourke... sachant qu'on lui a administré un narcotique. Il devait jeter les papiers à la comtesse qui attendait sur la terrasse. Ensuite elle serait rentrée dans la bibliothèque et dans sa chambre pour que, si Bauer était pris lorsqu'il quitterait la propriété, on ne trouvât rien de compromettant sur lui. Le plan était excellent... mais il a échoué car la comtesse avait à peine pénétré dans la bibliothèque qu'elle m'a entendu approcher et a été obligée de se cacher derrière le paravent, cela a dû la gêner beaucoup; elle n'a pu, en effet, prévenir son complice. Le n° 2 s'est emparé des papiers, a regardé par la fenêtre, a vu, ou plutôt a cru voir la comtesse sur la terrasse, lui a jeté le paquet, est descendu en se servant du lierre et a eu la mauvaise surprise de me rencontrer. La comtesse, qui attendait derrière son paravent, a dû passer un triste moment. Tout bien considéré, elle a donné une version exacte des faits. Oui, tout se tient.

— Trop bien, déclara Bundle avec énergie.

— Comment cela? fit Jimmy étonné.

— Et que faites-vous du n° 7 qui ne paraît jamais et qui demeure dans l'ombre? Non, ce n'est pas aussi simple que cela. Bauer était ici hier soir, nous sommes d'accord; mais il n'y était que pour détourner les soupçons au cas où il se produirait une difficulté... qui s'est produite. Il a empêché que l'on découvre le n° 7, c'est-à-dire le chef : voilà à quoi il a servi.

— Dites-moi, Bundle, fit Jimmy avec anxiété, est-ce

que vous ne lisez pas trop de romans policiers?

La jeune fille lui jeta un regard chargé de reproches.

— Nous avons formé une hypothèse parfaitement plausible et vous ne voulez pas l'accepter, reprit Thesiger.

— Je regrette de vous contrarier, riposta Bundle, mais je suis persuadée que le mystérieux n° 7 est dans la maison.

— Qu'en pense Bill?

— Je me suis bien gardée de le consulter, déclara la jeune fille froidement.

— Ah! Cependant vous devriez lui apprendre ce que vous avez découvert au sujet de la comtesse; si vous le lui laissez ignorer, Dieu sait ce qu'il lui racontera!

— Il ne veut pas admettre qu'on la soupçonne, déclara Bundle, car il est... absolument idiot. Je voudrais bien vous voir lui faire admettre l'importance de la marque brune...

— Vous oubliez que je n'étais pas dans le placard, dit Jimmy. Et puis, ce sujet est trop délicat à traiter. Enfin, il n'est pas assez bête pour ne pas comprendre que tout s'enchaîne.

— Si, il l'est, fit Bundle avec amertume, et vous avez eu le plus grand tort de vous confier à lui.

— Je le regrette car je m'en rends compte à présent. Je n'aurais jamais cru cependant que Bill...

— Vous savez comment agissent ces aventurières internationales, déclara Bundle, et comment elles prennent de l'empire sur un homme!

— Non, en vérité, répliqua Jimmy, car aucune n'a jamais essayé de me séduire!

Et il soupira.

Pendant quelques instants tous deux demeurèrent silencieux. Thesiger réfléchissait, mais plus il se remémorait les événements, plus ils lui semblaient peu satisfaisants.

— Vous m'avez dit que Battle ne voulait pas que l'on tourmentât la comtesse? dit-il enfin.

— Oui.

— Il espère, par elle, découvrir quelqu'un d'autre?

Bundle fit un signe affirmatif et Jimmy se remit à réfléchir. Il était évident que Battle avait une idée bien arrêtée.

— Sir Stanley Digby est parti ce matin de bonne heure pour Londres, n'est-ce pas?

— Oui.

— Et il a emmené O'Rourke?

— Il me semble.

— Vous ne supposez pas... non, c'est impossible!

— Quoi donc?

— Que O'Rourke joue un rôle dans tout cela!

— Ce n'est pas invraisemblable, répondit Bundle d'un ton pensif, car il a ce qu'on appelle une forte personnalité. Je ne serais pas étonnée si... d'ailleurs, à vrai dire, rien ne m'étonnerait! En réalité, il n'y a qu'une seule personne que je ne soupçonne pas d'être le n° 7!

— Qui cela?

— Le surintendant Battle!

— Je croyais que vous alliez nommer Georges Lomax!

— Chut! le voici.

Le maître de la maison arrivait, en effet, Jimmy donna un prétexte pour s'éloigner et Lomax s'assit auprès de Bundle en disant :

— Ma chère Eileen, êtes-vous vraiment obligée de nous quitter?

— Papa semble être bouleversé et je crois que je ferai bien d'aller le conduire par la main.

— La vôtre lui sera certainement secourable, fit Lomax en serrant affectueusement les doigts de la jeune fille; ma chère Eileen, je comprends vos raisons et je vous en estime davantage. En ces temps troublés...

« Le voilà parti, » pensa Bundle avec désespoir.

— ... où la vie de famille est en danger parce que le vieil idéal se meurt; il appartient aux personnes de notre milieu de donner l'exemple afin de prouver que nous ne nous laissons pas entamer par les idées modernes. On nous appelle les « Durs à mourir » et je suis fier de ce titre... oui, j'en suis fier! Il y a aussi des choses qui doivent être « dures à mourir » : la dignité, la beauté, la pudeur, la sainteté de la vie de famille, le respect filial! Ainsi que je vous le disais, ma chère Eileen, je vous envie le privilège que vous donne votre jeunesse. Ah! la jeunesse! Quelle chose merveilleuse! Quel mot admirable! Nous ne l'apprécions que lorsque nous... avançons un peu dans la vie. Je vous avoue que j'avais été autrefois désolé par votre frivolité, je vois qu'il ne s'agissait que de la légèreté charmante et insouciante d'une enfant et je perçois maintenant la profondeur et la beauté de votre esprit. J'espère que vous me permettrez de vous conseiller dans vos lectures?

— Je vous remercie, fit Bundle faiblement.

— Il ne faudra plus que je vous intimide; j'ai été désolé quand lady Caterham m'a dit que je vous inspirais comme une sorte de crainte. Je vous assure que je n'ai rien de redoutable.

Bundle fut frappée de stupeur en voyant Lomax faire preuve de modestie. Georges reprit :

— Ne soyez plus jamais effrayée en ma présence, ma chère enfant, et ne craignez jamais de m'importuner. Ce sera une grande joie pour moi que de former votre esprit naissant, si j'ose m'exprimer ainsi. Je serai votre mentor politique. Le parti n'a jamais eu autant besoin de jolies jeunes femmes intelligentes. Vous pouvez certainement aspirer à suivre les traces de votre tante, lady Caterham.

Cette terrible perspective anéantit complètement Bundle qui ne put que regarder son interlocuteur sans rien dire. Cela ne le découragea pas, au contraire, car il reprochait habituellement aux femmes de trop parler et il en rencontrait rarement une qui fût capable d'écouter. Aussi sourit-il à Bundle avec bienveillance.

— Le papillon sort de la chrysalide, reprit-il, et c'est un tableau merveilleux. J'ai un livre fort intéressant sur l'économie politique; je vais aller le chercher et vous pourrez l'emporter à Chimneys; lorsque vous en aurez terminé la lecture, je discuterai l'ouvrage avec vous, mais n'hésitez pas à m'écrire si quelque point vous déconcerte. J'ai bien des devoirs publics à remplir, mais grâce à un travail inlassable, je puis toujours trouver le temps de m'occuper des affaires de mes amis... je vais vous donner ce livre.

Il s'éloigna et Bundle le suivit des yeux d'un air effaré.

L'arrivée inattendue de Bill la fit sursauter.

— Pourquoi diable Lomax vous tenait-il la main?

— Ce n'était pas d'elle qu'il s'occupait, répondit Bundle, c'était de mon esprit naissant!

— Ne faites pas l'enfant, Bundle!

— Pardonnez-moi, Bill, mais je suis un peu tourmentée. Vous souvenez-vous d'avoir dit que Jimmy courait un grave danger en venant ici?

— C'est vrai; il est très difficile d'échapper à Lomax lorsqu'il a commencé à s'intéresser à quelqu'un. Jimmy sera enserré dans ses filets avant même de s'en être rendu compte.

— Ce n'est pas Jimmy qu'il y a pris, c'est moi, gémit Bundle. Il va falloir que je voie d'innombrables personnes du genre de Mrs Macatta, que je lise des traités d'économie politique et que je les discute avec lui! Dieu sait où cela me conduira!

Bill fit entendre un léger sifflement.

— Pauvre Bundle! Venez prendre un cocktail; il va être l'heure du déjeuner.

Bundle se leva docilement et se mit en marche à côté du jeune homme en murmurant d'un ton lamentable :

— J'ai une telle horreur de la politique!

— Bien entendu, comme toutes les personnes sensées. Il n'y a que des gens comme Lomax et comme Pongo qui puissent s'y intéresser... Malgré tout, vous ne deviez pas permettre à Lomax de vous prendre la main.

— Pourquoi? Il me connaît depuis mon enfance.

— C'est possible, mais cela me déplaît!

— Vraiment?... Oh! regardez donc le surintendant Battle!

Les deux jeunes gens entraient par une porte de côté et pénétraient dans un petit vestibule sur lequel ouvrait une pièce où l'on rangeait des clubs de golf, des raquettes de tennis et d'autres jeux de jardin. Battle examinait avec soin des cannes de golf et il leva la tête d'un air un peu gêné en entendant l'exclamation poussée par Bundle qui ajouta :

— Allez-vous donc jouer au golf, surintendant?

— Je pourrais plus mal faire, lady Eileen; on prétend qu'il n'est jamais trop tard pour apprendre et je possède une excellente qualité qui est utile pour tous les jeux.

— Laquelle? interrogea Bundle.

— Je ne me décourage jamais. Lorsque tout paraît mal se présenter, je m'engage dans une voie nouvelle!

Tout en parlant, le surintendant Battle sortit de la petite pièce dont il ferma la porte derrière lui.

CHAPITRE XXV

JIMMY ÉLABORE UN PLAN

Jimmy Thesiger était déprimé. Il évita la société de Georges Lomax qui l'aurait entretenu de sujets graves et sortit dans le jardin après le déjeuner.

Si bien documenté qu'il fût sur la question de la frontière de Santa-Fé, il ne désirait pas être interrogé à ce sujet, en cet instant.

Au bout de quelques minutes, ce qu'il souhaitait se produisit : Loraine Wade, également seule, longea un des petits sentiers ombreux du parc; le jeune homme alla aussitôt la rejoindre.

Ils marchèrent en silence quelques instants, puis Jimmy dit :

— Loraine?

— Qu'y a-t-il?

— Voici; je m'explique généralement assez mal... cependant, pourquoi ne pas demander une autorisation spéciale, nous marier et vivre heureux?

La jeune fille ne témoigna aucun embarras devant cette étrange déclaration; elle rejeta la tête en arrière et se mit à rire.

— Ne vous moquez pas de moi, fit Jimmy d'un air de reproche.

— Je n'ai pas pu garder mon sérieux. Vous étiez si amusant!

— Loraine, vous êtes un petit démon!

— Pas du tout; je suis ce que l'on est convenu d'appeler une charmante jeune fille!

— Pour ceux qui ne vous connaissent pas et que trompent votre aspect de douceur et votre attitude réservée.

— Comme vous parlez bien!

— Loraine chérie, ne plaisantez pas. Voulez-vous de moi ou n'en voulez-vous pas?

Le visage de la jeune fille devint grave et prit l'expression volontaire qu'il avait parfois; sa petite bouche durcit et son menton avança d'un air agressif.

— Non, Jimmy, pas tant que les événements seront dans leur état actuel... c'est-à-dire aussi imprécis.

— Je sais bien que nous n'avons pas fait ce que nous voulions, reconnut Jimmy. Cependant... nous sommes arrivés à la fin d'un chapitre. Les documents sont en sûreté au ministère de l'Air; la vertu triomphe et, pour le moment, il n'y a rien à tenter.

— Donc, marions-nous! fit Loraine avec un léger sourire.

— Vous l'avez dit.

Mais la jeune fille hocha la tête et répondit :

— Non, Jimmy, attendons que cette affaire soit terminée et que nous soyons en sûreté.

— Alors, vous croyez que nous sommes en danger?

— Et vous?

Le séraphique visage de Jimmy s'assombrit et il dit enfin :

— Vous avez raison. Si l'histoire extraordinaire que Bundle nous a racontée est exacte — et tout étrange qu'elle paraisse je suppose qu'elle l'est — nous ne serons hors de tout péril que lorsque nous aurons éliminé... le n° 7!

— Et les autres?

— Les autres ne comptent pas. C'est le n° 7 et ses méthodes qui m'inquiètent parce que je ne sais ni qui il est, ni où je dois le chercher.

Loraine se mit à trembler.

— J'ai peur, fit-elle à voix basse, depuis la mort de Gerry.

— N'ayez pas peur, et laissez-moi faire car je vous assure, Loraine, que je triompherai du n° 7. Une fois que nous l'aurons vaincu... je ne crois pas que ses complices, quels qu'ils soient, nous créent beaucoup de difficultés.

— Si vous arrivez à le vaincre, mais supposons que ce soit le contraire?

— C'est impossible! déclara gaiement Jimmy, je suis beaucoup trop habile... il est toujours utile d'avoir bonne opinion de soi.

— Quand je pense à ce qui aurait pu se produire hier soir... murmura Loraine.

— Oui, mais cela ne s'est pas produit et nous sommes tous deux sains et saufs... bien que, je l'avoue, mon bras soit extrêmement douloureux.

— Pauvre ami!

— Il faut bien souffrir pour une bonne cause! D'ailleurs, ma blessure et mon intéressante conversation ont complètement conquis lady Coote.

— Oh! estimez-vous que cela ait quelque importance?

— Ce ne sera peut-être pas inutile.

— Vous avez un plan, Jimmy, quel est-il?

— Le jeune héros ne raconte jamais ses projets, répondit Thesiger avec fermeté. Ils mûrissent dans l'obscurité.

— Vous êtes stupide!

— Je sais, je sais; c'est l'opinion de tout le monde. Cependant, je vous assure, Loraine, que mon intelligence travaille beaucoup. Et vous? Que comptez-vous faire?

— Bundle m'a proposé d'aller passer quelque temps avec elle à Chimneys.

— Parfait! approuva Jimmy. Rien ne saurait être meilleur car j'aimerais que Bundle soit un peu surveillée; on ne sait jamais quelle folie elle pourra commettre. Elle est tellement impulsive! Et ce qu'il y a de pire, c'est qu'elle réussit. Je vous assure que pour empêcher Bundle de faire des sottises, il faut y employer tout son temps.

— Bill devrait la surveiller, suggéra Loraine.

— Bill est occupé ailleurs.

— Ne croyez pas cela.

— Comment? Il n'est pas amoureux de la comtesse?

La jeune fille secoua la tête et dit :

— Il y a là quelque chose que je ne m'explique pas; mais Bill n'est sûrement pas amoureux de la comtesse : c'est Bundle qu'il aime. Ce matin il causait avec moi lorsque Mr Lomax est venu s'asseoir auprès d'elle et lui a pris la main, Bill est parti comme une flèche.

— Les gens ont vraiment des goûts bizarres, déclara Thesiger. Je ne peux comprendre que quelqu'un qui a la chance de converser avec vous puisse s'éloigner de vous à cause d'une autre femme. Vous m'étonnez car j'étais convaincu que Bill était subjugué par la belle étrangère. En tout cas, Bundle en est persuadée.

— Bundle peut le croire, riposta Loraine, mais je vous assure que c'est inexact.

— Alors que supposez-vous?

— Ne croyez-vous pas possible que Bill joue un peu le rôle de détective pour son propre compte?

— Oh! non! il n'est pas assez intelligent!

— Je n'en suis pas sûre; quand un homme simple et vigoureux comme lui est habile, nul ne s'en aperçoit.

— Et cela lui permet d'agir facilement... Il y a du vrai dans cette assertion. Cependant, je n'aurais jamais cru Bill capable d'avoir les intentions que vous lui prêtez, car il imite le caniche à la perfection; il me semble que vous vous trompez, Loraine. La comtesse est extrêmement belle... bien qu'elle n'ait pas le type de femme que j'aime, ajouta vivement Thesiger, et le cœur de Bill a toujours ressemblé à un autobus!

Loraine hocha la tête sans conviction.

— Comme vous voudrez, dit Jimmy. Quoi qu'il en soit, partez avec Bundle pour Chimneys et, au nom du Ciel, empêchez-la de retourner au Club des Sept Cadrans, car Dieu seul sait ce qui arrivera si elle commet cette imprudence.

Loraine fit un signe affirmatif.

— Et maintenant, reprit Thesiger, il me semble que nous devrions aller vers lady Coote.

Celle-ci était étendue dans un fauteuil de jardin et faisait de la tapisserie. Son dessin représentait une jeune femme languissante et quelque peu déformée qui pleurait en s'appuyant contre une urne. Lady Coote fit asseoir Jimmy auprès d'elle et le jeune homme, plein de tact, commença par admirer son ouvrage.

— Il vous plaît? fit lady Coote manifestement flattée. C'est ma tante Céline qui l'avait commencé une semaine avant sa mort; elle avait un cancer au foie, la pauvre femme!

— C'est épouvantable! dit Jimmy.

— Et votre bras?

— Il est moins douloureux, cependant ma blessure me gêne.

— Il faudra que vous soyez prudent, dit lady Coote qui tenait à lui donner un avertissement; j'ai connu des cas d'empoisonnement du sang et vous pourriez perdre le bras.

— Oh! j'espère que non!

— C'est un simple conseil, fit-elle remarquer.

— Où demeurez-vous en ce moment? demanda Thesiger.

Il le savait fort bien, mais cependant il parvint à poser cette question avec un air d'ingénuité parfait.

Lady Coote soupira.

— Sir Oswald a loué la propriété du duc d'Alton, Letherbury; la connaissez-vous?

— Certainement, elle est superbe.

— Vous trouvez? Elle est extrêmement vaste et sombre; il y a deux rangées de portraits de famille à l'air grave; les tableaux des vieux maîtres sont toujours très tristes, à mon avis. Vous auriez dû visiter notre petite maison du Yorkshire, monsieur Thesiger, à l'époque où sir Oswald n'était encore que Mr Coote! Nous y avions un charmant vestibule et un salon très gai avec un enfoncement.

Le papier était blanc à raies satinées avec une frise de glycines. La salle à manger faisait face au nord-est, de sorte qu'il n'y avait pas beaucoup de soleil, mais, avec un beau papier rouge et quelques caricatures aux teintes vives, elle était extrêmement hospitalière.

Très émue par ces réminiscences, lady Coote laissa tomber plusieurs petits pelotons de laine que Jimmy s'empressa de ramasser.

— Merci, mon enfant, reprit-elle. Que disais-je donc? Ah! oui, que j'aimais les maisons gaies... et puis, choisir un mobilier est toujours amusant.

— Je suppose que sir Oswald ne tardera pas à acheter une propriété et vous pourrez l'aménager comme vous voudrez.

Lady Coote secoua tristement la tête.

— Sir Oswald dit qu'il en chargera les décorateurs, vous savez ce que cela signifie.

— Oh! mais ils vous consulteront.

— Nous aurons affaire à une de ces grandes maisons dont les directeurs ne s'occupent que d'antiquités et méprisent le mobilier que je considère comme confortable et familial... Pourtant, sir Oswald se trouvait toujours très bien chez lui et je suppose que, dans le fond, ses goûts n'ont pas changé, mais maintenant il n'est content que s'il possède les choses les plus chères. Il est arrivé merveilleusement et il désire qu'on s'en aperçoive; pourtant il y a des jours où je me demande comment tout cela finira!

Jimmy prit un air apitoyé.

— Je vous assure, reprit lady Coote, que cela me fait souvent peur; je crains que son estomac ne puisse résister. Et puis, voyez-vous, il y a quelque chose qui tourmente sir Oswald, j'en suis sûre.

— Quoi donc?

— Je l'ignore. Peut-être s'inquiète-t-il au sujet de l'usine. Heureusement qu'il a auprès de lui Mr Bateman qui est si consciencieux!

— Admirablement consciencieux, acquiesça Jimmy.

— Sir Oswald a la plus haute opinion de son jugement et déclare que Mr Bateman a toujours raison.

— C'était un de ses pires défauts il y a quelques années, répliqua Jimmy Thesiger.

Lady Coote parut un peu surprise.

— J'ai passé un bien agréable week-end chez vous à Chimneys, reprit le jeune homme, ou plutôt il eût été fort agréable si ce malheureux Gerry n'était pas mort. Il y avait de charmantes jeunes filles.

— Les jeunes filles modernes me surprennent beaucoup, déclara lady Coote; elles ne sont pas romanesques. Quand j'étais fiancée à sir Oswald, je lui brodais des mouchoirs avec mes cheveux.

— Vraiment? fit Jimmy, c'était merveilleux; mais les jeunes filles d'aujourd'hui n'ont plus les cheveux assez longs.

— C'est exact, admit lady Coote, mais ce n'est pas le seul changement que je constate. Je me souviens que, avant mon mariage, un de mes soupirants ramassa une poignée de gravier et une de mes amies me dit que c'était parce que j'y avais posé le pied; j'en fus touchée, bien que j'eusse, par la suite, découvert qu'il suivait un cours de minéralogie...

Lady Coote posa son ouvrage et regarda Jimmy en demandant :

— Voyons, n'y a-t-il aucune charmante jeune fille qui vous plaise et pour laquelle vous aimeriez travailler, afin de lui créer un intérieur?

Jim rougit et son interlocutrice reprit :

— Il m'a semblé que vous vous entendiez fort bien avec une de celles qui étaient à Chimneys ; Vera Daventry.

— Socks?

— Oui, on l'appelle ainsi et je ne comprends pas pourquoi car ce n'est pas gracieux.

— Oh! elle est délicieuse, déclara Jimmy; je serai ravi de la revoir.

— Elle reviendra passer le prochain week-end avec nous.

— Vraiment! dit le jeune homme, qui essaya d'exprimer un désir en prononçant ce mot.

— Oui, voulez-vous venir aussi?

— Certes! s'écria Jimmy avec chaleur; merci mille fois, lady Coote.

Après quoi, il la quitta et sir Oswald vint rejoindre sa femme.

— Qu'est-ce que ce petit sauteur vous disait? lui demanda-t-il. Je ne puis le souffrir!

— C'est pourtant un gentil garçon, répliqua lady Coote, et il est très brave. Voyez avec quel courage il s'est fait blesser hier soir.

— Oui, en rôdant là où il n'avait que faire.

— Je vous trouve injuste, Oswald.

— Il n'a jamais fait un jour de travail honnête pendant toute son existence et il n'arriverait à rien s'il était obligé de gagner sa vie.

— Vous avez dû vous refroidir nier soir, déclara lady Coote. J'espère que vous n'aurez pas une pneumonie comme celle dont Freddie Richards est mort l'autre jour. Voyez-vous, Oswald, je frémis en songeant que vous vous promeniez dans le parc alors qu'il y avait un dangereux voleur aux alentours; il aurait pu tirer sur vous. A propos, j'ai invité Mr Thesiger pour le prochain week-end.

— Mais je ne veux pas avoir ce jeune homme chez moi, entendez-vous, Maria?

— Pourquoi?

— C'est mon affaire.

— Je suis désolée, mon ami, répondit lady Coote paisiblement; mais je l'ai invité, je ne puis plus me dédire. Ramassez-moi ce peloton de laine rose, voulez-vous, Oswald?

Sir Oswald obéit, mais il paraissait furieux. Il regarda sa femme et hésita à parler.

Lady Coote enfilait son aiguille avec calme.

— Je désire particulièrement ne pas avoir Thesiger pour le prochain week-end, dit-il enfin. J'ai beaucoup entendu parler de lui par Bateman, car ils ont fait leurs études ensemble.

— Et qu'a dit Mr Bateman?

— Rien de bon; il m'a même fortement mis en garde contre lui.

— Vraiment? dit lady Coote d'un ton pensif.

— Oui et j'ai la plus grande confiance dans le jugement de Bateman qui ne se trompe jamais.

— Mon Dieu, reprit sa femme; j'ai évidemment commis une erreur et je ne l'aurais pas invité si j'avais su cela; mais vous auriez dû m'en parler plus tôt, Oswald. Maintenant il est trop tard.

Elle commença à rouler son ouvrage avec soin. Son mari la regarda de nouveau, fit un mouvement comme pour parler, puis haussa les épaules et la suivit tandis qu'elle regagnait la maison.

Lady Coote souriait doucement. Elle aimait beaucoup son mari, mais elle aimait également beaucoup, modestement et d'une manière très féminine, agir comme bon lui semblait.

CHAPITRE XXVI

OU IL EST SURTOUT QUESTION DE GOLF

— Ton amie est très gentille, Bundle, dit lord Caterham.

Loraine était à Chimneys depuis huit jours et avait fait la conquête de son hôte, grâce, en particulier, à la docilité avec laquelle elle s'était laissé instruire dans l'art du golf.

Lord Caterham, qui s'était ennuyé à l'étranger, avait commencé à apprendre le golf. Il y jouait très mal mais, comme tous les néophytes, il se montrait plein d'ardeur. Il passait la plus grande partie de ses matinées à étudier des coups et faisait le plus souvent d'énormes trous dans le gazon, au grand désespoir de Mac Donald.

— Regarde celui-ci, Bundle, continua-t-il, par-dessus le genou gauche, en arrière lentement, sans bouger la tête et avec flexion du poignet.

La balle violemment frappée bondit à travers la pelouse et disparut dans les profondeurs d'un grand massif de rhododendrons.

— C'est bizarre, dit lord Caterham, qu'ai-je donc fait?... Comme je te le disais, Bundle, ton amie est vraiment gentille. Je crois qu'en écoutant mes conseils, elle a fini par s'intéresser au jeu. Elle a fait quelques coups excellents, ce matin, aussi bons que je les aurais faits moi-même.

Tout en parlant, lord Caterham souleva encore son club et arracha une grosse motte de gazon.

Mac Donald, qui passait, la remit en place, la piétina et jeta à son maître un regard qui aurait dû le faire rentrer sous terre.

— Si Mac Donald s'est montré dur avec les Coote, ce que je crois, fit observer Bundle, il en est puni maintenant.

— Pourquoi ne ferais-je pas ce qu'il me plaît dans mon propre jardin? interrogea son père. D'ailleurs Mac Donald devrait s'intéresser au golf car c'est un sport très répandu en Écosse. Quant aux Coote, sir Oswald ne joue pas mal du tout, bien qu'avec trop de raideur. Du reste, il déclare que le golf ne l'intéresse pas en lui-même et qu'il n'y voit qu'un moyen de faire de l'exercice. Il n'en est pas ainsi de son secrétaire Bateman, pour lequel la technique seule compte. L'autre jour je réussissais mal un mouvement et il m'a expliqué que cela provenait de ce que je me servais trop de mon bras droit. Il m'a même développé une théorie fort originale : il prétend que, dans le jeu du golf, le bras gauche compte seul et que, comme il est gaucher, cela lui donne une supériorité.

— Joue-t-il donc d'une manière remarquable? interrogea Bundle.

— Non, avoua lord Caterham; il n'était peut-être

pas en forme l'autre jour... Qu'y a-t-il, Tredwell?

Celui-ci répondit en s'adressant à lady Eileen :

— Mr Thesiger voudrait vous parler au téléphone, milady.

Bundle courut vers la maison en criant :

— Loraine! Loraine!

Miss Wade la rejoignit au moment où elle prenait le récepteur.

— Allô! C'est vous, Jimmy?

— Allô! Comment allez-vous?

— Très bien.

— Et Loraine?

— Très bien aussi; elle est ici, voulez-vous lui parler?

— Dans un instant, j'ai beaucoup de choses à vous dire. Tout d'abord, je vais chez les Coote pour le week-end... Dites-moi, Bundle, savez-vous où l'on peut acheter des fausses clés?

— Je n'en ai pas la moindre idée, mais est-il nécessaire que vous emportiez des fausses clés chez les Coote?

— Cela pourrait m'être utile.

— Alors adressez-vous à un aimable cambrioleur et demandez-lui de vous renseigner.

— Oui, mais je n'en connais pas. Il faudra que je m'en rapporte, comme d'habitude, à l'ingéniosité de Stevens, seulement il finira par avoir d'étranges soupçons à mon sujet. Je lui ai fait acheter un revolver, maintenant des fausses clés...

— Jimmy, vous ferez attention, n'est-ce pas? car, si sir Oswald vous voyait rôder dans sa maison, je crois qu'il pourrait se montrer assez désagréable envers vous.

— Soyez tranquille. D'ailleurs, c'est de Pongo que je me méfie. On ne l'entend jamais marcher et il est toujours là où il n'a que faire. Mais ayez confiance en moi.

— Je regrette de ne pas être là-bas avec Loraine pour veiller sur vous.

— Merci ; du reste, j'ai un plan. Ne croyez-vous pas que vous pourriez, Loraine et vous, avoir une panne de moteur demain matin, près de Latherbury ? Ce n'est pas très loin de chez vous, n'est-ce pas ?

— Une soixantaine de kilomètres, ce n'est rien.

— J'étais sûr que vous penseriez ainsi, mais ne tuez pas Loraine par excès de vitesse, car je l'aime beaucoup. Donc, entre midi et quart et midi et demi...

— Afin que l'on nous invite à déjeuner ?

— Oui. Figurez-vous, Bundle, que j'ai rencontré la jeune Socks hier ; elle m'a appris que Térence O'Rourke va aussi passer ce week-end chez les Coote.

— Jimmy, pensez-vous qu'il ?...

— Il faut soupçonner tout le monde, c'est la règle ; vous savez qu'il s'agit d'un garçon fort audacieux et je le crois capable d'être à la tête d'une société secrète. Il est bien possible qu'il soit complice de la comtesse car il est allé en Hongrie l'année dernière.

— Mais les documents sont sans cesse à sa portée.

— C'est bien pourquoi il ne peut les prendre. Il faut qu'il agisse sans éveiller les soupçons. En somme, supposez qu'il ait grimpé le long du lierre et soit retourné dans son lit, c'eût été astucieux. Maintenant, voici mes instructions : après avoir échangé quelques phrases polies avec lady Coote, il faudra qu'avec Loraine vous vous empariez de Pongo et de O'Rourke et que vous les reteniez jusqu'à l'heure du déjeuner. Cela ne doit pas être difficile à deux charmantes jeunes filles comme vous.

— Oh ! vous employez les grands moyens ! Quoi

qu'il en soit, je prends note de vos instructions. Voulez-vous maintenant parler à Loraine?

En achevant ces mots, Bundle tendit le récepteur à sa compagne et quitta discrètement la pièce.

CHAPITRE XXVII

UNE AVENTURE NOCTURNE

Jimmy Thesiger arriva à Latherbury à la fin d'une belle journée d'automne, fut accueilli affectueusement par lady Coote et froidement par sir Oswald. Connaissant les projets matrimoniaux que la maîtresse de la maison formait pour lui, il chercha à se rendre agréable à Socks Daventry.

O'Rourke était très gai. Il manifestait une tendance à se montrer mystérieux au sujet des événements qui s'étaient passés à l'Abbaye et, comme Socks l'interrogeait sans cesse, il prit le parti d'enjoliver si fortement son récit qu'il fut impossible d'y retrouver la vérité.

— Il y avait quatre hommes masqués, avec des revolvers? Ce n'est pas possible, dit la jeune fille.

— Si, je me souviens même qu'il y en avait au moins une demi-douzaine qui me maintenaient pour me forcer à boire la potion. J'étais convaincu que c'était du poison et que j'étais perdu.

— Mais qu'a-t-on volé, ou qu'a-t-on essayé de voler?

— Rien de moins que les joyaux de la couronne de Russie; on les avait remis à Mr Lomax qui devait les déposer à la Banque d'Angleterre.

— Quel menteur vous êtes! s'écria Socks

— Menteur! moi? alors que les joyaux ont été apportés par un avion que pilotait mon meilleur ami! C'est de l'histoire que je vous raconte là confidentiellement, Socks. Si vous ne me croyez pas, demandez à Jimmy Thesiger, encore que je n'aie pas grande confiance en lui.

— Est-il exact, interrogea Socks, que Georges Lomax soit descendu sans son râtelier? C'est là ce que je voudrais savoir.

— En tout cas, on a trouvé deux revolvers, dit lady Coote, deux affreux revolvers, je les ai vus moi-même. C'est un miracle que le pauvre garçon n'ait pas été tué.

— Oh! mon destin est d'être pendu! déclara Jimmy.

— Il paraît qu'il y avait là une comtesse russe d'une beauté tout à fait spirituelle, dit Socks et qu'elle a subjugué Bill?

— Elle nous a dit de Budapest des choses épouvantables, reprit lady Coote, je ne les oublierai jamais. Oswald, il faut que nous envoyions une souscription.

Sir Oswald poussa un grognement.

— J'en prends note, lady Coote, fit Rupert Bateman.

— Je vous remercie. J'ai l'impression qu'il faut que je remercie aussi le ciel, car je ne comprends pas comment sir Oswald n'a pas été tué ou n'est pas mort de pneumonie.

— Ne soyez pas ridicule, Maria, dit son mari.

— J'ai toujours redouté les cambrioleurs, déclara lady Coote.

— Comme cela a dû être intéressant d'en rencontrer un face à face! murmura Socks.

— Ne le croyez pas, répondit Jimmy, c'est très douloureux, et il tapota doucement son bras.

— Comment va votre blessure? demanda lady Coote.

— Oh! assez bien, mais je me suis trouvé bien gêné d'être obligé de tout faire de la main gauche car je ne suis pas adroit de cette main.

— On devrait apprendre à tous les enfants à être ambidextres, fit observer sir Oswald.

— Oh! dit Socks qui ne comprenait pas, comme les loutres!

— Pas amphibie, corrigea Bateman. Ambidextre signifie que l'on peut employer également les deux mains.

— Oh! répéta Socks en regardant sir Oswald avec respect, et cela vous est possible?

— Certainement, je sais écrire des deux mains.

— Mais pas des deux ensemble?

— Ce ne serait pas pratique, répliqua brièvement le maître de la maison.

— Non, dit Socks d'un ton pensif, mais ce serait très spirituel.

— Il serait pourtant bien utile quand on participe au Gouvernement, déclara O'Rourke, que la main droite pût ignorer ce que fait la main gauche.

— Et vous ne savez pas vous servir de vos deux mains?

— Certainement non.

— Pourtant vous donnez les cartes de la main gauche, dit Bateman, observateur : je l'ai remarqué l'autre soir.

— Oui, mais c'est très différent, répliqua O'Rourke d'un ton léger.

A ce moment un gong résonna et tous se séparèrent afin d'aller s'habiller pour le dîner.

Lorsque le repas fut terminé, sir Oswald, lady Coote, Bateman et O'Rourke jouèrent au bridge tandis que Jimmy flirtait avec Socks.

Les derniers mots que le jeune homme entendit, ce soir-là, tandis qu'il montait l'escalier, furent prononcés par sir Oswald :

— Vous ne saurez jamais jouer au bridge, Maria.

Et celle-ci répliqua :

— Je n'en doute pas, mon ami; vous me le dites sans cesse, mais vous devez encore deux livres à Mr O'Rourke, Oswald!

Deux heures plus tard, Jimmy se glissa sans bruit le long de l'escalier; il passa un instant dans la salle à manger, puis se rendit dans le cabinet de travail de sir Oswald où, après avoir écouté attentivement pendant une ou deux minutes, il se mit à l'œuvre.

La plupart des tiroirs de la table étaient fermés à clé, mais Jimmy tenait à la main un petit instrument qui remédia à cet inconvénient.

Un à un tous les tiroirs cédèrent et il en examina méthodiquement le contenu, en prenant soin de tout remettre en place.

Il s'arrêta une ou deux fois croyant avoir entendu un bruit lointain; mais rien ne vint le déranger. Le dernier tiroir avait été fouillé. Jimmy aurait pu apprendre bien des détails concernant l'acier, mais il ne trouva rien de ce qui l'intéressait, c'est-à-dire rien qui eût trait à l'invention de herr Eberhard ou l'identité du mystérieux n° 7. Il avait sans doute à peine espéré qu'il se procurerait ainsi certains renseignements à cet égard, mais il ne voulait négliger aucune possibilité.

Il s'assura d'avoir bien refermé tous les tiroirs car il connaissait la puissance d'observation de Bateman et il regarda autour de lui afin de voir s'il ne restait aucune trace de sa présence.

— Et voilà! murmura-t-il doucement à lui-même. Il n'y a rien ici; peut-être aurais-je plus de chance demain si Loraine et Bundle font ce que je leur ai demandé.

Puis il sortit du cabinet de travail et referma la porte à clé. Il crut percevoir un bruit tout près de lui, mais estima qu'il avait dû se tromper et traversa silencieusement le grand hall. Il tombait juste assez de lumière des hautes fenêtres pour lui permettre d'avancer sans se heurter...

Il entendit encore un bruit, cette fois très distinctement...

Il n'était pas seul dans le hall où quelqu'un se déplaçait en prenant les mêmes précautions que lui.

Son cœur se mit à battre violemment, puis il bondit vers le commutateur électrique et le tourna; la brusque clarté le fit ciller, mais, à peu de distance de lui, il aperçut Bateman.

— Grand Dieu, Pongo, tu m'as fait peur.

— J'ai entendu du bruit, expliqua Bateman avec sévérité; j'ai cru que des cambrioleurs s'étaient introduits dans la maison et je suis venu voir...

Jimmy regarda d'un air pensif les souliers à semelles de caoutchouc de son ancien condisciple et déclara :

— Tu penses à tout, Pongo; tu es même armé! et il montra du doigt la poche gonflée de Bateman.

— Il est bon de l'être, déclara celui-ci, car on ne sait jamais qui on peut rencontrer...

— Je suis content que tu n'aies pas tiré car je commence à en avoir assez de servir de cible.

— Cela aurait pu arriver...

— Mais tu aurais été dans ton tort, riposta Jimmy, car il faut être absolument sûr qu'il s'agit d'un voleur avant de faire feu sur quelqu'un! Si tu avais commis cette imprudence, tu serais obligé d'expliquer pourquoi tu as tué un invité auquel on n'avait rien à reprocher.

— A propos, en effet, que fais-tu ici?

— J'avais faim, déclara Jimmy, et je suis venu chercher des biscuits secs.

— Mais il y en a une boîte près de ton lit, répliqua Bateman qui examinait Jimmy attentivement à travers ses lunettes cerclées d'écaille.

— Tu te trompes, mon vieux! Il y a bien une boîte sur laquelle sont tracés ces mots : « Biscuits pour hôtes affamés », mais quand l'hôte l'a ouverte, elle était vide. Voilà pourquoi je suis descendu jusqu'à la salle à manger...

Et, avec un sourire ingénu, Jimmy prit une poignée de biscuits dans la poche de sa robe de chambre.

Il y eut un moment de silence.

— Maintenant, je crois que je vais retourner me coucher, déclara Thesiger, Bonsoir, Pongo.

Et il monta l'escalier d'un air nonchalant.

Bateman le suivit. Arrivé devant sa porte, Jimmy se retourna comme pour souhaiter encore une bonne nuit au secrétaire qui déclara :

— Ce que tu m'as dit au sujet de ces biscuits est étrange. Me permets-tu?...

— Certainement, mon cher, vérifie toi-même.

Bateman traversa la pièce, ouvrit la boîte, constata qu'elle était vide et murmura :

— C'est un oubli. Bonsoir!

Puis il se retira. Jimmy s'assit sur le bord de son lit, écouta un instant et se murmura à lui-même :

« Je l'ai échappé belle! Pongo est un être méfiant qui ne dort jamais. C'est une bien mauvaise habitude qu'il a de se promener ainsi armé d'un revolver! »

Il se leva et ouvrit un des tiroirs de sa commode : une pile de biscuits s'élevait sous un assortiment de cravates.

« Il va falloir que je les mange tous, pensa Jimmy,

car je parie neuf contre un que Pongo viendra faire une perquisition ici dans la matinée. »

Puis il poussa un soupir et s'attabla devant un repas dont il n'avait aucune envie.

CHAPITRE XXVIII

SOUPÇONS

Il était juste midi lorsque Bundle et Loraine pénétrèrent dans le parc après avoir laissé l'Hispano dans un proche garage.

Lady Coote accueillit les deux jeunes filles avec surprise, mais aussi avec plaisir et les pria immédiatement de rester à déjeuner. O'Rourke, qui était étendu dans un immense fauteuil, commença à parler à Loraine qui écoutait d'une oreille les explications techniques que donnait Bundle au sujet de l'accident arrivé à sa voiture.

— Nous avons pensé que c'était une chance de nous trouver si près d'ici, déclara-t-elle enfin.

— Où est donc Mr Thesiger? demanda lady Coote.

— Dans la salle de billard, je crois, dit Socks : je vais le chercher.

Elle partit et, presque aussitôt, Bateman parut en disant :

— Thesiger m'a dit que vous me demandiez, lady Coote... Oh! Comment vous portez-vous, lady Eileen?

Loraine prit immédiatement l'offensive en s'écriant :

— Ah! monsieur Bateman! Je désirais beaucoup

vous voir. N'est-ce pas vous qui m'avez parlé d'un remède pour un chien qui se blesse souvent aux pattes?

Le secrétaire secoua négativement la tête.

— Non, ce n'est pas moi, mais il se trouve que je sais...

— Vous êtes merveilleux, s'écria Loraine, vous savez tout.

— Il faut bien se tenir au courant de la science moderne, reprit Bateman d'un ton sérieux. En ce qui concerne les pattes de votre chien...

Terence O'Rourke murmura à l'oreille de Bundle :

— C'est sûrement un homme comme lui qui écrit dans les journaux hebdomadaires des phrases comme celle-là : « On ignore généralement que pour garder brillante une garniture de cheminée, etc. » ou bien : « Le scarabée est un des insectes aux mœurs les plus curieuses » ou encore : « Les coutumes matrimoniales chez les Indiens, etc. »

La jeune fille sourit et dit à lady Coote :

— Je vois que vous avez un *clock-golf*.

— Voulez-vous y jouer, lady Eileen? demanda O'Rourke.

— Lançons un défi à deux autres personnes, Loraine : Mr O'Rourke et moi, nous jouerons contre vous et Mr Bateman.

— Acceptez, dit lady Coote au jeune secrétaire qui montrait une légère hésitation. Je suis sûre que sir Oswald n'a pas besoin de vous en ce moment.

Les quatre jeunes gens se dirigèrent vers la pelouse et Bundle murmura à Loraine :

— Voilà qui est bien organisé!

La partie dura jusqu'à une heure de l'après-midi. Ce furent Bateman et Loraine qui la gagnèrent.

— Je suis certain que vous serez de mon avis, s'écria

O'Rourke, en s'adressant à Bundle. Notre jeu a été plus brillant que le leur!

Tous deux demeurèrent un peu en arrière et il ajouta :

— Pongo est un joueur consciencieux qui ne laisse rien au hasard, tandis que moi je risque le tout pour le tout. Ne trouvez-vous pas que c'est une bonne manière d'agir dans la vie, lady Eileen?

— Ne vous a-t-elle jamais causé d'ennuis? interrogea Bundle en riant.

— Mais si... souvent! cependant, je continue et il faudra la corde du bourreau pour que Terence O'Rourke s'avoue vaincu.

A ce moment, Jimmy Thesiger parut au coin de la maison et s'écria :

— Comment, Bundle!

— Où étiez-vous donc? demanda O'Rourke.

— J'étais allé faire une promenade... mais d'où venez-vous, Loraine et vous?

— L'Hispano nous a laissées en panne, déclara la jeune fille... et elle raconta l'incident.

Jimmy l'écouta avec sympathie, puis il reprit :

— Si la réparation est trop longue, je vous ramènerai chez vous dans ma voiture après déjeuner.

Un gong résonna et tous regagnèrent la maison. Bundle examinait Jimmy à la dérobée; elle croyait avoir perçu un accent de triomphe dans sa voix et elle avait l'impression qu'il devait avoir réussi.

Après déjeuner les deux jeunes filles prirent congé de lady Coote et Jimmy proposa de les emmener jusqu'au garage en automobile.

Dès qu'ils furent partis, la même exclamation jaillit des lèvres de Loraine et de Bundle :

— Eh bien?

Jimmy se montra taquin.

— Oh! cela ne va pas trop mal, encore que j'aie trop mangé de biscuits secs!

— Mais que s'est-il passé?

— Je vais vous l'apprendre : mon dévouement à notre cause m'a fait manger trop de biscuits!

— Voyons, Jimmy, fit Loraine d'un ton de reproche.

Le jeune homme redevint aussitôt sérieux et demanda:

— Que désirez-vous savoir?

— Tout d'abord, n'avons-nous pas bien joué notre rôle?

— Je vous félicite, surtout en ce qui concerne Pongo. Avec O'Rourke cela a dû être plus facile, mais Pongo est terrible. On ne peut aller nulle part sans le rencontrer... et ce qu'il y a de pire... c'est qu'on ne l'entend jamais venir.

— Vous le jugez dangereux?

— Certes non. Pongo est un imbécile, mais il est assommant.

Et Jimmy décrivit avec humour à ses deux interlocutrices les incidents de la soirée précédente.

Bundle ne lui témoigna aucune sympathie.

— Je ne sais vraiment pas ce que vous espérez trouver ici.

— Le n° 7, déclara Thesiger.

— Et vous croyez le rencontrer dans cette maison?

— J'ai pensé que j'y trouverais au moins un indice.

— Et vous l'avez trouvé?

— Pas hier soir.

— Mais ce matin, interrompit Loraine; je devine d'après l'expression de votre visage que vous avez découvert quelque chose.

— Je ne sais si cela présente un intérêt quelconque, mais pendant ma promenade...

— Qui n'a pas dû vous entraîner bien loin de la maison, je crois...

— Non; nous pourrions plutôt l'appeler ma ronde intérieure. Donc, je répète que j'ignore si cela présente un intérêt quelconque, mais j'ai trouvé ceci...

Avec la célérité d'un prestidigitateur, il sortit un petit flacon de sa poche et le jeta à Bundle; il était à moitié plein d'une poudre blanche.

— Que pensez-vous que ce soit? interrogea la jeune fille.

— C'est une poudre blanche en cristaux, déclara Jimmy. Or, pour tout lecteur de romans policiers, ces mots sont à la fois familiers et suggestifs. Évidemment, si l'analyse révèle qu'il s'agit d'une simple poudre dentifrice, je serai vexé.

— Où avez-vous découvert ce flacon? demanda vivement Bundle.

— Cela, répondit Jimmy, c'est mon secret.

Et malgré toute l'insistance des deux jeunes filles, il ne voulut rien ajouter.

— Nous voici au garage, fit-il. Espérons que l'Hispano n'aura subi aucun dommage.

Le garagiste présenta à Bundle une note qui s'élevait à cinq shillings et parla vaguement d'écrous desserrés. Lady Eileen le paya en souriant et dit soudain à son compagnon :

— Je sais ce que je voulais vous demander! Vous rappelez-vous le gant à demi-brûlé que le surintendant Battle avait trouvé?

— Oui.

— Ne vous l'a-t-il pas fait essayer?

— Si, il était un peu trop grand, ce qui nous a confirmés dans l'idée que celui qui le portait était de haute taille et vigoureux.

— Ce n'est pas cela qui m'intéresse. Georges Lomax et sir Oswald était là aussi, n'est-ce pas?

— Oui.

— Donc Battle aurait pu faire essayer le gant à l'un d'eux?

— Évidemment.

— Cependant, il ne l'a pas fait et c'est vous qu'il a choisi, Jimmy, ne comprenez-vous pas ce que cela signifie?

Thesiger la regarda et répondit :

— Je suis désolé, Bundle; mon cerveau ne fonctionne sans doute pas aussi bien que d'habitude, mais je n'ai pas la moindre idée de ce que vous voulez dire!

— Et vous Loraine?

La jeune fille regarda sa compagne avec curiosité, mais secoua négativement la tête en répondant :

— Donnez-vous donc à ce fait une signification spéciale?

— Bien entendu. Jimmy avait le bras droit en écharpe.

— C'est vrai, dit lentement le jeune homme. Maintenant que j'y songe, il était assez étrange que ce gant fût un gant de la main gauche. Battle n'y a fait aucune allusion.

— Il ne voulait pas attirer l'attention sur ce point; en vous le faisant essayer, cela passait inaperçu et si le surintendant a parlé de sa taille, c'était justement pour égarer les soupçons. Cela ne prouve-t-il pas en tout cas que l'homme qui a tiré sur vous tenait le revolver dans sa main gauche?

— Il faut donc que nous cherchions un gaucher, dit Loraine d'un ton pensif.

— Oui, je vais même vous donner une autre preuve à cet égard. Ce que Battle essayait de découvrir dans la petite pièce où je l'ai vu, c'était un club de golf appartenant à un gaucher.

— Grand Dieu! s'écria soudain Jimmy.

— Qu'est-ce qu'il y a?

— Je ne suppose pas que cela prouve quoi que ce soit, mais c'est assez bizarre.

Et il raconta la conversation à laquelle il avait assisté la veille.

— Ainsi sir Oswald Coote est ambidextre? interrogea Bundle.

— Oui, et je me souviens que le soir où Gerry Wade est mort à Chimneys, je regardais le bridge et je trouvais que quelqu'un donnait bien maladroitement les cartes... lorsque je me suis aperçu qu'il devait être gaucher. Évidemment ce devait être sir Oswald!

Tous trois se regardèrent.

Loraine secoua la tête.

— Un homme comme sir Oswald Coote! C'est impossible. Que pourrait-il gagner à être le chef d'une société secrète?

— Cela paraît absurde, fit Jimmy, et pourtant...

— Le n° 7 a des méthodes de travail bien à lui, dit doucement Bundle. Si c'était de cette façon que sir Oswald avait fait sa fortune?

— Mais pourquoi aurait-il préparé toute une comédie à l'Abbaye, alors qu'il eut les documents dans son usine à un certain moment?

— On pourrait expliquer cela par le même argument que celui que vous donniez au sujet de Mr O'Rourke. Il fallait détourner les soupçons.

Bundle fit un signe affirmatif.

— Tout concorde. On devait suspecter tout naturellement Bauer et la comtesse. Qui aurait jamais songé à incriminer sir Oswald Coote?

— Je me demande si Battle n'y songe pas... fit Jimmy d'un ton pensif.

Un souvenir jaillit dans la mémoire de Bundle *et elle revit le surintendant Battle enlevant une feuille de lierre du veston du millionnaire*. Battle avait-il, dès le début, soupçonné ce dernier?

CHAPITRE XXIX

L'ÉTRANGE CONDUITE DE GEORGES LOMAX

— Votre Seigneurie, Mr Lomax est là.

Lord Caterham sursauta violemment, car il était tellement absorbé par l'étude du mouvement de son poignet gauche qu'il n'avait pas entendu approcher le maître d'hôtel sur le gazon. Il regarda Tredwell avec peine plutôt qu'avec colère en murmurant :

— Je vous avais prévenu, ce matin, que je serais particulièrement occupé...

— Oui, Votre Seigneurie, mais...

— Allez dire à Mr Lomax que vous avez commis une erreur, que je suis sorti ou encore que j'ai la goutte, ou... si les autres excuses sont insuffisantes, que je suis mort!

— Mais Mr Lomax a aperçu Votre Seigneurie tandis que la voiture longeait l'avenue.

Lord Caterham soupira profondément.

— Évidemment. Fort bien, Tredwell; je viens. Il était dans la nature de lord Caterham de se montrer particulièrement aimable lorsqu'il éprouvait justement des sentiments tout différents, aussi reçut-il Georges Lomax avec une cordialité parfaite.

— Mon cher ami, je suis ravi de vous voir, absolument ravi. Voulez-vous vous rafraîchir?

Il poussa Lomax dans un grand fauteuil et s'assit en face de lui.

— Je voudrais avoir un entretien particulier avec vous, dit Georges.

— Oh! murmura faiblement lord Caterham dont le cœur se serra, tandis que son esprit évoquait rapidement toutes les possibilités désagréables qui se cachaient peut-être derrière cette simple phrase.

— Un entretien très particulier, répéta Georges avec force.

Le cœur de lord Caterham se serra de plus en plus, car il eut l'impression que ce qu'il attendait était pire que tout ce qu'il avait pu imaginer.

— Vraiment! dit-il d'un air faussement calme.

— Eileen est-elle ici?

Le vieillard éprouva un sentiment de soulagement, mais aussi de surprise.

— Oui, oui, répondit-il. Bundle est ici ainsi que son amie, la petite Wade, qui est très gentille, tout à fait gentille. Elle jouera bien au golf, plus tard, car elle a des mouvements très souples.

Lomax l'interrompit.

— Je suis ravi qu'Eileen soit ici. Peut-être pourrai-je lui parler tout à l'heure.

— Certainement, certainement, mon cher ami. Lord Caterham était de plus en plus étonné, mais aussi soulagé.

— Si toutefois cela ne vous ennuie pas.

— Rien ne pourrait m'ennuyer moins, répondit Lomax. Je crois, Caterham, que vous ne vous rendez pas compte qu'Eileen n'est plus une enfant. C'est une femme et, qui plus est, une femme charmante et pleine de talents. L'homme qui saura conquérir son affection sera un heureux mortel, je le répète, un heureux mortel.

— Sans doute, dit lord Caterham. Pourtant elle

est bien agitée; elle ne reste jamais en place plus de deux minutes. Il est vrai que, de nos jours, les jeunes gens ne voient pas de mal à cela.

— Vous voulez dire qu'elle n'aime pas à demeurer inutile. Eileen a un esprit très vif, Caterham, et elle est ambitieuse. Elle s'intéresse aux problèmes actuels et les examine avec sa jeune et lucide intelligence.

Lord Caterham le regarda. Il lui parut que ce que l'on appelait la « tension de la vie moderne » se faisait sentir sur Lomax, car la description qu'il faisait de Bundle ne paraissait certainement pas très exacte.

— Êtes-vous sûr que vous vous portez très bien? lui demanda-t-il avec intérêt.

Georges eut un geste d'impatience et reprit :

— Sans doute, Caterham. Mais commencez-vous à vous rendre compte de la raison pour laquelle je suis venu vous voir ce matin? Je ne suis pas un homme à assumer légèrement des responsabilités nouvelles et j'espère avoir un sens juste de ce que je dois à la situation dans laquelle je me trouve placé. J'ai donc sérieusement et longuement réfléchi à cette question : un mariage, surtout à mon âge, ne doit pas être conclu à la légère. L'égalité de naissance, la similitude de goûts, les convenances de tous genres et la même foi religieuse sont des choses nécessaires dont le pour et le contre doivent être pesés et examinés. Je crois pouvoir offrir à ma femme une situation sociale qui n'est pas à dédaigner, mais Eileen saura en remplir admirablement les obligations. Par sa naissance et par son éducation, elle y est toute destinée et son intelligence, son sens précis de la politique ne pourront qu'aider ma carrière, ce qui nous sera profitable à tous deux. Je me rends compte, Caterham, qu'il y a... hum... une légère disproportion d'âge entre nous, mais je puis vous assurer que je me sens plein de vigueur, plein de force. Il est bon qu'un mari soit de plusieurs années l'aîné de sa femme. D'ailleurs, Eileen a des goûts sérieux et un homme de mon âge lui conviendra mieux qu'un jeune étourneau qui n'a ni expérience, ni savoir-faire. Je vous affirme, Caterham, que je chérirai... hum... son exquise jeunesse, je la chérirai et je l'apprécierai. Voir s'épanouir la belle fleur de son intelligence, quel privilège ! Et dire que je ne m'étais jamais rendu compte...

Il secoua la tête d'un air navré et lord Caterham, qui avait grand'peine à retrouver la parole, dit brusquement :

— Dois-je comprendre... Voyons, mon cher ami, vous ne pouvez songer à épouser Bundle !

— Vous êtes étonné. Évidemment ma décision doit vous sembler un peu brusque. Mais vous me donnez l'autorisation de lui parler, n'est-ce pas ?

— Certainement, répondit lord Caterham. Si c'est une permission que vous voulez, je vous la donne, certainement. Cependant, Lomax, à votre place, je n'en ferais rien. Rentrez chez vous et réfléchissez encore. Comptez jusqu'à vingt ou faites quelque chose comme cela. Il est toujours lamentable de se rendre ridicule.

— Je suppose que vos paroles sont dictées par un bon sentiment, Caterham, bien que vous vous exprimiez d'une manière assez étrange. Cependant, je me suis décidé à tenter ma chance... Alors, je puis voir Eileen ?

— Oh ! cela ne me regarde en aucune façon, répondit lord Caterham, Bundle arrange ses affaires comme elle le veut. Si elle venait me dire demain qu'elle va épouser le chauffeur, je ne ferais aucune objection. C'est la seule manière d'agir de nos jours, car les enfants peuvent vous rendre la vie supérieurement désagréable, si vous ne leur cédez pas en tout. Je dis à Bundle : « Fais ce que tu voudras, mais ne m'ennuie pas! » et en somme, elle se montre assez gentille.

Lomax se leva, résolu à mettre son idée à exécution et demanda :

— Où la trouverai-je?

— Mon Dieu! je l'ignore, répondit le père de Bundle. Ainsi que je vous l'ai dit, elle ne reste jamais deux minutes au même endroit.

— Et je suppose que miss Wade est avec elle. Il me semble, Caterham, que le moyen le plus simple est que vous sonniez votre maître d'hôtel et que vous lui disiez d'aller chercher Eileen en la prévenant que je désire lui parler pendant quelques minutes.

Lord Caterham pressa vivement le bouton.

— Tredwell, fit-il, lorsque celui-ci parut, voulez-vous avoir l'obligeance de chercher lady Eileen et de lui dire que Mr Lomax veut lui parler dans le salon.

— Oui, Votre Seigneurie.

Tredwell se retira. Georges saisit la main de lord Caterham et la serra chaleureusement au grand ennui de ce dernier.

— Merci mille fois, lui dit-il. J'espère vous apporter bientôt de bonnes nouvelles.

Et il sortit en hâte.

— Eh bien! dit lord Caterham, eh bien!...

Puis, après un long silence, il s'écria :

— Qu'a donc fait Bundle, mais qu'a-t-elle donc fait?

La porte s'ouvrit de nouveau.

— Mr Eversleigh, Votre Seigneurie.

Et, comme Bill entrait vivement, lord Caterham se précipita vers lui, lui saisit la main et lui dit :

— Oh! Bill! Je suppose que vous cherchez Lomax. Écoutez, si vous voulez lui rendre un grand service, entrez vite dans le salon, dites-lui que le Cabinet se réunit, ou trouvez une raison quelconque pour l'emmener. Il n'est pas juste de laisser ce malheureux se rendre ridicule à cause de quelque stupide plaisanterie de jeune fille.

— Je ne suis pas venu chercher Lomax, répondit Bill. Je ne savais même pas qu'il était ici. C'est Bundle que je veux voir.

— Ce n'est pas possible, pas pour l'instant tout au moins. Georges est avec elle.

— Quelle importance cela a-t-il?

— Mais cela en a beaucoup, répondit lord Caterham. En ce moment, il est en train de bafouiller lamentablement et nous ne devons rien faire pour aggraver sa situation.

— Mais que dit-il donc?

— Dieu seul le sait; des bêtises probablement. Moi j'avais pour principe de ne pas trop parler, mais de baiser simplement la main de la jeune fille et de laisser les événements suivre leur cours.

Bill le regarda avec stupeur.

— Mais, monsieur, je suis pressé : il faut absolument que je cause avec Bundle.

— Oh! je ne suppose pas que vous aurez longtemps à attendre et j'avoue que je suis heureux de vous avoir avec moi car je suis certain que Lomax voudra me voir quand tout sera fini.

— Mais enfin, de quoi s'agit-il? Que fait Lomax?

— Chut! dit lord Caterham, il fait une demande...

— Quelle demande?

— Une demande en mariage... à Bundle! Je ne sais pourquoi. Je suppose qu'il a atteint l'âge dangereux. Je ne puis m'expliquer autrement...

— Une demande à Bundle! Le malotru!... Si vieux!

Bill était devenu cramoisi.

— Il déclare qu'il est dans la force de l'âge, fit lord Caterham.

— Lui! mais il est complètement décrépit; je...
Dans sa fureur, Bill s'étranglait.

— Pas du tout, répliqua lord Caterham froidement, il a cinq ans de moins que moi.

— Quel infernal toupet! Lomax et Bundle?... Une jeune fille comme Bundle! Vous n'auriez pas dû permettre cela.

— Je ne m'oppose jamais à rien, répondit lord Caterham.

— Vous auriez dû lui dire ce que vous pensiez de lui.

— Malheureusement, la civilisation moderne s'y oppose, déclara lord Caterham d'un ton de regret. Évidemment, à l'âge de pierre... cependant, même à cette époque, je n'aurais pas pu, car je n'aime pas à me mêler de ce qui arrive.

— Bundle! Bundle! Quand je pense que je n'ai jamais osé lui demander de l'épouser parce que je savais qu'elle se moquerait de moi! Et Lomax! une outre gonflée! Un mercanti sans scrupule! Un hypocrite! Un vaniteux déloyal.

— Continuez, fit lord Caterham, je m'amuse beaucoup.

— Mon Dieu! dit Bill d'un ton ému, il faut que je m'en aille.

— Non, non, ne partez pas, je préfère que vous restiez; d'ailleurs, vous vouliez voir Bundle.

— Plus maintenant. Ce que vous venez de me dire m'enlève la faculté de penser à autre chose... Vous ne savez pas par hasard où est Jimmy Thesiger? Je crois qu'il faisait un séjour chez les Coote. Y est-il encore?

— Je suppose qu'il est rentré en ville hier. Bundle et Loraine sont allées chez les Coote samedi. Si seulement vous pouviez attendre.

Bill secoua négativement la tête et se précipita hors de la pièce.

Lord Caterham se rendit sur la pointe des pieds dans le hall, y saisit un chapeau et sortit vivement par une porte de côté.

A ce moment, il aperçut l'automobile d'Eversleigh qui longeait l'avenue.

— Ce jeune homme aura un accident, pensa-t-il.

Mais Bill atteignit Londres sans difficulté, gara sa voiture dans Saint-James Square et alla voir Jimmy Thesiger, qu'il trouva chez lui.

— Bonjour Bill, qu'est-ce qu'il y a? Vous ne paraissez pas dans votre assiette.

— Je suis tourmenté; je l'étais déjà et il s'est produit un nouvel événement qui m'a donné un coup.

— Oh! dit Jimmy, comme c'est clair! De quoi s'agit-il? Ne puis-je vous aider?

Bill ne répondit pas. Il demeura les yeux fixés sur le tapis d'un air hésitant et si malheureux que Jimmy sentit sa curiosité s'éveiller.

— S'est-il vraiment produit quelque chose d'extraordinaire, William? demanda-t-il doucement.

— Oui, quelque chose de bien bizarre, je n'y comprends rien.

— Au sujet des Sept Cadrans?

— Au sujet des Sept Cadrans. J'ai reçu une lettre ce matin.

— Une lettre? Quelle sorte de lettre?

— Une lettre des exécuteurs testamentaires de Ronny Devereux.

— Grand Dieu! Après tant de jours!

— Il paraît qu'il avait laissé des instructions; au cas où il mourrait de mort subite, une enveloppe cachetée devait m'être expédiée exactement quinze jours après son décès.

— Et on vous l'a envoyée?

— Oui.

— Vous l'avez ouverte?

— Oui.

— Que contenait-elle?

Bill le regarda d'une façon si étrange que Jimmy fut ému.

— Voyons, s'écria-t-il, remettez-vous, mon vieux. Cette affaire, quelle qu'elle soit, paraît vous avoir bouleversé; je vais vous donner un cordial.

Il versa un fort whisky et soda et l'offrit à Bill qui prit docilement le verre. Le visage du jeune homme était maintenant empreint de la même expression d'effarement.

— Je ne puis croire ce que m'a appris cette lettre.

— Allons donc, riposta Jimmy. Il faut toujours s'accoutumer à croire à six choses impossibles, avant déjeuner; j'en ai pris l'habitude. Maintenant, racontez-moi celle dont vous me parlez... d'abord, attendez un instant.

Et il sortit de la pièce en appelant :

— Stevens!

— Oui, Monsieur.

— Veuillez aller me chercher des cigarettes, je n'en ai plus.

— Très bien, Monsieur.

Thesiger attendit jusqu'à ce qu'il eût entendu la porte d'entrée se refermer, puis il revint dans le cabinet de travail où Bill reposait son verre vide sur la table. Il paraissait un peu remis et plus maître de lui.

— Je vous écoute, dit Jimmy : j'ai renvoyé Stevens afin que nous ne risquions pas qu'on nous entende. Maintenant, mettez-moi complètement au courant.

— Mais c'est tellement incroyable!

— Alors c'est certainement vrai, voyons.

Bill poussa un profond soupir.

— Je vais vous le dire.

CHAPITRE XXX

UN APPEL URGENT

Loraine qui jouait avec un petit chien fut un peu étonnée lorsque Bundle la rejoignit après vingt minutes d'absence; elle était tout essoufflée et son visage avait une expression indéfinissable.

— Ouf! dit-elle en se laissant tomber sur une chaise. Ouf!

— Qu'est-ce qu'il y a? demanda Loraine en la regardant avec curiosité.

— C'est Georges Lomax, Georges Lomax.

— Qu'est-ce qu'il a fait?

— Il m'a fait une déclaration. C'était affreux. Il balbutiait, il s'égarait au milieu de ses phrases, mais il tenait à continuer. Il avait dû apprendre par cœur ce qu'il voulait me dire et malheureusement, moi, je ne savais pas de réponse.

— Pourtant vous deviez savoir ce que vous aviez l'intention de faire.

— Bien entendu, je ne compte pas épouser un vieil apoplectique comme Georges. Je veux dire que je ne connaissais pas la réponse correcte qui doit se trouver dans le manuel du savoir-vivre. Je n'ai pu que lui déclarer que j'étais très sensible à l'honneur qu'il me faisait, etc., mais j'étais si agacée qu'à la fin j'ai sauté par la fenêtre et je me suis enfuie.

— Pas possible, Bundle, cela ne vous ressemble pas.

— Je n'aurais jamais supposé qu'une chose pareille

pût se produire. J'avais toujours cru que Georges Lomax ne pouvait pas me souffrir et c'était la vérité. Voyez-vous, Loraine, il est toujours dangereux de prétendre s'intéresser à la manie d'un homme. Vous auriez dû l'entendre parler de mon jeune esprit et du plaisir qu'il aurait à le former. Mon esprit! S'il avait pu lire la moitié de ce qui s'y passait, il se serait évanoui d'horreur!

Miss Wade ne put s'empêcher de rire.

— Oh! je sais bien que c'est ma faute, reprit Bundle. Tiens, voilà papa qui se cache derrière les rhododendrons... Holà, papa!

Lord Caterham s'approcha d'un air malheureux.

— Lomax est-il parti? demanda-t-il avec une cordialité un peu forcée.

— Tu m'as mise dans une jolie situation, déclara sa fille. Georges m'a dit qu'il avait ton autorisation et ton approbation pleine et entière.

— Eh bien! répliqua lord Caterham, que pensais-tu que j'aurais pu lui dire?... D'ailleurs mes paroles n'ont, ni de près, ni de loin, ressemblé à celles que tu me rapportes.

— Je n'ai pas cru cela, en effet, riposta Bundle; j'ai supposé que Georges t'avait attiré dans un coin et t'avait complètement anéanti.

— C'est à peu près ce qui s'est passé. Comment a-t-il pris ta réponse... Mal?

— Je n'ai pas attendu pour m'en assurer; j'ai même peur d'avoir été un peu brusque.

— Oh! dit lord Caterham, peut-être cela a-t-il été préférable. Lomax ne viendra peut-être plus continuellement me trouver ici comme il en avait l'habitude, pour me tourmenter au sujet de questions multiples. Tout est donc pour le mieux.

— Une partie de golf calmerait mes nerfs. Venez, Loraine, dit Bundle.

L'heure qui suivit s'écoula dans la paix et tous trois étaient d'excellente humeur lorsqu'ils retournèrent vers le château.

Une lettre était posée sur la table du vestibule.

— Mr Lomax a laissé cette lettre pour votre Seigneurie, expliqua Tredwell. Il a été désappointé de voir que Votre Seigneurie était sortie.

Lord Caterham déchira l'enveloppe, lut la lettre, poussa un gémissement et se tourna vers sa fille. Tredwell avait disparu.

— Vraiment, Bundle, tu aurais bien pu t'expliquer plus clairement!

— Que veux-tu dire?

— Lis ceci.

La jeune fille prit la lettre et lut :

Mon cher Caterham, je suis désolé de ne pas vous avoir revu; je croyais pourtant vous avoir fait comprendre que je désirais encore vous parler après mon entretien avec Eileen. La chère enfant ne se doutait absolument pas des sentiments qu'elle m'inspirait et je crains qu'elle n'ait été très émue. Je n'ai pas le désir de la brusquer. Sa juvénile timidité était extrêmement séduisante et mon estime pour elle s'en est énormément accrue, car j'apprécie vivement sa réserve virginale. Il faut que je lui donne le temps de s'accoutumer à cette idée. Sa confusion me prouve que je ne lui suis pas complètement indifférent et je ne doute en aucune façon de sa réponse définitive. Croyez-moi, mon cher Caterham, sincèrement à vous. — GEORGES LOMAX.

— Mon Dieu! fit Bundle qui n'avait plus de voix, mon Dieu!

— Il faut qu'il soit fou! dit lord Caterham. Personne ne pourrait écrire des choses pareilles à ton sujet, Bundle, à moins d'avoir le cerveau légèrement dérangé. Pauvre homme! Pauvre homme! Mais quelle persévérance! Je ne suis pas étonné qu'il soit arrivé à faire partie du Cabinet. En somme, ce serait bien fait pour lui, si tu l'épousais.

Le téléphone sonna et Bundle alla répondre.

Un instant plus tard, Lomax et sa déclaration étaient oubliés et Eileen faisait signe à Loraine de venir la rejoindre. Lord Caterham retourna dans son cabinet de travail.

— C'est Jimmy, dit Bundle, et il paraît fort agité.

— Grâce au ciel, je vous ai trouvée, fit la voix de Thesiger. Il n'y a pas une minute à perdre, Loraine est-elle là aussi?

— Oui.

— Je n'ai pas le temps de tout vous expliquer et, d'ailleurs, cela me serait difficile par téléphone; mais Bill est venu me voir et m'a raconté l'histoire la plus extraordinaire qu'on puisse rêver. Si elle est exacte... nous nous trouverons mêlés à l'affaire la plus célèbre du siècle. Maintenant, voici ce que vous pouvez faire : venez toutes les deux en ville, remisez votre voiture quelque part et allez tout droit au Club des Sept Cadrans... Croyez-vous que lorsque vous y serez, vous pourrez vous débarrasser du domestique que vous connaissez?

— Alfred? Certainement. Laissez-moi ce soin.

— Bien. Éloignez-le et attendez mon arrivée ainsi que celle de Bill. Ne vous montrez pas aux fenêtres, mais quand nous arriverons, ouvrez-nous tout de suite. Avez-vous compris?

— Oui.

— C'est parfait. A propos, Bundle, ne laissez pas

savoir que vous allez à Londres. Dites que vous ramenez Loraine chez elle. Cette explication sera-t-elle vraisemblable?

— Tout à fait. Jimmy, je suis dans un état d'excitation nerveuse complète.

— Vous pourriez faire votre testament avant de partir!

— De mieux en mieux! Mais j'aimerais savoir de quoi il s'agit!

— Vous le saurez dès que nous nous retrouverons mais je puis vous dire ceci : nous allons porter un fameux coup au n° 7!

Bundle raccrocha le récepteur, se tourna vers Loraine à laquelle elle résuma rapidement la conversation. Miss Wade monta l'escalier en courant et prépara sa valise. Pendant ce temps, Bundle passa la tête dans le cabinet de travail de son père en disant :

— Je vais reconduire Loraine chez elle, papa.

— Pourquoi? Je ne savais pas qu'elle partait aujourd'hui.

— On a besoin d'elle, répondit Bundle d'un ton vague. On vient de téléphoner. Au revoir!

— Attends un instant, Bundle. Quand rentreras-tu?

— Je l'ignore absolument.

Puis, après cet adieu peu cérémonieux, elle courut dans sa chambre, mit un chapeau, enfila son paletot de fourrure et fut prête à partir. Elle avait déjà donné l'ordre de préparer l'Hispano.

Le voyage jusqu'à Londres se passa sans incident. Les deux jeunes filles laissèrent la voiture dans un garage et se rendirent directement au Club des Sept Cadrans.

La porte leur fut ouverte par Alfred. Bundle entra, suivie de Loraine et dit :

— Fermez la porte, Alfred. Je suis venue pour vous rendre un service, la police vous cherche.

— Oh! Votre Seigneurie! Et le malheureux devint blême.

— J'ai tenu à vous prévenir parce que vous m'avez aidée l'autre soir, continua Bundle rapidement. Il y a un mandat d'arrêt contre Mr Mosgorovsky et ce que vous pouvez faire de mieux, c'est de partir aussi vite que possible, car, si l'on ne vous trouve pas ici, on ne s'occupera pas de vous. Voici dix livres pour vous permettre de vous débrouiller.

Trois minutes plus tard, Alfred, terrifié, avait quitté le n°14 de Hunstanton Street en se promettant de ne jamais y retourner.

— Voilà qui est fait! déclara Bundle d'un air satisfait.

— Était-il nécessaire de vous montrer aussi... énergique? interrogea Loraine.

— C'était plus sûr, répondit Bundle. Je ne sais pas ce que veulent faire Jimmy et Bill, mais il est évident qu'il ne faut pas qu'Alfred revienne, il nous dérangerait... Ah! les voilà. Ils n'ont pas perdu de temps. Sans doute épiaient-ils le départ du domestique. Descendez leur ouvrir, Loraine.

Celle-ci obéit. Jimmy Thesiger bondit hors de l'automobile en disant :

— Attendez-moi un peu, Bill, et cornez si vous apercevez que quelqu'un surveille la maison.

Puis il gravit en courant les marches du perron et referma la porte derrière lui. Il avait le visage frais et joyeux.

— Holà! Bundle, vous voilà. Il faut que nous agissions. Où est la clé de la pièce dans laquelle vous avez pénétré la dernière fois?

— C'était une des clés du rez-de-chaussée; nous ferions mieux de les prendre toutes.

— Vous avez raison, mais ne tardez pas, car nous n'avons pas de temps à perdre.

La clé fut facilement trouvée, la porte matelassée tourna sur ses gonds et tous trois pénétrèrent dans la pièce. Celle-ci était exactement dans l'état où Bundle l'avait vue auparavant et les sept chaises étaient toujours groupées autour de la table.

Jimmy regarda autour de lui pendant quelques minutes sans prononcer un mot, puis ses yeux se portèrent sur les deux placards.

— Indiquez-moi celui dans lequel vous vous étiez cachée, Bundle.

— Celui-là.

Jimmy se dirigea de ce côté et ouvrit la porte du placard dont les étagères étaient toujours couvertes de verrerie.

— Il va falloir déménager tout cela, murmura-t-il. Allez vite chercher Bill, Loraine, il n'y a aucune nécessité pour qu'il continue à monter la garde dehors.

Loraine partit.

— Qu'allez-vous faire? demanda Bundle avec impatience.

Jimmy s'était agenouillé et cherchait à voir à travers les fentes de l'autre placard.

— Attendez l'arrivée d'Eversleigh et vous saurez tout, dit-il. Cette affaire a été organisée — et joliment bien organisée — par lui... Tiens, pourquoi Loraine monte-t-elle l'escalier comme si le diable était à ses trousses?

En effet, la jeune fille courait follement, et elle entra, le visage livide, les yeux emplis d'effroi, en criant :

— Oh! Bundle, Bill... Bill...

— Qu'y a-t-il?

Thesiger la saisit par l'épaule en demandant :

— Au nom du ciel, Loraine, que s'est-il passé?

La jeune fille haletait toujours.

— Je crois qu'il est mort... Il est dans la voiture... mais il ne bouge, ni ne parle! Je suis sûre qu'il est mort!

Jimmy poussa un juron et se précipita vers l'escalier, suivi de Bundle dont le cœur battait à grands coups irréguliers et qui se sentait envahie d'un sentiment de désespoir. Bill... mort? Oh! non, non, pas cela!

Eileen et Jimmy atteignirent l'automobile, suivis de Loraine.

Thesiger regarda sous la capote. Bill était assis comme il l'avait laissé, mais il était renversé en arrière, les yeux fermés.

Thesiger le tira par le bras sans obtenir de réponse.

— Je ne comprends pas, marmotta-t-il. Cependant il n'est pas mort. Remettez-vous, Bundle! Il faut que nous le portions dans la maison en souhaitant qu'aucun policeman ne paraisse, si quelqu'un nous interroge nous dirons que c'est un ami qui s'est trouvé malade.

Ils parvinrent à faire entrer Bill sans difficulté et sans attirer d'autre attention que celle d'un ivrogne qui déclara :

— J'vois qu'le m'sieu a bu un coup d'trop! en hochant la tête avec sagacité.

— Portons-le dans le petite salon du fond, proposa Jimmy : il y a un divan.

Ils étendirent Bill. Bundle s'agenouilla auprès de lui et prit son poignet inerte entre ses mains.

— Son pouls bat, dit-elle. *Qu'est-ce qu'il a?*

— Il se portait très bien quand je l'ai quitté, affirma Jimmy. Je me demande si quelqu'un ne lui a pas injecté un poison. C'est assez facile; il suffit d'une simple piqûre et un homme a pu s'approcher de lui sous prétexte de lui demander l'heure. Il n'y a qu'une chose à faire; il faut que j'aille chercher un médecin. Restez auprès de lui...

Il se dirigea vivement vers la porte, puis s'arrêta en disant :

— N'ayez pas peur; cependant il vaut mieux que je vous laisse mon revolver... en cas... Je reviendrai aussi vite que possible...

Il posa l'arme sur la petite table près du divan, sortit et on entendit la porte d'entrée claquer derrière lui...

La maison demeura très silencieuse et les deux jeunes filles restèrent auprès de Bill dont Bundle continuait à tâter le pouls; celui-ci paraissait battre vite et irrégulièrement.

— Je voudrais bien pouvoir faire quelque chose, murmura-t-elle à Loraine.

Miss Wade acquiesça d'un signe et répondit :

— C'est vrai, il semble que Jimmy est parti depuis un siècle et, pourtant, il n'y a qu'une minute et demie.

— J'entends du bruit, dit Bundle, des pas, des craquements sur les marches de l'escalier et je sais que ce n'est là que de l'imagination.

— Je me demande pourquoi Jimmy nous a laissé son revolver, dit Loraine; il ne peut cependant pas y avoir de danger.

— Les criminels ont bien atteint Bill... commença Bundle qui s'arrêta.

Loraine frissonna et murmura :

— C'est vrai, mais... nous sommes à l'intérieur de la maison, personne ne peut y entrer sans que nous l'entendions. D'ailleurs, nous avons le revolver.

Bundle regarda de nouveau Bill et répéta :

— Je voudrais faire quelque chose. Ne donne-t-on

pas du café chaud aux personnes qui ont été empoisonnées?

— J'ai un flacon de sels dans mon sac, dit Loraine, et aussi du cognac... mais où est-il donc? J'ai dû le laisser là-haut.

— Je vais le chercher, dit Bundle.

Elle monta rapidement l'escalier, traversa la salle de jeu et entra dans la pièce où se réunissaient les Sept Cadrans. Le sac de Loraine était posé sur la table. Au moment où Bundle étendait le bras pour le prendre, elle entendit un bruit derrière elle.

Un homme se cachait dans l'enfoncement de la porte, un sac de sable à la main et, avant même que la jeune fille eût pu tourner la tête, il l'avait frappée. Bundle poussa un faible gémissement et tomba sans connaissance.

CHAPITRE XXXI

LES SEPT CADRANS

Bundle revint à elle très lentement; elle eut la sensation de se trouver dans une obscurité profonde et d'éprouver une douleur aiguë que ponctuaient les intonations d'une voix familière qui répétait sans cesse les mêmes mots.

L'obscurité s'atténua et la douleur se localisa dans la tête de Bundle qui reprit suffisamment conscience pour trouver intéressantes les paroles que prononçait la voix :

— Chérie, Bundle chérie! Oh! ma chérie! Elle est morte, je suis sûr qu'elle est morte. Oh! ma chérie! Bundle, ma chérie! Je vous aime tant, chérie, chérie...

Bundle demeurait immobile, les yeux fermés, mais elle était complètement revenue à elle.

Bill la serrait dans ses bras, en répétant :

— Bundle chérie, mon cher amour. Que vais-je faire? Oh! ma Bundle! Je l'ai tuée! Je l'ai tuée!

La jeune fille murmura doucement :

— Mais non, grand serin!

Bill sursauta et s'écria :

— Bundle, vous êtes vivante?

— Bien entendu.

— Quand avez-vous repris connaissance?

— Il y a environ cinq minutes. Je n'en avais pas envie; je m'amusais beaucoup...

— Comment?

— Ce que vous me disiez m'était agréable car vous ne le répéterez jamais aussi bien : vous êtes beaucoup trop timide.

Bill était devenu cramoisi.

— Bundle, murmura-t-il, vraiment cela ne vous a pas déplu? Je vous aime tant et depuis si longtemps, mais je n'ai jamais osé vous le dire...

— C'est ridicule! Pourquoi?

— Je craignais tant que vous ne vous moquiez de moi, vous êtes très intelligente... je pensais que vous épouseriez quelque grand personnage...

— Comme Georges Lomax? suggéra Bundle.

— Non, pas un âne vaniteux comme lui, mais un homme véritablement digne de vous... bien que je n'en connaisse pas, ajouta Bill.

— Vous êtes gentil.

— Mais voyons, Bundle, pourriez-vous vous y résoudre?

— Me résoudre à quoi?

— A m'épouser? Je sais bien que j'ai la tête dure, mais je vous aime, Bundle... je serai votre esclave...

— Vous ressemblez à un bon chien, répliqua Bundle, et j'aime les chiens : ils sont fidèles et affectueux. Je crois que je pourrais me résoudre à vous épouser, Bill, en faisant un grand effort, naturellement.

Le jeune homme recula stupéfait et balbutia :

— Bundle, ce n'est pas possible!

— Allons, dit la jeune fille; je vois qu'il est nécessaire que je m'évanouisse à nouveau.

— Bundle... chérie...

Bill la prit dans ses bras, il tremblait violemment...

— Bundle, est-ce vrai? Vous ne savez pas combien je vous aime!

— Oh! Bill!

Il est inutile de rapporter en détail la conversation qui se continua pendant les dix minutes suivantes car elle ne se composa guère que de répétitions.

— M'aimez-vous vraiment? demanda Bill avec incrédulité pour la vingtième fois.

— Oui... oui... oui! Mais maintenant soyons raisonnables. Ma tête me fait toujours mal, pourtant je voudrais comprendre ce qui s'est passé. Où sommes-nous et qu'y a-t-il?

Tout en achevant ces mots Bundle commença, pour la première fois, à regarder autour d'elle.

Ils se trouvaient dans la chambre secrète; la porte matelassée était fermée. Étaient-ils donc prisonniers?

Bundle interrogea Bill des yeux, mais celui-ci, sans accorder aucune attention à ses questions, la contemplait d'un air d'adoration.

— Bill, mon ami, ressaisissez-vous! Il faut que nous sortions d'ici!

— Comment? Quoi?... Ah! oui! Ce sera très facile.

— C'est l'amour qui vous donne cette impression, déclara Bundle. Je l'éprouve aussi... il me semble que tout est simple et facile...

— Mais c'est exact, répondit Bill, à présent que je sais que vous m'aimez.

— Chut! s'écria sa fiancée. Si nous reprenons ce sujet, il n'y aura plus de conversation possible et si vous ne redevenez pas raisonnable, je changerai probablement d'avis.

— Je ne vous le permettrais pas, dit Bill; croyez-vous que je consentirais à vous perdre?

— Voyons, Bill, comment allons-nous sortir de cette pièce?

— Je vous répète que cela ne souffrira aucune difficulté.

Il s'interrompit parce que Bundle lui serrait la main d'un air significatif; elle s'était penchée en avant et elle écoutait avec attention. Non, elle ne s'était pas trompée... un pas se faisait entendre dans la pièce extérieure. La clé fut introduite dans la serrure et tournée.

La jeune fille retint sa respiration. Était-ce Jimmy qui venait les délivrer... ou était-ce quelqu'un d'autre?

La porte s'ouvrit et Mr Mosgorovsky, l'homme barbu, parut sur le seuil. Bill fit un pas en avant et lui dit rapidement :

— Il faut que je vous parle en particulier pendant un instant.

Le Russe ne répondit pas tout de suite; il caressa sa longue barbe soyeuse en souriant, puis il dit enfin :

— Ah! j'ai compris. C'est parfait. Mademoiselle voudra bien me suivre.

— Obéissez, Bundle, fit Bill; il ne vous sera fait aucun mal; je sais de quoi il s'agit.

Lady Eileen se leva docilement; le ton d'autorité

qu'avait pris Eversleigh lui semblait nouveau; il paraissait absolument sûr de lui, certain d'être en mesure de faire face à leur situation et la jeune fille se demanda ce que cela signifiait.

Elle sortit donc de la pièce, suivie du Russe qui ferma la porte à clé derrière lui. Puis il lui montra l'escalier en disant :

— De ce côté, je vous prie.

Bundle monta donc à l'étage au-dessus où elle fut introduite dans une petite pièce assez misérable qu'elle supposa avoir été la chambre d'Alfred.

Mosgorovsky dit alors :

— Veuillez attendre ici sans faire de bruit.

Puis il se retira et Bundle entendit la clé tourner dans la serrure. Elle s'assit sur une chaise. Sa tête était toujours très douloureuse et elle se sentait incapable d'un effort cérébral soutenu. Bill paraissait si sûr de lui que tôt ou tard quelqu'un viendrait la délivrer.

Les minutes s'écoulèrent; la montre d'Eileen s'était arrêtée, mais elle estima qu'il y avait plus d'une heure que le Russe l'avait amenée là. Que se passait-il? Que s'était-il passé? Elle perçut enfin un bruit de pas sur l'escalier. C'était Mosgorovsky qui lui dit d'un ton cérémonieux :

— Lady Eileen Brent, vous êtes priée d'assister à une réunion extraordinaire de la Société des Sept Cadrans. Veuillez donc me suivre.

Il précéda Bundle dans l'escalier, ouvrit la porte de la chambre secrète et s'effaça pour laisser entrer la jeune fille qui sursauta. Elle voyait pour la seconde fois ce qu'elle n'avait fait qu'apercevoir à travers le trou pratiqué dans la porte du placard.

Les personnages masqués étaient assis autour de la table et, tandis qu'elle demeurait immobile, Mosgorovsky glissa à sa place, tout en ajustant son masque à cadran.

Mais, cette fois, la chaise qui se trouvait au bout de la table était occupée. Le n° 7 était à sa place.

Le cœur de Bundle battait violemment : elle était juste en face de lui et elle fixait son regard sur l'étoffe ornée d'un cadran qui dissimulait ses traits. L'homme observait une immobilité complète et Bundle eut l'impression qu'une grande puissance émanait de lui. Elle éprouva un désir passionné de l'entendre parler, de lui voir faire un geste, elle se sentait bouleversée...

Au même instant Mosgorovsky se leva; sa voix onctueuse et persuasive semblait venir de très loin.

— Lady Eileen, vous avez assisté, sans en être priée, au conseil secret de la société; il est, par conséquent, nécessaire que vous soyez mise au courant de notre but et de nos projets. Vous pouvez remarquer que la place réservée au n° 2 est vacante : elle vous est offerte.

Bundle haletait car il lui semblait vivre un cauchemar fantastique. Était-il possible qu'on lui demandât, à elle, Eileen Brent, de s'affilier à une association de meurtriers?

La même question avait-elle été faite à Bill et l'avait-il repoussée avec indignation?

— Je ne puis accepter, répondit-elle sèchement.

— N'agissez pas trop précipitamment, répliqua Mosgorovsky, et il sembla à la jeune fille qu'il souriait sous son masque. Vous ne savez pas encore ce que vous refusez, lady Eileen, reprit-il

— Je le devine, répliqua Bundle.

— Vraiment?

Ce dernier mot avait été prononcé par *Sept heures* dont la voix éveilla comme un écho dans la mémoire de Bundle. Où l'avait-elle déjà entendue?

Le n° 7 leva lentement la main et commença à dénouer les cordons de son masque.

Lady Eileen retint sa respiration. Elle allait enfin savoir...

Le masque tomba... *et Bundle se trouva face à face avec le visage immobile et sans expression du surintendant Battle!*

CHAPITRE XXXII

BUNDLE EST STUPÉFAITE

— Oui, fit Battle, tandis que Mosgorovsky se levait d'un bond pour s'approcher de la jeune fille; donnez-lui une chaise car elle a éprouvé une émotion violente.

Eileen se laissa tomber sur son siège; elle se sentait tout étourdie par la surprise.

Battle continua à parler de la manière calme qui lui était habituelle :

— Vous ne vous attendiez pas à me voir, lady Eileen? Il en est de même de quelques-uns de ceux qui sont assis autour de cette table. Mr Mosgorovsky a été, en quelque sorte, mon lieutenant, dans toute cette affaire et il a été constamment au courant de tout; mais la plupart de nos autres affiliés ont reçu des ordres de lui.

Bundle continuait à se taire. Elle était — chose absolument extraordinaire pour elle — muette d'étonnement.

Battle parut comprendre son état d'esprit et lui fit un signe de sympathie, puis il reprit ;

— Vous serez obligée, lady Eileen, de vous défaire d'une ou deux idées préconçues. Par exemple, au sujet de cette société que vous avez cru être, comme dans les livres, une organisation secrète de criminels, ayant à sa tête un mystérieux super-criminel que nul ne voit jamais. Des groupements de cette espèce existent peut-être en réalité, mais je ne puis qu'affirmer que je n'en ai jamais rencontré et j'ai pourtant assez d'expérience. Cependant, il y a de nombreuses aventures de par le monde, lady Eileen. Les hommes. en particulier les jeunes gens, se plaisent, non seulement à en lire le récit, mais surtout à les vivre. Je vais vous présenter maintenant à une bande de conspirateurs amateurs qui ont fait un excellent travail pour mon service, un travail que personne d'autre qu'eux n'aurait pu faire. Ils ont peut-être choisi un costume mélodramatique. Pourquoi pas? Ils se sont montrés prêts à affronter des dangers réels, des dangers de la pire espèce et ils l'ont fait pour deux raisons : l'amour du péril en lui-même, ce qui est, à mes yeux, fort honorable en ces temps d'égoïsme, et le désir de servir leur pays.

Je vais donc vous présenter, lady Eileen, tout d'abord Mr Mogorovsky, que vous connaissez déjà jusqu'à un certain point. Ainsi que vous le savez, il dirige le club ainsi qu'une quantité d'autres entreprises. C'est notre plus précieux antibolcheviste en Angleterre. Le n° 5 est le comte Andras, de l'ambassade hongroise, ami très intime de feu Mr Gerald Wade. Le n° 4 est Mr Hayward Phelps, journaliste américain, qui a une grande sympathie pour les Anglais et qui possède un flair incomparable. Le n° 3...

Il s'interrompit en souriant et Bundle, stupéfaite, reconnut Bill Eversleigh.

— Le n° 2, reprit Battle d'une voix plus grave, le n° 2 n'est plus; sa place était celle de Mr Ronald

Devereux, un galant homme qui est mort pour son pays. Le n° 1 était Mr Gerald Wade, un autre homme à l'âme généreuse dont le sort a été semblable. Sa place a été prise — malgré de fortes craintes de ma part — par une dame qui nous a prouvé qu'elle était capable de la bien remplir et qui nous a apporté une grande aide.

Le n° 1 fut le dernier à lever son masque et Bundle ne fut pas très étonnée de contempler le beau visage de la comtesse Radzky.

— J'aurais dû deviner, fit-elle avec un peu d'humeur, que vous saviez trop bien personnifier la belle aventurière pour en être vraiment une.

— Mais vous ignorez encore ce qu'il y a de mieux dans cette plaisanterie, dit Bill. Bundle, la comtesse Radzky, c'est *Babe Saint-Maur*. Vous vous souvenez que je vous ai dit quelle merveilleuse actrice elle était... elle a prouvé que mon opinion était exacte!

— Peut-être, déclara miss Saint-Maur avec la plus pure intonation nasale, mais je n'y ai pas eu grand mérite, car *Poppa et Momma* étaient originaires *d'Yurrup* et je n'ai pas de peine à attraper l'accent. Pourtant j'ai failli me trahir à l'Abbaye, lorsque j'ai parlé de jardins...

Elle s'interrompit, puis ajouta brusquement :

— Ce que j'ai entrepris n'a pas été pour moi une plaisanterie... J'étais presque fiancée à Ronny et, lorsqu'il a été tué, j'ai voulu faire tout ce que je pouvais pour démasquer le misérable qui l'avait assassiné... Voilà tout!

— Je suis complètement désorientée, fit Bundle. Tout est si différent de ce que je croyais.

— C'est pourtant fort simple, lady Eileen, expliqua le surintendant Battle. Au début, les jeunes gens voulaient simplement s'amuser un peu. C'est Mr Wade qui, le premier, est venu me trouver; il m'a proposé la formation d'une bande qui prêterait un peu son aide au Service Secret. Je l'ai prévenu que cela pouvait être dangereux, mais il n'était pas de ceux qui font entrer en ligne de compte une crainte comme celle-là. Je lui ai dit nettement que tous ceux qui voudraient s'affilier à cette organisation devraient se pénétrer de l'idée que leur vie était en péril... mais cet avertissement n'était pas de nature à retenir les amis de Mr Wade. Voilà comment les choses commencèrent.

— Mais quel but cherchiez-vous à atteindre? demanda Bundle.

— Nous voulions arrêter un homme... nous le désirions beaucoup. Or, ce n'était pas un criminel vulgaire et il opérait justement dans le milieu auquel appartenait Mr Wade; c'était un émule de Raffles, mais infiniment plus dangereux que Raffles lui-même.

Il recherchait les grosses affaires, surtout les affaires internationales. Deux fois déjà des inventions secrètes importantes ont été dérobées et, manifestement, par quelqu'un qui possédait, à ce sujet, des renseignements circonstanciés... Des professionnels avaient essayé... et ils avaient échoué. Alors les policiers amateurs essayèrent à leur tour... et ils ont réussi!

— Ils ont réussi?

— Oui, mais pas sans y laisser de victimes. L'individu était dangereux : il a tué deux hommes sans être inquiété. Mais les Sept Cadrans se sont obstinés et, comme je vous l'ai dit, ils ont atteint leur but. Grâce à Mr Eversleigh, le misérable a été pris en flagrant délit.

— Mais qui était-ce? demanda Bundle. Est-ce que je le connais?

— Vous le connaissez fort bien, lady Eileen. Il s'appelle Jimmy Thesiger et il a été arrêté cet après-midi.

CHAPITRE XXXIII

BATTLE DONNE DES EXPLICATIONS

Le surintendant s'installa confortablement sur son siège et commença posément à tout expliquer.

— Pendant fort longtemps, je ne l'ai pas moi-même soupçonné; ce sont les dernières paroles de Mr Devereux qui m'ont fourni un premier indice. Bien entendu, lady Eileen, vous avez cru que le mourant voulait faire dire à Mr Thesiger qu'il avait été tué par l'ordre des Sept Cadrans. Mais moi, je savais qu'il n'en était rien; au contraire. Mr Devereux voulait faire prévenir les Sept Cadrans... et ce qu'il désirait nous communiquer concernait Mr Thesiger. L'idée que celui-ci était coupable paraissait invraisemblable car Mr Devereux et Mr Thesiger étaient très liés; mais je me suis rappelé autre chose : les vols dont nous recherchions l'auteur devaient avoir été commis par quelqu'un qui, sans faire partie du Foreign Office, était en situation de connaître les nouvelles qui y parvenaient; de plus, je ne pouvais comprendre d'où Mr Thesiger tirait ses revenus : son père ne lui avait laissé qu'une fortune modeste et, pourtant, il vivait sur un grand pied... Je savais d'autre part que Mr Wade était fort troublé par une découverte qu'il venait de faire. Bien que sûr d'avoir trouvé la bonne piste, il ne s'était confié à personne. Il avait seulement dit à Mr Devereux qu'il se sentait sur le point d'aboutir, et cela juste avant qu'ils ne partent tous deux pour ce fatal week-end à Chimneys. Ainsi que vous le savez, Mr Wade est mort... en apparence parce qu'il avait absorbé un narcotique trop puissant. Cela paraissait vraisemblable, mais Mr Devereux n'accepta pas un seul instant cette explication. Il était convaincu que Mr Wade avait été fort habilement mis hors de combat et que l'un des hôtes de la maison devait, nécessairement, être le misérable que nous cherchions tous. Je crois qu'il a même été sur le point de communiquer cette pensée à Thesiger qu'il ne soupçonnait certainement pas alors, mais un instinct l'a retenu... Ensuite il a obéi à une impulsion assez étrange : il a placé sept pendulettes sur la cheminée et a jeté la huitième par la fenêtre. C'était là un symbole : Mr Devereux voulait signifier ainsi au criminel que les Sept Cadrans vengeraient la mort d'un de leurs membres... puis il a épié toutes les personnes présentes dans l'espoir que l'une d'elles se trahirait.

— Mais est-ce bien Jimmy Thesiger qui empoisonna Gerry Wade?

— Oui; il avait mêlé le poison à un whisky et soda que Mr Wade but au rez-de-chaussée avant de monter se coucher. Voilà pourquoi le malheureux jeune homme se sentait déjà tout engourdi lorsqu'il écrivait à miss Wade.

— Alors Bauer, le valet de pied, n'était pas coupable? interrogea Bundle.

— Bauer était l'un de nos agents, lady Eileen. Nous supposions que notre voleur chercherait à pénétrer le secret de l'invention de herr Eberhard et nous avions fait entrer Bauer dans la maison pour le surveiller; malheureusement, il ne lui a pas été possible de faire grand'chose et Thesiger a pu verser impunément le poison. Plus tard, lorsque tout le monde fut endormi, il mit un verre et une bouteille vide de chloral au chevet de Mr Wade. J'ignore l'effet qu'ont produit sur lui les sept cadrans rangés sur la cheminée car il n'a rien laissé voir à Mr Devereux. Toutefois, j'imagine que de temps à autre ce souvenir a dû lui faire passer des instants d'angoisse et je crois qu'il s'est méfié ensuite de son ancien ami. Nous ne savons pas exactement ce qu'il est arrivé après, car personne n'a beaucoup vu Mr Devereux, mais il est évident qu'il a dû orienter ses recherches dans la même voie que Mr Wade et aboutir aux mêmes conclusions, c'est-à-dire se rendre compte que Mr Thesiger était le coupable. J'imagine ussi qu'il a été trahi de la même façon...

— Que voulez-vous dire?

— Par miss Loraine à laquelle Mr Wade était tout dévoué; je crois qu'il comptait l'épouser car elle n'était pas véritablement sa sœur. Mais elle subissait complètement l'influence de Thesiger et lui obéissait aveuglément; elle lui a répété tout ce qui lui avait été dit. Plus tard elle a dû séduire aussi Mr Devereux et il l'a sans doute mise en garde contre Thesiger. C'est pourquoi il a été également réduit au silence et il est mort en essayant de faire connaître aux Sept Cadrans le nom de son assassin.

— C'est effroyable! s'écria Bundle. Si j'avais su!

— Tout cela paraissait invraisemblable et je pouvais à peine y croire moi-même. Mais c'est alors que se produisirent les événements qui se déroulèrent à l'Abbaye. Vous vous rendez compte à quel point la situation dut être délicate, surtout pour Mr Eversleigh. Vous étiez associée à Thesiger et Mr Eversleigh avait déjà éprouvé un terrible embarras lorsque vous l'aviez prié de vous amener ici. Quand il apprit que vous aviez assisté à une de nos réunions, il fut littéralement anéanti...

Le surintendant s'interrompit et son œil lança un éclair malicieux tandis qu'il ajoutait :

— D'ailleurs, moi aussi, lady Eileen, car je n'aurais jamais cru cela possible! Donc Mr Eversleigh se trouvait en face d'un dilemme : il lui était impossible de vous confier le secret des Sept Cadrans car Mr Thesiger l'aurait également connu et celui-ci était enchanté de la manière dont les choses se passaient, puisqu'il avait ainsi un prétexte pour se faire inviter à l'Abbaye, ce qui rendait son entreprise infiniment plus facile.

Les Sept Cadrans envoyèrent une lettre d'avertissement à Mr Lomax afin qu'il vînt me demander assistance; je pouvais ensuite tout naturellement me rendre sur les lieux. Ainsi que vous le savez, je n'ai pas fait mystère de ma présence...

Et le regard du surintendant redevint malicieux.

— Ostensiblement, Mr Eversleigh et Mr Thesiger devaient veiller chacun pendant une partie de la nuit : en réalité, ce furent Mr Eversleigh et miss Saint-Maur qui s'en chargèrent. Miss Saint-Maur était de garde près de la fenêtre de la bibliothèque lorsqu'elle entendit venir Thesiger et dut se précipiter derrière le paravent.

Maintenant je vais vous montrer à quel point ce misérable est adroit : jusqu'à un certain point son récit a été rigoureusement exact et je dois reconnaître que ma conviction s'est trouvée, à un moment, presque ébranlée; j'en arrivais à me demander s'il était coupable du vol et si nous ne suivions pas une fausse piste. Un ou deux incidents paraissaient devoir nous conduire sur une autre voie et je ne savais plus trop que penser lorsqu'il se produisit un fait qui changea la face des événements : je découvris dans la cheminée le gant calciné et j'y remarquai des traces de dents... alors j'eus la certitude d'avoir deviné juste, mais, sur ma parole, cet homme est très fort!

— Que s'était-il donc passé? fit Bundle.

— Écoutez, afin que je vous montre comment je

suis arrivé à reconstituer toute l'affaire. Pour commencer, Thesiger et miss Wade étaient complices et ils avaient rendez-vous à une heure déterminée. Miss Wade est venue dans sa voiture, a traversé une haie, puis s'est approchée de la maison. Elle avait préparé une fable, fort plausible, pour le cas où quelqu'un la rencontrerait et elle l'a ensuite récitée; elle arriva sur la terrasse juste après que l'horloge eût sonné deux heures. Mes hommes l'avaient vu entrer dans le parc, mais ils avaient l'ordre de n'arrêter aucune des personnes qui entreraient, mais seulement celles qui tenteraient de sortir, car je désirais recueillir autant de preuves qu'il était possible.

Au moment où miss Wade atteignit la terrasse, un paquet tomba à ses pieds et elle le ramassa. Puis un homme descendit d'un des étages en se servant du lierre et la jeune fille partit en courant. Qu'est-il arrivé ensuite? La lutte... les détonations... Bien entendu tous les habitants de la maison ont gagné le théâtre de l'action et miss Wade aurait dû pouvoir quitter le parc en emportant les documents, mais en réalité les choses ne se sont pas passées ainsi car elle s'est précipitée dans mes bras et, à ce moment, le décor a changé : de l'attaque, Mr Thesiger et elle sont passés à la défense et c'est alors qu'elle m'a donné les explications qu'elle avait préparées et qui étaient parfaitement vraisemblables. Un détail pourtant m'a frappé tout de suite en ce qui concernait Thesiger : la blessure de son bras ne pouvait avoir causé son évanouissement; donc, ou il était tombé et avait éprouvé un choc cérébral... ou il avait feint de perdre connaissance.

Miss Saint-Maur nous fit, à son tour, un récit qui concordait parfaitement avec celui de Thesiger, sauf sur un point : elle nous déclara que lorsque les lumières furent éteintes et que l'arrivant s'approcha de la fenêtre, il y demeura tellement immobile qu'elle crut qu'il avait quitté la pièce. Or, on entend facilement une respiration si l'on y prête attention. Supposons alors que Thesiger soit réellement sorti. Où était-il allé? Sans doute il grimpa, toujours en se servant du lierre, jusqu'à la fenêtre de Mr O'Rourke qui avait bu dans la soirée un verre de whisky et soda, auquel un narcotique fut ajouté.

Thesiger a dû, ensuite, s'emparer des papiers, les jeter à miss Wade, redescendre et... improviser la scène de la lutte. Quand on réfléchit, cela lui était facile; il n'a eu qu'à renverser les meubles, à parcourir la pièce en trébuchant, à parler d'abord avec sa voix naturelle, ensuite d'un ton rauque. Puis, comme dénouement, il a tiré deux coups de revolver.

D'abord il s'est servi du pistolet automatique Colt qu'il avait acheté ouvertement deux jours auparavant. Ensuite, de sa main gauche gantée, il a retiré de sa poche un petit revolver Mauser et a traversé d'une balle la partie charnue de son bras droit; puis il a jeté le revolver à travers la porte-fenêtre, a arraché son gant avec ses dents et l'a précipité dans le feu... Lorsque je suis entré il était évanoui sur le plancher...

Bundle s'écria :

— Mais vous ne vous êtes pas rendu compte de tout cela sur-le-champ, surintendant Battle?

— Non, je me suis laissé prendre à cette comédie et ce n'est que longtemps après que j'ai tout compris; la découverte du gant m'a fourni un premier indice. Puis j'ai prié sir Oswald de jeter le revolver par la fenêtre; il est tombé beaucoup plus loin que la première fois car un homme qui se sert habituellement de sa main droite, lance mal un objet de sa main gauche. Toutefois, même à ce moment-là, je n'avais qu'un très vague soupçon de la vérité.

Cependant, j'étais frappé par un détail : les documents avaient manifestement été jetés pour être ramassés par quelqu'un. Si la présence de miss Wade était accidentelle, à quelle personne étaient-ils destinés?

Pour ceux qui connaissaient mal la situation, la réponse paraissait évidente : c'était la comtesse; or, moi, je la savais insoupçonnable... Que fallait-il conclure?

Que le paquet avait été ramassé par celle qui devait le recevoir... D'ailleurs, en réfléchissant, il me paraissait invraisemblable que miss Wade fût ainsi arrivée juste à point!

— J'ai dû vous embarrasser beaucoup lorsque je vous ai exprimé mes soupçons au sujet de la comtesse, dit Bundle.

— En effet, lady Eileen, et j'ai été obligé de vous mettre sur une fausse piste. Mr Eversleigh aussi s'est trouvé dans une situation difficile au moment où miss Saint-Maur revenait à elle, car il se demandait ce qu'elle allait dire.

— Je comprends son angoisse, fit Bundle en riant, et aussi la raison pour laquelle il la suppliait de ne rien dire avant d'avoir complètement repris connaissance.

— Voilà donc où j'en étais, reprit Battle. Je soupçonnais Thesiger... mais je n'avais pas la preuve absolue; d'autre part, lui aussi était inquiet car il se rendait vaguement compte qu'il luttait contre les Sept Cadrans... mais il voulait savoir qui était le n° 7.

Il s'est fait inviter chez les Coote parce qu'il croyait que c'était sir Oswald.

— Je l'ai cru également, interrompit Bundle, en particulier lorsqu'il est arrivé dans le jardin, la nuit, à l'Abbaye.

— Je ne l'ai jamais soupçonné, déclara le surintendant, mais je vous avoue qu'il n'en était pas de même pour son secrétaire!

— Pas possible! s'écria Bundle, ce brave Pongo!

— Oui, ce brave Pongo, comme vous l'appelez, est un garçon très intelligent qui pourrait réussir dans n'importe quelle entreprise s'il le désirait; je le suspectais d'abord parce que c'était lui qui avait placé les réveils dans la chambre de Mr Wade. Il aurait pu y apporter aussi bien la fiole et le verre. De plus, il est gaucher et le gant l'aurait fortement accusé... sans une circonstance qui le mettait hors de cause.

— Laquelle?

— Les marques de dents! seul un homme qui ne pouvait se servir de sa main droite avait dû être obligé de déchirer le gant avec ses dents...

— Et Pongo ne fut pas inquiété?

— Non, je suis certain qu'il serait fort étonné s'il savait qu'il a été soupçonné.

— Voyons, fit Bill, un garçon solennel et borné comme Pongo! Comment avez-vous pu jamais croire...

— Si nous en venons là, Thesiger paraissait être un jeune homme inintelligent et frivole. Donc l'un d'eux jouait un rôle. Quand je fus certain que c'était Thesiger, je jugeai intéressant de connaître l'opinion de son camarade de collège à son égard. Bateman s'était toujours méfié de lui et l'avait fréquemment dit à Sir Oswald.

— C'est exaspérant, s'écria Bill. Pongo a toujours raison!

— Ainsi que je l'ai dit, continua le surintendant, nous avions alerté le coupable. Nous devons sa capture à Mr Eversleigh qui, tout en sachant le péril qu'il affrontait, a risqué gaiement sa vie. Seulement il ne croyait pas que vous partagiez ce danger, lady Eileen, ignorant que l'on vous avait si habilement attirée au club.

— Grand Dieu! non! s'écria Bill avec émotion.

— Il alla chez Thesiger, ayant décidé ce qu'il comptait lui dire. Il devait prétendre avoir reçu, tardivement, une lettre de Mr Devereux, expédiée après sa mort, qui l'accusait, lui, Thesiger.

Alors, en ami sincère, il accourait, certain que Jimmy lui fournirait une explication. Nous étions persuadés que, si Thesiger était bien le coupable il se déferait radicalement de Mr Eversleigh! En effet Thesiger lui offrit un whisky et soda, mais il sortit de la pièce quelques secondes pendant lesquelles Eversleigh versa le contenu de son verre dans un vase sur la cheminée. Puis, sachant que l'effet de la drogue n'était pas immédiat, il exposa à Thesiger, tout en simulant une indignation contre une telle calomnie, le sujet de la prétendue lettre. Celui-ci réagit violemment, parla de vengeance. Mais quand il vit Eversleigh donner des signes, bien imités, de somnolence, il jeta le masque, et avec orgueil avoua tout et déclara à Eversleigh qu'il était la troisième victime.

Quand Eversleigh lui parut évanoui, il le porta jusqu'à sa voiture dont la capote était levée.

Mr Eversleigh a continué à jouer son rôle d'homme dans le coma. Dès que l'automobile eut quitté Jermyn-Street, un de mes agents est rentré chez Thesiger et y a trouvé le whisky auquel était mêlée une dose d'hydrochlorure de mercure suffisante pour tuer deux personnes. De plus, l'automobile a été suivie, Thesiger s'est rendu jusqu'à un club de golf où il s'est montré pendant quelques instants pour se créer un alibi ; il avait laissé sa voiture à une certaine distance. Ensuite il est retourné en ville et il est venu ici. Aussitôt après le départ d'Alfred, il a rangé la voiture devant la maison, a fait semblant de parler à Mr Eversleigh pour le cas où vous auriez écouté, est entré dans l'immeuble et a joué sa petite comédie.

Lorsqu'il a prétendu qu'il allait chercher un médecin, il a simplement fait claquer la porte, a remonté doucement l'escalier et s'est caché auprès de cette chambre où miss Wade devait vous envoyer sous un prétexte quelconque.

Bien entendu, quand Mr Eversleigh vous a vue, il a été consterné.

Cependant il a jugé préférable de ne pas bouger car il savait que mes gens surveillaient la maison et il croyait que vous n'étiez pas exposée à un danger immédiat.

D'ailleurs, il pouvait toujours reprendre connaissance.

Quand Thesiger eut jeté son arme sur la table et sembla sorti du club, tout péril parut conjuré...

Quant au reste... Le surintendant se tourna vers Bill en disant :

— Peut-être voulez-vous le raconter vous-même, monsieur...

— J'étais étendu sur le divan, continua Bill, et je commençais à m'énerver. Soudain, j'ai entendu quelqu'un descendre l'escalier en courant. Loraine s'est levée et s'est approchée de la porte. J'ai reconnu la voix de Thesiger, mais je n'ai pu comprendre ses paroles.

Puis Loraine a déclaré : « C'est parfait! »

Alors Thesiger a repris :

— Aidez-moi à le porter; ce sera un peu difficile, mais je veux les réunir afin de ménager une charmante surprise au n° 7.

— Je ne comprenais pas très bien de quoi ils parlaient, mais ils m'ont emporté dans l'escalier, à grand peine d'ailleurs, car j'étais un poids mort. Enfin ils m'ont déposé ici et Loraine a demandé :

— Vous êtes sûr qu'elle ne reprendra pas connaissance, Jimmy?

Le bandit a répliqué :

— N'ayez pas peur; j'ai frappé de toutes mes forces!

— Puis ils sont sortis et ont fermé la porte. Alors j'ai ouvert les yeux et je vous ai aperçue. Mon Dieu! Bundle, je n'éprouverai sûrement plus jamais pareille émotion! J'ai cru que vous étiez morte!

— Je suppose que mon chapeau m'a sauvée, dit la jeune fille.

— En partie, répondit le surintendant, mais je crois que vous devez surtout votre salut à ce que Thesiger s'est servi de son bras blessé; il ne s'est pas rendu compte qu'il n'avait plus que la moitié de sa vigueur habituelle. Pourtant nous ne pouvons nous en glorifier car nous n'avons pas veillé sur vous comme nous aurions dû le faire, lady Eileen, et c'est là un point sombre sur toute cette affaire.

— Je suis très robuste, déclara Bundle, et j'ai aussi beaucoup de chance. Mais je ne puis m'habituer à l'idée que Loraine était complice de Mr Thesiger! Elle paraissait si douce et si gentille!

— Ah! répondit Battle. Il en était de même de la meurtrière de Pontonville qui a tué cinq enfants. On ne peut se fier aux apparences et elle a une hérédité funeste : son père aurait dû, bien des fois, être emprisonné.

— L'avez-vous arrêtée aussi?

Battle fit un signe affirmatif et continua :

— Peut-être ne la condamnera-t-on pas à la peine capitale : les jurés ont le cœur tendre! Quant au jeune Thesiger, il sera pendu et ce sera justice car je n'ai jamais rencontré de criminel plus dépravé et plus endurci! Et maintenant, conclut-il, si votre tête n'est pas trop douloureuse, lady Eileen, que penseriez-vous d'un petit repas pour célébrer cet heureux jour? Il y a un gentil restaurant tout près d'ici.

Bundle acquiesça avec enthousiasme.

— Je meurs de faim, surintendant Battle, et, d'ailleurs, il faut que je fasse la connaissance de tous mes collègues.

— Les Sept Cadrans, fit Bill. Hourrah! Il nous faut du champagne! En trouve-t-on dans votre restaurant, Battle?

— Ne vous inquiétez pas : laissez-moi faire!

— Surintendant Battle, déclara Bundle, vous êtes un homme incomparable! Je regrette que vous soyez déjà marié... Je vais être obligée de me contenter de Bill!

CHAPITRE XXXIV

L'APPROBATION DE LORD CATERHAM

— Papa, dit Bundle, je vais t'apprendre une grande nouvelle : tu vas me perdre!

— Allons donc! répliqua lord Caterham. Ne viens pas me raconter que tu es atteinte de phtisie galopante ou d'une maladie de cœur ou de quoi que ce soit de semblable, car je n'y croirais pas.

— Je ne vais pas mourir, répliqua Bundle. Je vais me marier.

— C'est presque aussi triste... Je suppose qu'il me

faudra te conduire à l'autel vêtu d'habits qui me gêneront! Et puis, Lomax se croira sans doute obligé de m'embrasser à la sacristie.

— Juste Ciel! Tu ne penses pas que je vais épouser Georges! s'écra Bundle.

— Pourtant, il en était question la dernière fois que je t'ai vue, répondit son père. Or, c'était hier matin...

— Je vais épouser quelqu'un qui est cent fois plus charmant que Georges, riposta la jeune fille.

— Je l'espère, mais on ne sait jamais, car tu ne me parais pas avoir beaucoup de psychologie. Tu m'as déclaré que le jeune Thesiger était un aimable garçon absolument inoffensif et, d'après ce que j'apprends, c'était un des criminels les plus accomplis du siècle. Je regrette de ne jamais l'avoir vu car je songe à écrire bientôt mes mémoires et d'y consacrer un chapitre spécial aux assassins que j'aurai rencontrés.

— Ne dis pas de bêtises, fit Bundle. Tu n'aurais jamais le courage de les rédiger.

Lord Caterham s'éloignait. Soudain, il se retourna à demi pour demander :

— A propos, Bundle, qui épouses-tu?

— Je croyais que tu n'allais même pas me poser cette question : je vais épouser Bill Eversleigh.

Le vieil égoïste réfléchit un instant, puis il fit un geste de contentement et déclara :

— C'est parfait. Il est « classé » au golf, n'est-ce pas? Nous pourrons jouer ensemble dans les matches d'automne!

FIN

IMPRIMÉ EN FRANCE PAR BRODARD ET TAUPIN
7, bd Romain-Rolland - Montrouge - Usine de La Flèche.
ISBN : 2 - 7024 - 1353 - 6